Sophia Hungerhoff
Manchmal fliegen

ralischer Schärfe, Salz und rauchige Wärme. Der Geruch hat etwas von dem Rasierwasser, das ihr Großvater benutzte. Als kleines Kind saß sie sonntags vor dem Kirchgang auf dem Badewannenrand im Großelternbad und sah zu, wie er sich rasierte, anders als ihr Vater mit Pinsel und Schaum. Sie war wie hypnotisiert von der Klinge, die exakte rosige Schneisen in das kompakte Weiß zog. Anschließend verrieb der Großvater einen Schuss klare Flüssigkeit zwischen den Handflächen und klopfte sich auf die Wangen, von denen nun ein durch und durch solider, Geborgenheit vermittelnder und trotzdem feierlicher, erhebender Geruch ausging. Hier und heute hat der Duft noch mehr Komponenten, etwas Nervenaufreibendes, das nichts mit dem Kindheitsgeruch zu tun hat.

Sie könnte jetzt mit ihm wieder einschlafen, sie könnten auch erneut miteinander schlafen, aber etwas hindert sie an beidem. Da war noch was, weiß sie, es lauert dunkel dicht unter der Oberfläche, lässt sie stärker frieren, trotz Decke, und kurz bevor es auftaucht, bevor alles sich zusammenfügt oder auseinanderbricht, einen Sinn ergibt oder sich diesem verweigert, schreckt sie hoch und muss los.

bekommt eine Gänsehaut, fasst nach der Bettdecke, die zu Boden gerutscht ist, breitet sie über sie beide.

An einem Wintervormittag beobachteten sie aus dieser Perspektive einmal ein Eichhörnchen in den kahlen Ästen des Pflaumenbaums vorm Balkon. Sie hatte es zuerst bemerkt und wies ihn rasch darauf hin, voller Angst, es könnte wieder verschwunden sein, noch ehe er es sah. Doch sie hatten Glück, es blieb minutenlang im Baum, immer in eiliger Bewegung, aber gut sichtbar. Fasziniert betrachteten sie die Puschel an seinen spitzen Ohren, den buschigen Schwanz, die flinken schwarzen Augen. Von einem Zweig, der über die Brüstung des winzigen Balkons hing, sprang es mit einem Mal auf den einzigen dort stehenden kahlen Blumentopf und ergriff mit seinen geschickten Pfoten blitzschnell einen Klumpen Erde, den es offenbar für eine Eichel hielt und zum Mund führte. Genauso schnell ließ es den Klumpen wieder fallen, als es den Irrtum bemerkte. Enttäuscht, so schien es ihnen, hüpfte es zurück auf den Baum und verschwand aus ihrem Blickfeld. Sie hatte ihn beobachtet, wie er das Eichhörnchen beobachtete, seine kindliche Begeisterung, ansonsten fiel ihr nichts an ihm im Besonderen auf, nichts, was ihr besonders gefallen oder was sie gestört hätte. Sie dachte, dass sie mit ihm so, wie er da lag, noch viele Eichhörnchen beobachten wollte, so viele, wie ihnen zusammen eben über den Weg laufen würden.

Er drückt die Zigarette aus, dreht sich zu ihr, legt sein Gesicht in ihre Halsbeuge und seine Fingerspitzen auf ihr Schlüsselbein. Von der Stelle zwischen Kinn und Ohr und Nacken steigt ihr sein Duft in die Nase, sein Parfum vermischt mit etwas Ureigenem. Zitrone, Bergamotte, Jasmin, so steht es auf der Verpackung, ein Hauch von mine-

VOR-, ZWISCHEN- ODER NACHSPIEL

Alles ist gut, nichts zu wünschen übrig. Sie ist sicher, gelöst, eins mit sich und dem Augenblick. Ihr ganzer Körper singt, nicht nur die untere Hälfte, sie könnte Bäume ausreißen, die Welt verändern oder auch einfach liegen bleiben. Sie haben keinen Hautkontakt mehr, und doch ist es, als läge nichts zwischen ihnen. Noch die Luft wäre viel zu trennend, sie sind verbunden durch abertausend unsichtbare Fäden, die Fäden sind elastisch und lassen genug Bewegung zu, mehr, als man braucht. Man muss höchstens den Nachttisch erreichen, wo die Zigaretten liegen. Die Matratze wankt etwas, es raschelt an seiner anderen Seite, dort, wo sie nicht liegt. Sie hört, wie das Feuerzeug aufschnappt, das ploppende und knisternde, trockene kleine Geräusch, als er den ersten Zug nimmt. Sie sieht den Rauch zur Zimmerdecke ziehen, die Nachttischlampe brennt. Der Moment geht schnell vorüber, sie

What does it matter
What price I pay?

Bob Dylan

Mehr über unsere Autorinnen, Autoren und Bücher:
www.piper.de

Wenn Ihnen dieser Roman gefallen hat,
schreiben Sie uns unter Nennung des Titels
»Manchmal fliegen« an *empfehlungen@piper.de*,
und wir empfehlen Ihnen gerne vergleichbare
Bücher.

ISBN 978-3-492-07149-9
2. Auflage 2023
© Piper Verlag GmbH, München 2023
Dieses Werk wurde vermittelt durch
die Literarische Agentur Michael Gaeb.
Satz: Tobias Wantzen, Bremen
Gesetzt aus der Dolly
Druck und Bindung: GGP Media GmbH, Pößneck
Printed in Germany

SOPHIA HUNGERHOFF

MANCHMAL FLIEGEN

ROMAN

PIPER

JETZT

Sie schleicht sich im Morgengrauen hinaus, in der Hoffnung, dass ihr nicht gleich einfällt, was sie vergessen hat, denn noch einmal in die Wohnung zurückzukehren, ist ein Risiko. Die Kinder haben unfassbar feine Antennen, auch oder gerade im Schlaf. Selbst wenn Moritz sich für diese Nacht extra auf die Matratze ins Kinderzimmer gelegt und die Tür geschlossen hat, kann es jederzeit passieren, dass Paula oder Anton den mütterlichen Aufbruch wittern. Dass sie plötzlich kerzengerade im Bett sitzen wie sonst nie, wenn sie in die Kita müssen, und ihre kleinen Füße sie mit buchstäblich traumwandlerischer Sicherheit aus dem Zimmer und über die Flurdielen trappeln lassen, um ihre Mutter aufzuhalten. Schon das Einschlafen hat sich ewig hingezogen, auch da müssen sie bereits etwas gespürt haben; dass Anna sie womöglich noch eine Spur fester an sich drückte als sonst.

Seit die Kinder da sind, ist es für Anna mit Aufregung verbunden, allein unterwegs zu sein, und das, was sie oft so sehr ersehnt, nämlich im Alleinsein wieder zu sich selbst zu finden, scheint sich nie ganz erfüllen zu können. Immer ist da irgendein leiser Zug, der dafür sorgt, dass sie herumläuft wie Falschgeld. Es ist keine konkrete Angst, den Kindern könnte etwas zustoßen (den Gedanken daran verdrängt sie systematisch und gründlich) oder sie kämen für eine begrenzte Zeit ohne sie nicht zurecht (auch wenn ihr Flehen, sie möge nicht gehen, das manchmal nahezulegen scheint). Es ist auch mehr als die schlichte unschuldige, sie ebenfalls mehr oder minder ständig begleitende Sehnsucht nach ihrer Nähe. Es muss etwas Biologisches sein, etwas tief und unbewusst und körperlich Verankertes, sagt sie sich, auch wenn sie längst begriffen hat, dass Frauen sich mit biologistischen Argumenten ihr eigenes Grab schaufeln, wenn es um Gleichberechtigung geht.

Von Gleichberechtigung kann Anna indes nur träumen, trotz Moritz' Nacht auf der Matratze, aber immerhin gehen die Träume so weit, dass sie diese drei Fortbildungstage errungen hat, in einer Unistadt fast am anderen Ende der Republik, in *ihrer* Unistadt (wie eine Errungenschaft fühlt sich die Aussicht darauf tatsächlich an; zum ersten Mal, seit sie Mutter ist, wird sie mehrere Nächte fort sein). In den rund zwölf Jahren seit ihrem Studium ist sie nur selten da gewesen, aus vielen guten Gründen: Die meisten ihrer Freunde hatten die Stadt schon verlassen, als sie wegzog, und die Verbliebenen fanden es spannender, sie in der Hauptstadt zu besuchen, wohin sie für ihr Volontariat gezogen war und wo es natürlich auch ihr selbst an nichts fehlte, für das sie unbedingt hätte zurückfahren müssen; es lag nicht auf dem Weg zu anderen Reisezielen, und mit den Kindern wurde Reisen dann ohnehin zu einem vernachlässigten Hobby.

Einmal hat sie Moritz die Stadt gezeigt, nicht lange nach ihrem Kennenlernen. Ihre Liebe war damals noch neu, ein unverhofftes Geschenk, zerbrechlich und doch so in den Zauber des Anfangs verpackt, dass es vor jeder Erschütterung geschützt schien. In der Tat nahm Anna alles wie durch Watte wahr, merkwürdig indirekt, während Moritz die Stadt gefiel. Er konnte sich gut einlassen auf Annas alte Orte, auch wenn Vergangenes sich nur begrenzt teilen lässt, egal, wie verliebt man ist. Moritz wusste zu dem Zeitpunkt schon, dass es neben allen guten Gründen für seltene Besuche einen Grund gab, der schwerer wog. Doch das Leben ging ja weiter, sie beide, Anna und Moritz, waren dafür der beste Beweis. Gerade darum brauchte man allerdings nicht übermäßig in alten Wunden zu stochern, so klug war auch Anna.

Trotzdem hat sie gegoogelt. Vor dieser Reise (allerdings erst *nach* der Buchung) hat sie Jans Namen in die Suchmaschine eingegeben (nicht zum ersten Mal überhaupt, aber zum ersten Mal seit Langem und aus einem halbwegs handfesten Anlass) und herausgefunden, was sie nicht eigentlich überraschte, aber doch schlucken ließ, in einer eigentümlichen Mischung aus Resignation, Amüsement, Herablassung und – Freude: dass Jan nämlich wie eh und je an ihrer alten Uni angestellt, ja inzwischen sogar verbeamtet ist, am Institut für Soziologie, auf einer Mittelbaustelle als Akademischer Rat. Für Augenblicke war Anna überfordert von der plötzlich in die Gegenwart hineinreichenden Vergangenheit, dann schloss sie rasch das Fenster und klappte den Rechner zu.

Moritz fragte nicht nach, warum es ausgerechnet ein Seminar in dieser Stadt sein musste, er gönnte ihr die Auszeit, wie er es nannte. Sie selbst befragte sich natürlich kritisch, aber es gab tatsächlich wenige Fortbildungen, die ihr als freier Journalistin so interessant erschienen wie diese zum momentan angesagten Thema Storytelling, deren Referent noch dazu renommiert war (obwohl sie nur bedingt an den Nutzen von Fortbildungen glaubte, aber wenn man sich schon aus gutem Grund abgewöhnt hatte, nach den Sternen zu greifen, konnte man zumindest das tun, was alle anderen auch für mehr oder weniger sinnvoll hielten, zumal wenn es mit einer Auszeit verbunden war).

Anna zieht leise die Wohnungstür zu (so leise es im Altbau eben geht), nimmt die drei Stockwerke wie im Flug, beschwingt, befreit von ihrem Alltagslos, ohne Anton auf dem Arm, der mit seinen zwei Jahren zwar theoretisch an der Hand Treppen steigen kann, dafür aber um ein Vielfaches mehr Zeit braucht, als sie jemals zur Verfügung haben; ohne Ermahnungen auf den Lippen, warte bitte unten auf mich, Paula, nicht allein auf die Straße laufen, denn längst kann ihre Tochter die schwere Haustür öffnen und hindurchschlüpfen und tut es auch regelmäßig, sie ist schließlich schon vier.

Auf dem letzten Treppenabsatz hält Anna inne, wühlt im Seitenfach ihrer Reisetasche. Ihr Lippenstift muss noch im Rucksack stecken, den sie gestern beim Umpacken in den Schrank geräumt hat, doch dafür ist das mit einer Umkehr verbundene Risiko definitiv zu hoch, beschließt sie mit dem Pragmatismus der Mutter kleiner Kinder, die gelernt hat, ihre Selbstachtung nicht allzu sehr von Äußerlichkeiten abhängig zu machen. Obwohl

sie sich definitiv nicht mag mit ungeschminkten, blut-
leer wirkenden Lippen und die einzige Farbe, die sie
nicht wie ein Zombie aussehen lässt (wenn sie sich schon
die meiste Zeit wie einer fühlt), online vom anderen Ende
der Welt bestellt werden muss, seit es sie im Laden nicht
mehr gibt. Moritz wäre ehrlich empört über ihren sol-
cherart vergrößerten ökologischen Fußabdruck, schließlich trägt er durch seine Arbeit als Vertriebsleiter bei einem Windkraftanlagenbauer täglich dazu bei, dass sich
der Fußabdruck der gesamten Menschheit verkleinert.

Fußabdrücke und Äußerlichkeiten lässt Anna hinter
sich, sobald sie im Hof steht; den Fahrradanhänger hat
sie gestern schon abgekoppelt, schließt nur noch ihre
Tasche am großen Korb auf dem Gepäckträger fest. Sie
steigt aufs Rad und fährt einfach los, ohne jemanden
überreden, fangen, heben, beschwichtigen, verstauen,
anschnallen, ohne Streit schlichten zu müssen.

Kein Blick zurück auf die geliebte stuckverzierte Grün-
derzeitfassade mit den Engeln über den Fenstern (zumindest will die ganze Familie Engel in den aus dem
Mauerwerk hervorspringenden Köpfen erkennen), auf
die nachtblauen Vorhänge am Kinderzimmerfenster mit
den Raumfahrtmotiven, Planeten und Sternen, Raketen
und Astronauten, die womöglich just in diesem Augenblick eine kleine Hand beiseiteschiebt. Und dann wendet Anna doch den Kopf, wie unter Zwang, gerät kurz ins
Straucheln, aber bevor sie alles richtig erfassen kann, hat
sie die Kontrolle über das Fahrrad schon zurück, schaut
nach vorn und tritt fest in die Pedale. Im Licht der Straßenlaternen hat sie keine Bewegung in den Stoffbahnen
hinterm Fenster ausmachen können, natürlich schlafen Paula und Anton noch fest. Nach dem Aufwachen

werden sie sich über ausnahmsweise Frühstück zu Hause statt in der Kita freuen, und später, wenn ihr Vater sie abholt, vielleicht über Kastaniensammeln im Park.

Letztes Jahr sammelten sie in kurzen Hosen, der Herbst scheint sich immer weiter zu verschieben, es wirkt wie ein Beweis für den Klimawandel, oder sind es nur die üblichen Schwankungen (wir hatten immer schon solche Zeiten und solche, sagten lange die Bauern in der Gemeinde, aus der Anna stammt, bevor sie in den letzten Jahren anfingen, über Extremwetterlagen zu klagen)? Doch an diesem Septembermorgen liegt eine erste Ahnung von der kalten Jahreszeit in der Luft, ein nicht weit unter der diffus milden Oberfläche lauernder, schärfer konturierter Hauch: die Aussicht auf eine nass glänzende, Modergeruch verströmende Blätterdecke auf den Wegen, die für Radfahrer tückisch werden kann; auf gelbe Fenstervierecke in der Nachmittagsdunkelheit, die Einblick in fremde Leben gewähren; auf Umzüge, denen in Annas Kindheit der heilige Martin auf einem Pferd vorausritt und bei denen das Lied vom geteilten Mantel ihr Tränen in die Augen trieb, während im heutigen Berlin nur noch politisch korrekt, pragmatisch und prosaisch vom Laternelaufen gesprochen und *Sonne, Mond und Sterne* gesungen wird.

An diesem Morgen auf dem Fahrrad aber überfällt Anna Aufbruchstimmung, als mache die unterschwellige Schärfe der Luft die Muskeln stärker, den Kopf klarer und das Herz kühner. Sie freut sich auf ein Croissant von ihrem Bäcker, das sie auf der Zugfahrt essen wird. Es ist keiner der Biobäcker, bei denen sich am Wochenende Schlangen bis auf den Bürgersteig bilden, sondern ein kleiner, noch selbst backender Laden, der nicht die besten Brötchen des Viertels macht, aber die unaufgeregtesten, die bezahlbar sind und von der auf stille Art freundlichen Tochter des alten Inhaberehepaars über die Theke geschoben werden.

Kurz vor der Ecke, an der sie rechts zur großen Kreuzung abbiegen muss, bremst Anna, steigt ab und wuchtet ihr Rad über die hohe Bordsteinkante auf den Gehweg, um es vor dem Schaufenster der Bäckerei zu parken, womit hier niemand ein Problem hat. Sie schließt das Kettenschloss auf und fädelt es mechanisch durch die Speichen des Hinterrades, obwohl sie bereits registriert hat, dass etwas nicht stimmt. Sie hebt den Kopf, das Schaufenster ist dunkel, an der Tür hängt ein Zettel, Anna lässt das Schloss in den Speichen hängen, ohne abzuschließen, und geht hin, bis sie die Schrift lesen kann.

Wegen Krankheit geschlossen, steht da.

Wer ist krank, fragt sie sich, der alte Bäcker, seine Frau oder die Tochter, ist es eine Grippe oder etwas Ernsteres; geschlossen, was bedeutet das, vorübergehend oder für immer? Sie würde den Moment gern mit Moritz teilen, das plötzliche Gefühl, dass die Temperatur zu rasch gefallen ist, den Anflug eines Fröstelns. Sie tritt ein paar Schritte zurück und macht ein Foto vom Schaufenster, um es Moritz zu schicken, vielleicht aus dem Zug, wenn sie die Muße hat, eine Nachricht dazu zu verfassen.

Sie kontrolliert kurz das Foto, die Schrift ist scharf, sie steckt das Handy ein und geht zurück zu ihrem Rad. Das Schloss ist zu Boden geglitten, sie hebt es auf und schließt die Reisetasche wieder fest, fährt gedankenverloren auf dem Bürgersteig los.

He, passen Se doch auf!, ruft ein älterer Mann in Lederjacke, der plötzlich vor ihr steht und dem sie nur noch mit einem scharfen Haken ausweichen kann. Ihre gemurmelte Entschuldigung kommt zu spät, als dass er sie hören könnte, er lässt Flüche und Beleidigungen folgen, sie zieht die Schultern hoch und biegt rechts ab, jetzt wieder auf die Fahrbahn.

Der Zug ist pünktlich, die Wagenreihung nicht geändert, die Reservierungen können angezeigt werden, und so sitzt Anna auf ihrem gebuchten Platz in Fahrtrichtung am Fenster und nimmt ein zweites Frühstück zu sich. Am Bahnhof hat sie ein Schokocroissant gekauft (es lebe der Zucker, guter alter, gesundheitlich und ökologisch bedenklicher Industriezucker, der so unvergleichlich das System kickt) und einen Milchkaffee to go (natürlich hat sie den hübschen Mehrwegbecher nicht dabei, den Moritz ihr kürzlich mitbrachte. Er wird ihn im Küchenschrank finden und den Kopf schütteln, genervt und nachsichtig). Sie könnte Moritz jetzt das Foto schicken, doch sie verschiebt es auf später. Sie hat ausnahmsweise alle Zeit der Welt, muss nicht alles auf einmal tun, darf in Ruhe essen und Kaffee trinken.

Mit leerem Magen kann sie das Haus nicht mehr verlassen, weshalb sie bereits heute früh im Stehen an die Arbeitsplatte gelehnt einen Kaffee getrunken und ein Müsli gelöffelt hat (Anessen gegen das flaue Gefühl in ihrer Mitte). Die Veränderung ihrer körperlichen Bedürfnisse mit zunehmendem Alter läuft der Entwicklung ihrer Lebensumstände zuwider: Im Studium konnte sie mit der Nahrungsaufnahme mühelos bis zum Mittagessen warten, obwohl sie üppig Zeit zum Frühstücken gehabt hätte, mittlerweile muss sie sich morgens sogar für den kurzen Weg zum Kindergarten hektisch und heimlich zwischen Tür und Angel mit einer Banane oder irgendeinem Riegel stärken (die überheizten Räume der Kita und all die bei der Abgabe weinenden und klammernden Kinder würden ihrem Kreislauf sonst den Rest geben). Paula und Anton sind bereits für die erste Mahlzeit des Tages in der Kita angemeldet; jedes Mal, wenn Anna schwach wird und ihnen über die morgendliche Milch hinaus Frühstück macht, bereut sie es hinterher, weil es zu unendlichem Trödeln führt. Moritz ist um diese Zeit in der Regel schon unterwegs ins Büro; immer wieder hat Anna sich vorgenommen, sich in aller Frühe mit ihm zusammen an den Tisch zu setzen, doch am Ende einer Werktagsnacht, in der meist sie für die Kinder zuständig ist, sind ein paar Minuten mehr Schlaf kostbarer als ein Frühstück zu zweit.

Zwar muss Anna nicht ins Büro, aber durchaus zeitig am Schreibtisch sitzen, um genug zu schaffen, bis sie sechs Stunden später die Kinder abholt. Sechs Stunden sind nichts, wenn es um gut recherchierte Artikel zu interkulturellen und gesellschaftlichen Themen geht, was auch daran liegt, dass es abzüglich der Wege zur Kita und der Einkäufe, die Anna unterwegs oft erledigt, eher viereinhalb Stunden sind. Die Weitläufigkeit der Hauptstadt ist für Touristen beeindruckend, für frisch Zugezogene befreiend, im Alltag erschöpft sie nur. Viereinhalb Stunden also, in denen Anna außerdem das gröbste Chaos in der Wohnung beseitigt, die Spülmaschine ausräumt, die Wäsche macht, sich um Papierkram kümmert. Am produktivsten sind fast die Tage mit aushäusigen Recherche- und Interviewterminen, für die sie manch weiten Weg in Kauf nimmt, auch wenn sich abends dann das dreckige Geschirr türmt, während sie und Moritz nur noch ins

Bett fallen oder vielmehr vom Insbettbringen der Kinder nicht mehr aufstehen möchten. Ihre Arbeit am Text muss Anna immer dann unterbrechen, wenn sie sich gerade warm geschrieben hat, und die besten Ideen kommen ihr nachmittags auf dem Spielplatz, wo ihr in einer seltenen Minute des Leerlaufs aus heiterem Himmel eine Formulierung zufliegt, eine Argumentation, ein Thema, sie tippt Bruchstücke davon in ihr Smartphone, hebt zwischendurch zerstreut den Blick. Bald muss sie wieder zur Rutsche, um Antons Hand zu halten, weil er sich sonst nicht runtertraut und die Kinder hinter ihm schon lautstark protestieren oder gar drängeln und schubsen, während Paula am anderen Ende des Geländes nicht weniger laut mit ihrer Freundin streitet und wahrscheinlich die deeskalierende Begleitung eines Erwachsenen bräuchte.

Trotzdem wird Anna den Verdacht nicht los, dass Moritz insgeheim findet, sie könnte den Kindern ruhig zu Hause Frühstück machen und müsste sich dafür bloß anders (besser) organisieren. Ihr selbst scheint eine echte Umorganisation nur in einer konsequenten Fifty-fifty-Aufteilung möglich oder aber im Rollentausch. Immer wieder mal bringt sie das Thema auf den Tisch, doch Moritz nimmt ihr mit dem Totschlagargument der finanziellen Verhältnisse und der Gepflogenheiten auf seiner Position zuverlässig den Wind aus den Segeln, bevor ihr Gedankenspiel Fahrt aufnehmen kann. Dabei findet Anna die Tatsache, dass ihr just während der ersten Schwangerschaft eine passabel bezahlte feste Stelle als Redakteurin angeboten wurde, die sie dann nicht bekam, gar keinen schlechten Ansatzpunkt für Gedankenspiele, auch wenn sie die Frage, ob es an ihrem beim Vorstellungsgespräch nicht mehr zu kaschierenden Bauch gelegen hat, mit ins Grab nehmen wird.

Obwohl der Zug um diese Tageszeit voll ist, bleibt der Platz neben Anna wundersamerweise selbst nach zehn Minuten noch frei, ist auch nicht als reserviert gekennzeichnet. Sie zögert nur kurz, bevor sie hinüberrückt und so zwar nicht mehr den unmittelbaren Blick aus dem Fenster hat, aber die Chance erhöht, auf der gesamten Fahrt keinen Nachbarn zu bekommen, sofern die Reservierungsanzeige über ihrem eigentlichen Platz abschreckend genug wirkt.

Sie will das hier allein erleben; es ist spektakulär, aus Berlin rauszukommen, etwas anderes zu sehen als jeden Tag und immer. Auf der täglichen Landkarte zwischen Wohnung, Kita, Supermarkt und Spielplatz wird die Großstadt zum erstickenden Sumpf, Weitläufigkeit hin oder her. Andere fliegen mit ihren Säuglingen und Kleinkindern um die Welt, zu Wohnmobiltouren durch Kanada in der Elternzeit, zu Hochzeiten nach Bali oder einfach in den Urlaub nach Thailand. Doch eine Pauschalreise nach Fuerteventura, bei der Paula auf dem Flughafen für eine halbe Stunde verloren ging, Anton den je vierstündigen Hin- und Rückflug durchschrie, beide Kinder im Clubhotel Magen-Darm bekamen und sich auch nach ihrer Genesung partout nicht von den Animateuren betreuen lassen wollten, bestätigte Annas und Moritz' Vermutung, dass für sie galt, was der Vater eines Kindes aus der Kita einmal mitfühlend auf den Punkt brachte: Urlaub mit kleinen Kindern ist wie Alltag unter erschwerten Bedingungen. Seither sind sie meist zu den Großeltern gefahren, wenn der Drang nach einem Tapetenwechsel übermächtig wurde.

In den letzten Jahren hat Anna wiederholt die Überlegung angestoßen, ob ein Leben auf dem Land nicht doch das bessere wäre, um die Kinder großzuziehen, vorzugsweise in ihrer Herkunftsgegend.

Da würdest du im Alltag doch auch verrückt werden, wandte Moritz, der in einer öden Kleinstadt aufgewachsen war, ein. Von der Jobfrage ganz abgesehen. Worüber willst du da schreiben? Über Landflucht? Über Stadtflucht vielleicht, schlug Anna vor, oder über den außerordentlichen Erfolg von Magazinen zum Thema Landleben.

Da gibt es gar keine Kitaplätze für unter Dreijährige, machte Moritz weiter, weil die Mütter alle zu Hause bleiben. Und wenn sie wieder arbeiten gehen, dann im besten Fall als Lehrerinnen oder Sachbearbeiterinnen auf irgendeinem Amt, wie die Mehrheit deiner Schulfreundinnen, zu denen du nicht umsonst höchstens noch nostalgischen Kontakt hast. Und die paar Ausnahmen, die was Spannenderes machen, leben doch auch in Großstädten. Eben, die engsten Freunde sind sowieso verstreut, meinte Anna, und würden einen auf dem Land genauso oft oder selten besuchen wie in der Hauptstadt (wo sie im Übrigen auch Kontakt zu Müttern hat, die Lehrerinnen oder Sachbearbeiterinnen sind, was nicht unbedingt darüber entscheidet, wie gut sie sich mit ihnen versteht). Und bei der Kinderbetreuung würden die Großeltern sicher gern helfen.

Moritz ließ nicht locker: Es gibt weit und breit kein Programmkino und kein Sushi, und auch alles andere musst du mit dem Auto machen. Als ob sie in Berlin je ins Kino kämen, dachte Anna, und außerdem hätte sie dann wenigstens ihr eigenes Auto und fände immer und überall sofort einen Parkplatz, aber zugegeben, die Sushifrage blieb ungeklärt.

Draußen hebt sich wie durch Zauberhand die Rest-
nacht von den Feldern, von ihrem Platz am Gang kann
Anna alles noch gut beobachten, auch wenn der Ausblick
durch die Fensterumrahmung aus schwarzem Gummi
eingefasst ist, wie eine Traueranzeige für ihr früheres,
freies Leben, das hinter der Scheibe ein letztes Mal auf-
scheint. Den bald aufsteigenden Sonnenball wird Anna
nicht sehen können, weil der Zug nach Westen fährt. Wie
viele Sonnenuntergänge hat sie im Leben gesehen und
wie wenige Aufgänge? Obwohl bei beiden im Grunde das
Gleiche in umgekehrter Richtung und Reihenfolge passiert, glaubt Anna, dass man es unterschiedlich wahr-
nimmt, doch sicher ist sie sich nicht. Kinder zu haben,
heißt zwar, bei Sonnenaufgang wach zu sein, aber ohne
die Muße, ihn zu betrachten.

Heute hat sie die Muße, wenn auch keinen direkten
Blick auf die Sonne und ihr Farbschauspiel, aber man
nimmt, was man kriegen kann: in diesem Fall die Aussicht auf den weiten, sich so unmerklich wie erstaunlich schnell lichtenden Himmel über dem leicht welligen
Land, auf Pappelalleen, auf kilometerlange Stromleitun-
gen über Stoppelfeldern und leeren Äckern, nur der Mais
ist noch nicht geerntet. Früher war das für sie, ihren Bruder und die Nachbarskinder die Jahreszeit, um inmitten
der sie hoch überragenden Pflanzen Verstecken zu spielen und Schnitzeljagden zu veranstalten, woraus sie mit
einer klebrigen und vermutlich vor Pestiziden strotzen-
den Staubschicht überzogen erst am Ende langer Nach-
mittage wieder auftauchten. Bei aller flüchtigen Ähnlichkeit ist es hier im Nordosten weniger idyllisch, ärmlicher
und verwahrloster als das, was sie aus ihrer Kindheit als
Landschaftsideal verinnerlicht hat, weniger Vieh steht

auf den Weiden, dafür gibt es in dem sandigeren Boden mehr Kiefern und Birken. Menschliche Behausungen finden sich hier vor allem als Kollektiv in Form ehemaliger LPGs, während sich da, wo sie herkommt, einzelne Höfe hinter Baumgruppen ducken. Wenn sich dort die Dämmerung über die modernen Gerätschaften legt, aus der nur noch die Telegrafenmasten hervorstechen, könnte man im schnellen Vorbeigleiten meinen, man fahre durch eine frühindustrielle Landschaft. Anna liebt jenen scherenschnitthaften Anblick, und wenn sie jetzt die Augen zusammenkneift, verschwimmen die Unterschiede, sodass sie ihr altes Zuhause vor sich sieht und eine andere Strecke, die sie oft in der Abenddämmerung fuhr, vor langer Zeit.

DAMALS

Herbstsemesterbeginn, zum ersten Mal. Sie hatte sich für Anglistik als Hauptfach eingeschrieben, im Nebenfach für Germanistik und Soziologie; natürlich wusste sie nicht, was genau sie später damit machen wollte, aber diese Frage stellten damals nur Nachbarn, die man nicht ernst nahm, und entfernte Verwandte, die Juristen waren und die man selten sah. Ihr WG-Zimmer lag im obersten Stock eines blassrosa Jugendstilhauses inmitten der Altstadt; im Vergleich zu all jenen, die im Wohnheim untergekommen waren, teils in Hochhaustürmen, in abgewetzten Acht-Quadratmeter-Hasenställen, war sie maßlos verwöhnt.

Und doch waren bisher streng genommen nur ihre paar Möbel und persönlichen Sachen eingezogen, sie selbst war nach einer neben ihrem Bruder auf der Luftmatratze verbrachten unruhigen Nacht (das Bett hatten sie ihrem Vater überlassen) gleich wieder mit ihren beiden Umzugshelfern die drei Stunden zurückgefahren, *nach Hause*, wie sie dachte, um die verbleibenden zwei Wochen bis zum ersten Vorlesungstag noch bei ihrer Familie zu verbringen.

Sie fürchtete sich ein wenig vor ihrer Mitbewohnerin, einer feingliedrigen Musikwissenschaftlerin im Hauptstudium mit langem, leuchtend orangem Zopf (ihr Haar hatte dieselbe Farbe wie eine Möhre, geht es Anna durch den Kopf. Paula liebt diesen Satz, aber mit Pippi Langstrumpf hatte Katharina nichts gemein). Sie war sich nicht mehr sicher, ob Katharinas Dauerlächeln, das sie bei der Wohnungssuche ermutigend gefunden hatte, echte Freundlichkeit verriet oder ob sich etwas anderes oder, womöglich noch schlimmer, nichts dahinter verbarg. In Katharinas Umgang mit ihrem Vater und ihrem Bruder erschien es Anna plötzlich anbiedernd. Aber sie hatte beim Kistenschleppen erstaunlich kräftig mitangepackt und am Abend für alle ein köstliches Chili gekocht, dessen Verzehr man der zierlichen Person gar nicht zugetraut hätte. Beim Essen allerdings hatte sie lächelnd erzählt, dass sie am liebsten Bach höre, das würde Anna hoffentlich nicht stören, die Altbauwände seien sehr hellhörig. Annas Bruder hatte vielsagend gegrinst, und Anna hatte den Kopf geschüttelt, übertrieben heftig und damit verräterisch, wie sie sofort dachte; Beethoven wäre ihr lieber gewesen, und sie bekam eine erste Ahnung davon, was WG-Leben bedeuten könnte. Sie fragte sich, warum Katharina bei aller Erfahrung mit Mitbewohnerinnen nicht jede Interessentin nach ihrem Musikgeschmack gefragt hatte und ob sie ahnte, dass von Annas Seite der Altbauwand eher Nirvana oder Garbage zu hören sein würden, im besten Fall auch mal Beethoven.

Im Grunde fürchtete sich Anna vor allem, was sie ersehnte, aber nicht kannte, mehr noch als vor der Mitbewohnerin natürlich vor dem Alleinsein. (Heute, daran glaubt sie zu merken, dass sie älter wird, hat sie weniger Angst vor Menschen oder abstrakten Bedrohungen, dafür eher vor konkreten Dingen und Handlungen, die sie kennt und früher nicht fürchtete, vor Achterbahnfahrten, vor zu weit ausschwenkenden Baggerarmen auf Baustellen und davor, auf dem Fahrrad den Lenker loszulassen.)

Am Sonntagabend vor Semesterbeginn bestieg sie den Zug mit einem Kloß im Hals. Sie hatte den Bus in die Kreisstadt genommen, von wo es eine direkte Zugverbindung gab, auch wenn ihre Eltern angeboten hatten, sie zum Bahnhof zu fahren, doch die festen Umarmungen und heiteren Abschiedsworte hätte sie schwer ertragen. Während sie sich durch die Gänge bewegte, im Rhythmus des anfahrenden Zuges leicht hin- und herschwankend, sich manchmal an Kopflehnen abstützend, und nach einem freien Platz Ausschau hielt (die Reservierung hatte sie sich gespart, naiverweise, wie sie feststellen musste), ergriff sie dann doch ein Gefühl der Vorfreude. Es gab kein Zurück mehr, jetzt, endlich, würde alles beginnen. Was genau, davon hatte sie keine Ahnung und spürte es zugleich sehr präzise in ihrem sich dehnenden Brustkorb, den sich straffenden Schultern, dem federnden Schritt.

Später würde sie denken, dass sie ihn sich ausgesucht hatte, es war alles ihre Verantwortung. Damals sah es wie Schicksal aus. Er saß am Gang, neben ihm am Fenster der erste freie Platz, den Anna seit vier Waggons entdeckte, und las in einem Buch, das sie im Näherkommen als

Niklas Luhmanns *Liebe als Passion* identifizierte, und in einer Kurzschlussreaktion, die keinen Raum zum Zögern ließ, fragte sie ihn nicht, ob der Platz neben ihm noch frei sei, sondern, ob er vielleicht Soziologie studiere. Er hob den Blick, stutzte nur kurz, dann zuckte sein einer Mundwinkel, und er sagte, das tue er in der Tat, nun sei er aber gespannt, wer das wissen wolle. Plötzlich fühlte sie ihr Herz zwischen den Schlüsselbeinen flattern, wie einen kleinen übermütigen Vogel, der aus dem Käfig will und dabei Angst vor der eigenen Courage bekommt, doch inzwischen hatte sich auch sein anderer Mundwinkel nach oben bewegt, und in seinem Blick meinte sie eine Art erstauntes Erkennen wahrzunehmen. Sie nannte ihren Namen, er machte keinen Spruch, der einen bekannten Song zitierte und den sie schon oft zu hören bekommen hatte, und auch sonst keinen, der ihre beherzte Ansprache aufnahm, sondern stellte sich selbst vor, Jan, und bot ihr den Platz neben sich an. Während er das Buch zuklappte und es auf den Sitz am Fenster legte, sich erhob, Anna half, ihren schweren Rucksack auf die Gepäckablage zu wuchten (er fragte nicht, ob sie Wackersteine darin habe; sie hatte zu viel Lektüre dabei, darunter *Liebe als Passion*), und sie durchließ, achteten beide peinlich genau darauf, sich nicht zu berühren, so kam es ihr vor. Ehe sie sich setzte, nahm sie das Buch vom Sitz, sie drehte sich um und gab es ihm rasch, als hätte sie sich die Finger verbrannt, und wiederum so, dass sie seine nicht berührte, und er ließ es ebenso schnell in der Tasche zu seinen Füßen verschwinden.

Als sie beide saßen, überkam Anna das sichere Gefühl, dass alles ein Fehler war; dass sie die Fahrt so zwischen ihm und der Fensterscheibe nicht überstehen würde. Sie empfand den physischen Drang, augenblicklich aufzustehen und den Waggon, am besten direkt den Zug zu verlassen – oder aber diese paar lächerlichen Zentimeter Abstand zwischen ihnen, markiert durch die Armlehnen in der Mitte, die sie beide nicht nutzten, zu überwinden. Obwohl sie Jan nicht ansah, dachte sie, es müsse ihm genauso gehen, und sie nahm all ihren Mut zusammen und wandte doch den Kopf.

Er blickte im selben Moment zu ihr herüber, jetzt sah er amüsiert aus, und wundersamerweise wirkte dieses Amüsement unmittelbar beruhigend auf sie, es kam nicht von oben herab, eher ganz geradeaus. Es rief in ihr das Gefühl hervor, dass sie sich genauso gut entspannen konnte, weil sie fortan mit ihm zu tun bekommen würde, ob ihr nun irgendetwas an ihm besonders gut gefiel oder nicht.

Während der Fahrt sprachen sie tatsächlich über Soziologie, er war im fünften Semester, Hauptfach, und meinte, wenn sie bereits Luhmann gelesen habe, werde sie sich während des Grundstudiums, zumal im Nebenfach, sehr langweilen. Sie entgegnete, dass sie über Luhmann zwar in Philosophie in der Schule gesprochen hätten, sie aber nicht behaupten könne, »ihn gelesen« zu haben, er sei ihr nur (dabei grinste sie kühn) als geeigneter Gesprächsaufmacher erschienen, aber sie sei begierig, mehr zu erfahren. Anfangs ein wenig ungläubig ob ihres ernsthaften Interesses ließ er sich schließlich überreden, etwas vom Text zu erzählen, wenn sie ihn schon vom Weiterlesen abhalte (jetzt war er es, der grinste). Als ihm ihre Nachfragen zu präzise wurden, um sie profund beantworten zu können, wie er irgendwann mit gespielter Empörung behauptete, stellte er in Aussicht, sie neben den Geheimnissen der Soziologie auch in die des Institutslebens einzuweihen (sie dachte, sagte aber nicht, dass andere Geheimnisse sie mehr interessieren würden). Außerdem bot er an, mit ihr für den gefürchteten Statistikschein zu lernen, an dem nicht wenige angehende Soziologen noch vor der Zwischenprüfung scheiterten. Sie nahm sein Angebot an und ließ unerwähnt, dass sie gut in Mathe war und sich vor Statistik nicht fürchtete.

Je mehr sie sich ihrem Ziel näherten, desto selbstverständlicher schien es ihr, dass sie sich am Bahnhof nicht trennen würden, weiter kam sie mit ihren Gedanken nicht. Irgendwann führten sie wieder ihren Abstandstanz auf, weil sie aufs Klo wollte; sie musste gar nicht, empfand nur das Bedürfnis, sich zu sammeln, was misslang.

Das unvorteilhafte Licht auf der Toilette zeigte im verkratzten Spiegel überdeutlich, dass sie aussah wie im Fieber, die Haut an Kopf und Hals glühte, es war ihr kurz peinlich und dann egal. Sie zog sich mit fahrigen Händen die Lippen nach, mit für ihren Hautton zu dunklem *Midnight Red*; als der Zug sich in eine Kurve legte, wurde sie beinahe gegen das Toilettenfenster geschleudert, sie stützte sich gerade noch rechtzeitig mit einer Hand an der türkis-grauen, klebrigen Wand ab, während die andere Hand mit dem Lippenstift eine Zickzacklinie auf den Spiegel malte, und konnte ein Juchzen nicht unterdrücken, das tief aus ihrem Innern kam.

Zurück an ihrem Platz fragte er sie, ob sie Lust habe, ihn noch zu einem Treffen mit Freunden in einer Kneipe zu begleiten, darunter nicht wenige Soziologen, falls sie das locken könne. Sie war kurz irritiert, hatte erwartet, sie würden unter sich bleiben, aber sie fing sich schnell und sagte leichthin, klar, warum nicht. Schließlich stellte sie sich auch das unter *Studentenleben* vor, und die Uni, die neue Stadt, all das verlor mit einem Mal seinen Schrecken und erschien ihr in diesem Moment genauso verheißungsvoll, wie sie es sich ausgemalt hatte.

Auf dem kurzen Weg vom Bahnhof in die Altstadt, wo sich nicht nur ihr Zimmer befand, sondern auch die Kneipe, in der seine Freunde den Abend verbrachten, war sie mehrmals versucht, seine Hand zu nehmen, schreckte aber davor zurück, aus Angst, alles (was genau, wagte sie nicht zu denken) würde dann zu schnell gehen. Wie selbstverständlich hatte er beim Aussteigen aus dem Zug ihren Rucksack geschultert; sie trug, auch darüber verloren sie kein Wort, seine schmale Aktenmappe, die sich als nicht so leicht erwies, wie sie aussah.

Sie gingen durch die frühherbstliche Stadt, die Straßenlaternen und beleuchteten Schaufenster warfen ihr Licht unerklärlich ungerührt auf vereinzelt herumliegende Linden- und Buchenblätter, und die Luft war klar und still. Nur auf der Allee löste sich unvermittelt eine Kastanie aus den Baumkronen und plumpste auf den Rucksack, ehe der grüne Igel auf dem Boden aufschlug, dort allerdings, weil der Aufprall durch den Zwischenhalt gedämpft worden war, nur ein Stück weit aufplatzte, sodass die rotbraun glänzende Frucht zwar zu sehen war, jedoch nicht heraussprang.

Sie gingen zügig, aber nicht zu schnell. Ihre Schrittlängen passten gut zueinander, Jan war nicht besonders groß, kaum größer als Anna. Unterwegs schwiegen sie, was jetzt in der Bewegung leichter fiel als nebeneinandersitzend, kein unangenehmes, eher ein vielsagendes Schweigen.

Ihr schoss durch den Kopf, dass sie nicht hätte sagen können, welche Farbe seine Augen hatten. Das ging ihr oft so, selbst mit vertrauten Menschen. Sie tippte auf Braun wie ihre eigenen, denn seine Haare waren noch eine Spur dunkler als ihre, aber in diesem Moment wollte sie es wissen, und sie blieb abrupt stehen, was zur Folge hatte, dass er ebenfalls anhielt und sich zu ihr umdrehte. Alles in Ordnung?, fragte er, gehe ich zu schnell? Nein, sagte sie, alles in Ordnung. Sicher?, hakte er nach, richtiggehend besorgt, was sie rührte. Aber ja, sie nickte ihm aufmunternd zu, und jetzt hoben sich seine Mundwinkel wieder, erst der eine, dann der andere.

Er stand genau unter einer Straßenlaterne, und unter dichten, geraden Wimpern waren seine Augen dunkelblau mit einem tanggrünen Sprenkel. Die Iris grenzte nicht wie bei den meisten Menschen oben und unten direkt an die Lider, unter ihrem unteren Rand war noch ein schmaler weißer Streifen des Augapfels zu sehen, was seinen Blick einerseits schläfrig, andererseits besonders wach wirken ließ.

So spät an einem Sonntagabend noch auszugehen, fühlte sich auf angenehme Weise verquer an, und sie betrat die Kneipe beschwingt in seinem Windschatten. Der mit Tresen, Barhockern und einer speckigen Plüschsitzgruppe funktional möblierte, ansonsten kahle, aber durch seine Winzigkeit, die Rauchschwaden über den Köpfen und die Jukebox in der Ecke dennoch gemütliche Raum war voller Menschen, die alle zusammenzugehören schienen. Nachdem sie Rucksack und Tasche neben der Tür abgestellt hatten, wusste Anna, die eine viel kleinere Runde erwartet hatte, nicht, wohin mit dem Schwung von draußen. Sie versuchte, sich dicht, aber

nicht zu dicht bei Jan zu halten, was zum Scheitern ver-
urteilt war, da in diesem Raum jeder, ob er saß oder stand,
zwangsläufig gegen jede stieß oder aber von seinen Gesprächspartnern genauso zwangsläufig durch jemand
anderen auf dem Weg zur Bar, zum Klo oder zu einem anderen Grüppchen wieder getrennt wurde.

Man begrüßte Jan beinahe wie den verlorenen Sohn,
überschwänglich, wenn auch leicht ironisch, obwohl er
nur übers Wochenende bei seinen Eltern gewesen war. Er
wurde umarmt, von den Frauen inniger als von den Män-
nern (natürlich waren es im Grunde Mädchen und Jungs,
aber Anna kamen die meisten erwachsener vor, als sie
selbst sich fühlte, und tatsächlich wurden ihr einige als
Unimitarbeiter, wissenschaftliche Hilfskräfte oder Assis-
tentinnen, vorgestellt). Alle wirkten sehr vertraut miteinander, und sie stand zwar mittendrin, zwangsläufig,
blieb aber doch außen vor und kam sich im besten Fall
gemustert vor, nicht unfreundlich, aber auch nicht besonders interessiert, und im schlechtesten Fall fühlte
sie sich übergangen. Es lag nicht an Jan, der sie empha-
tisch und, was die Umstände ihres Kennenlernens an-
ging, ganz und gar unkompromittierend, dadurch allerdings auch ein paar Fragen offenlassend, vorstellte (das
ist Anna, neu in der Stadt, erstes Semester und schon
jetzt eine vielversprechende Soziologin – oder stellte er
jede so vor? Rührte daher das nicht zu entschlüsselnde
Lächeln der anderen?). Es fiel ihr einfach schwer, sich auf
die Gruppe einzustellen, und dann war es auch schlicht
eine blöde Situation, wie man, einander nicht kennend,
mit hängenden Armen dastand und sich höchstens zu-
nickte, während er alle herzte.

Die Typen trugen zum Großteil T-Shirts mit abgewetzten Cordsakkos darüber oder aus der Jeans hängende Oberhemden, die Garderobe der Frauen war vielfältiger, viele hatten dunkel umrandete Augen und Nasenpiercings, die Lippen geschminkt hatte sich nur Anna, das war jedenfalls ihr Eindruck. In aufwallendem Trotz dachte sie an die Mutter ihrer besten Sandkastenfreundin Rabea, die immer gesagt hatte, wenn auch keine Frau je ohne Lippenstift das Haus verlassen sollte, so gelte das für Anna mit ihrem schönen Mund ganz besonders.

Es wurde viel getrunken, lokales Pils vom Fass, das milder schmeckte als zu Hause und in diesem Lokal sehr günstig war. Sobald die Gläser leer waren, hatte immer schon jemand die nächste Runde bestellt, aber noch mehr wurde geraucht, vor allem Selbstgedrehte.

Die Gespräche waren so intensiv, dass sie für die Begrüßung nur kurz unterbrochen und dann scheinbar nahtlos weitergeführt wurden. Man redete über Fachliches, aber verklausuliert und ironisch gebrochen, sodass Anna wenig damit anfangen konnte und sich auch dadurch ausgeschlossen fühlte. Mit den anderen Themen war es nicht besser, es ging um Dozenten, die sie nicht kannte, und um Filme, die sie nicht gesehen hatte. Sie bekam plötzlich Heimweh nach ihrem vergleichsweise langweiligen Freundeskreis aus der Schule, nach konventionellen Gesprächseröffnungen, zumal wenn jemand Unbekanntes zu einer Gruppe stieß, was selten genug der Fall war.

Die Begrüßungsrunde zog sich hin, weil Jan tief in die Gespräche einstieg, doch irgendwann standen sie beide neben dem Tresen, und er wandte sich ihr zu. Das war jetzt blöd für dich, oder? Er grinste entschuldigend, und schlagartig fühlte Anna sich nicht mehr fehl am Platz.

Sie schüttelte aus voller Überzeugung den Kopf und räumte dann doch ein, es sei in der Tat blöd, dass es für solche Situationen, in denen eine Umarmung noch zu intim sei (sie zuckte innerlich zusammen, als sie das Wort aussprach), keine passende Begrüßungsgeste gebe. Er stimmte ihr sofort zu, Händeschütteln sei nur etwas für Physiker, und Wangenküsse seien Romanistinnen vorbehalten (lange Absätze, kurze Hauptsätze). Und jetzt hol ich uns mal ein Bier.

Leider ging der Klang der Jukebox etwas unter; wären sie allein gewesen, hätten sie tanzen können. *Come on, do the locomotion with me. I'm all shook up. Don't leave me this way. Now I'm a believer.* Anna fühlte sich aufgehoben in Jans Gegenwart, richtiggehend ein Stück größer als sonst (es hatte nichts mit seiner Körpergröße zu tun), als könnte ihr nichts und niemand etwas anhaben. Zugleich kam es ihr vor, als stünden sie auf einer Bühne, während sie eigentlich ins Separee gehörten. Dabei sprachen sie über, jedenfalls in diesem Rahmen, absolut Salonfähiges; über Fachliches (bald würde sie sämtliche Codes kennen, versicherte er ihr), über Dozenten (er beschrieb ihr einige illustre Professoren, die sie kennenlernen würde) und über Filme, die sie beide gesehen hatten. Irgendwann, als der Raum sich nach und nach leerte, kamen sie auch wieder mit anderen ins Gespräch, die Unterhaltung war durch den höheren Alkoholpegel jetzt langsamer, mäandernd und für Anna zugänglicher. Sie wurde nach wie vor nichts Konventionelles gefragt, aber nun merkte sie, dass sie dafür ganz dankbar war und die Abwesenheit von Small Talk es gerade mit sich brachte, dass man sie so selbstverständlich miteinbezog, als gehöre sie längst dazu.

Jan und sie waren die Letzten, die gingen, als der Zottelbart hinterm Tresen, den alle beim Vornamen nannten, trocken sagte: 'ne zweite letzte Runde gibt's nicht, ich mach jetzt Feierabend.

Anna konnte kaum glauben, wie spät es geworden war, sie war kein bisschen müde wie sonst nach Zugfahrten und Ausgehabenden (geschweige denn in dieser Kombination, die neu für sie war). Sie war sich nicht sicher, ob das letzte Dreiergrüppchen, das sich vor ihnen verabschiedete, vielsagend gegrinst hatte, als sie beide noch blieben. Wenn ja, nahm sie es in Kauf, als kompromittierenden Abschluss eines kompromittierenden Abends.

Als Jan an der Tür nach ihrem Rucksack griff, ihn sich aber nicht aufsetzte, sondern ihr dabei half, und dann seine Tasche nahm, spürte sie es tief innendrin, ein Ziehen in der Bauchhöhle. Draußen standen sie sich gegenüber, ihr Rucksack wog schwerer als je zuvor, Jan sah sie aus grünblauen Augen an, und ihre Enttäuschung schlug in Erleichterung um. Es war wie ein Wiedererkennen seiner Zurückhaltung und Behutsamkeit, die ihr ursprünglich so gut gefallen hatten und im Zusammentreffen mit seinen Freunden durch etwas anderes, ihr Fremderes ergänzt worden waren. Das Repertoire an möglichen Verabschiedungsgesten ließ zu wünschen übrig, sie waren keine Physiker oder Romanisten, und auch ohne Umarmung war die Situation schon so intim, dass der Augenkontakt allein ein Wagnis schien.

War ein schöner Abend, hm?, fragte er mit diesem in sich leicht verzögerten Lächeln. Anna hatte wieder das Gefühl, sie bräuchte nur die Hand auszustrecken, um einen Dammbruch auszulösen. Stattdessen nickte sie, machte einen Schritt zurück und, ohne sich noch einmal umzudrehen, ohne sich zu verabreden oder wenigstens ihre Nummer mit ihm zu tauschen, wie ihr zu spät bewusst wurde, ging sie durch die überraschend laue Nachtluft davon. Sie spürte seinen Blick im Rücken und war jetzt froh um ihren Rucksack, der ihr wie ein Schutzschild vorkam. Sie musste alle Willenskraft aufbieten, um nicht loszulaufen.

JETZT

Noch fühlt Annas Reiseziel sich unwirklich an, gut vier Stunden Fahrt liegen vor ihr, und sie versucht, ihre unaufhörlich rückwärtsstrebenden Gedanken in die entgegengesetzte Richtung zu lenken, auf den bevorstehenden Aufenthalt in der Stadt und das Seminar. Sie muss aufpassen, dass sie sich nicht in Erinnerungen verliert, keine ganz leichte Übung, wenn man plötzlich so unverschämt viel Zeit für sich hat.

Ehe sie ihren Laptop aufklappt, gönnt sie sich einen Gang zur Toilette, auch wenn sie nicht muss. Die Minuten dort, ungestört und unbeobachtet, während sie erst auf dem geschlossenen Deckel sitzt, dann ruhig ihr Spiegelbild betrachtet und sich ihrer selbst vergewissert (vielleicht wird sie nach ihrer Ankunft doch noch einen Lippenstift kaufen), fühlen sich an wie früher ein ganzer Wellnesstag. Kein Kind zerrt an ihr, das jetzt sofort auf der Stelle und eigentlich schon längst irgendein Grundbedürfnis erfüllt bekommen muss und dieses unignorierbar zum Ausdruck bringt.

Das Zerren der Kinder hat nichts Possierliches an sich, über das Anna im jeweiligen Moment lächeln könnte. Es fühlt sich an, als hinge das unmittelbare Überleben der beiden in jedem Augenblick von Anna ab, die in den vielen Stunden des Zusammenseins gelernt hat, Paulas und Antons Bedürfnisse zu lesen, die die Kinder selbst noch längst nicht immer klar zu erkennen, geschweige denn zu benennen vermögen. Die Kinder können sich erschreckend wenig selbst helfen, auch wenn sie es wollen, was oft zu Frustanfällen führt (nicht nur bei ihrer Mutter, sondern bei ihnen selbst), und wenn sie etwas dann endlich können, kommt die Phase, in der sie es nicht selbst tun wollen. Anna kennt Mütter, die sich in der Helferrolle geschmeichelt, weil unentbehrlich fühlen, zugleich jedoch mit der ihr abgehenden Gabe gesegnet scheinen, die kindlichen Bedürfnisse, von denen man als Erwachsener so weit entfernt ist, nicht allzu ernst zu nehmen. Sie aber kann nicht anders, als sich einzufühlen; wenn man so angewiesen ist auf Hilfe, hat man es auch nicht leicht, stellt sie sich vor und gibt sich Mühe, die Kinder diese Abhängigkeit nicht merken zu lassen, und weil sie so mitfühlt und sich müht, empfindet sie die Verantwortung vor allem als belastend (sie denkt nicht darüber nach, sie spürt es physisch, als an ihren Armen und Beinen hängende kleine Gewichte).

Tatsächlich sind in den ersten Lebensjahren fast alle Bedürfnisse vergleichsweise elementar und dringend: Antons überquellende Windel, ausgerechnet während seine Mutter auf der Toilette sitzt, und Paulas im selben

Augenblick kundgetanes eigenes unaufschiebbares Bedürfnis, sofern es nicht schon in die Hose gegangen ist (natürlich hat Anna Antons Body eben erst gewechselt, natürlich ist es der letzte saubere, natürlich haben sie an so einem Nachmittag noch eine Routineuntersuchung beim Kinderarzt, der kontrolliert, ob Anton nicht vernachlässigt wird. Und natürlich quillt der Windelmüll just ebenfalls über, sie kann ihn nicht rausbringen und die Kinder so lange allein lassen; mit Müll und Kindern gleichzeitig runterzugehen, ist auch keine ernsthafte Option, volle Windeln sind überraschend schwer, und der logistische Aufwand wäre unverhältnismäßig, allein die zusätzlichen Stufen und die schwere Tür zum Müllraum im Keller; oft hat Anna den Eindruck, dass sich ihr ganzes Leben nur noch um kleinteilige Logistik dreht). Wie ein Brandbeschleuniger wirkt dabei die erst durch zwei Kinder entstehende Dynamik, die ebenfalls gern in dem Moment ihren Höhepunkt erreicht, da Anna es wagt, auf die Toilette zu gehen: Wenn es nicht die überquellende Windel ist, dann ist es der Sturz vom Küchenstuhl, auf dem Paula trotz Annas mahnender Worte lautstark herumturnt, um die seit der Geburt des kleinen Bruders schmerzlich vermisste ungeteilte Aufmerksamkeit ihrer Mutter zu bekommen, während Anton herzerweichend nach seiner Milchflasche weint, oder es ist der Streit um die Bastelschere, die Anton eigentlich noch gar nicht in die Hände bekommen darf und die seine Schwester darum nur unter Erwachsenenaufsicht benutzen soll (aber allmählich gibt es in der Wohnung keine Verstecke mehr, die vor Paula sicher sind), und ein erschreckend stark blutender Schnitt an Antons Zeigefinger.

Das Timing der Kinder ist verblüffend, die Gleichzei-

tigkeit der Ereignisse spottet der Linearität jeder Aufzäh-
lung. Dabei wäre jedes kleine Kinderereignis für sich genommen bereits eine Herausforderung für Anna, auch
ohne die parallel läutende Türklingel, die schrillende
Eieruhr und die penetrant piepsende Mikrowelle/Spül-
maschine/Waschmaschine. (Lieber würde Anna das er-
wärmte Essen wieder kalt werden und die Wäsche zer-
knittern lassen, als auch noch von den Haushaltsgeräten
gesagt bekommen, was sie von ihr wollen – leider mussten die alten, angenehm stummen Geräte ersetzt werden,
darauf hat Moritz irgendwann bestanden, wegen der ka-
tastrophalen Energiebilanz, die fußabdrucktechnisch
angeblich schlimmer war als der entstehende Elektro-
schrott.)

Die Herausforderung wird nicht kleiner nach besonders oft unterbrochenen Nächten oder an den nicht ganz
seltenen Tagen, wenn sie die Kinder mit Fieber oder
Durchfall früher aus der Kita holen muss oder sie beim
Abholen schlicht so erschöpft und überdreht sind, dass
ein Heulanfall den nächsten jagt. Anna hat sich schon bei
dem Gedanken ertappt, dass sie die beiden gern täglich
länger in der Betreuung lassen würde – wenn sie nur das
Gefühl hätte, dass ihnen der Aufenthalt dort weniger ab-
verlangen würde.

Mit ihrem eigenen Timing kommt Anna gegen das
der Kinder nicht an, indem sie einfach dann zur Toilette
ginge, wenn gerade Zeit ist. Weil eigentlich nie Zeit ist,
weil alles so weitergeht, Tag für Tag (auch am Wochenende, besonders am Wochenende), Woche für Woche,
Jahr für Jahr, ohne Ausnahme, ohne nennenswerte Pau-
sen. Das Ganze ist ein Hamsterrad für Fortgeschrittene,
ob man nun versucht, die Kinder in den Erwachsenen-

rhythmus zu integrieren oder umgekehrt, die Bedürfnis-
dichte bleibt die gleiche. *Irgendwas ist immer*, und man
braucht den Raum nur viel kürzer zu verlassen als für einen noch so schnellen Toilettengang, damit etwas passiert (und sei es nur das nächste umgestoßene Wasser-
glas, dessen Volumen sich auf dem Boden verzehnfacht
und mit dem der ganze Tag kippen kann). Sie hat es aus-
probiert, dabei zu zählen angefangen und, weil sie oft
nicht mal bis zwanzig kam, die Versuche aufgegeben.

Leider ist es in den meisten Fällen nicht so, dass die
Bedürfnisbefriedigung freudig oder auch nur gnädig aufgenommen würde. Im Gegenteil mobilisieren die kleinen
Körper (um sich etwa gegen eine frische Windel zu weh-
ren) beeindruckende Kräfte, deren man nur mit einem eigenen körperlichen Einsatz (wie dem Festhalten der heftig strampelnden Beinchen) Herr werden kann, der nicht
nur theoretisch oder psychisch ein Problem ist, sondern
Anna nicht selten auch ganz praktisch an ihre physischen Grenzen bringt.

Das Vertrackte an der Sache ist, dass sich, erzählt man
all das Außenstehenden, die keine kleinen Kinder haben,
die Herausforderung nicht ansatzweise vermittelt. Ihnen
fehlt das akute Erleben des Schlafdefizits, das über Jahre
hinweg nicht ausgeglichen werden kann – beziehungsweise nur minimal durch den anderen Elternteil, dessen Bereitschaft, Nachtschichten zu übernehmen, man
auf Gedeih und Verderb ausgeliefert ist (es sei denn vielleicht, man ist Herzogin Kate und hat eine Nacht-Nanny;
den Menschen, auf die man als Normalsterblicher theoretisch Zugriff hätte, wie Großeltern oder Babysitter,
sind solche Dienste jedenfalls nicht zuzumuten). In aus-
geschlafenem Zustand wäre alles andere womöglich ein

Spaziergang, ahnt Anna nach Nächten, die Moritz übernommen hat. Die Müdigkeit lastet schwer auf allem, zermürbt einen, trübt den Blick, auch im Wortsinn; Sand in den Augen und im Kopf, Brandgefühl im Hals und kein Zeitfenster für ein Glas Wasser, es ist wie mit dem Harndrang, nur umgekehrt.

Aus dem ungewohnten Abstand heraus, in der abfallenden Anspannung merkt Anna, wie ungeheuerlich das Maß ihrer Fremdbestimmung ist, wie stark der Zwang zum Multitasking, das ein Mythos sein mag, aber nicht in der Praxis einer jungen Mutter. Gesund kann das auf keinen Fall sein, schon gar nicht mit mindestens einem egal wie schweren Kind auf dem Arm. (Antons erstes Wort war nicht »Mama«, nicht »Papa«, sondern »Arm«, und es war ein Befehl.) An einem dunklen Novembernachmittag ertappte sich Anna dabei, wie sie mit Anton auf dem Arm vergeblich versuchte, die Glühbirne in der Deckenlampe im Flur zu wechseln, während Paula unten an der Leiter rüttelte, bis ihre Mutter fast das Gleichgewicht verlor und mit weichen Knien zusah, dass sie wieder festen Boden unter den Füßen bekam. Später bat sie Moritz darum, die Birne zu wechseln, erschöpft, knapp und humorlos. Zwar erstaunt es sie andererseits, was sich alles mit einem zehn, irgendwann auch fünfzehn Kilo schweren Kind auf der Hüfte bewältigen lässt (Spülmaschine ausräumen, Wäsche zusammenlegen, Gemüse schnippeln), und trotzdem erzeugt es unterschwelligen Dauerstress, der an ihr zehrt und, schlimmer noch, auch an den Kindern, die die Aufmerksamkeit ihrer Mutter nur selten ganz für sich haben.

Schwerer als jedes Kind auf dem Arm wiegt für Anna, dass alle Aufgaben zusammengenommen, die mit der

Versorgung von Kindern einhergehen, ihr persönlich so wenig entsprechen. Vielleicht aber ist das nur eine Schutzbehauptung sich selbst gegenüber, vielleicht sind all diese Aufgaben für die vielen anscheinend mit Begeisterung wickelnden, Streit schlichtenden und Schnittwunden verarztenden Eltern um sie herum genauso lästige Pflicht, die sie einfach erwachsener tragen, realistischer, demütiger, selbstbeherrschter, selbstverleugnender? Anna stellt es sich als das wahre Glück vor, wenn man seine Pflichten lieben kann.

Sie hat keinen Beweis dafür, dass sie es so viel schlechter macht als alle anderen, außer vielleicht, dass ihre Kinder gerne mal durchdrehen, aber das tun die Kinder anderer Leute auch, und es gibt wie immer im Leben zu viele Faktoren, die dabei potenziell eine Rolle spielen, als dass sich jemals festmachen ließe, woran es liegt. Die Eltern in ihrem Umfeld gehen, soweit sie es mitbekommt, bewundernswert gut und ausgeglichen mit ihren Kindern um. Anna ist überzeugt, dass die meisten es besser machen als deren Eltern früher und somit alles dafür tun, dass eine Generation besserer Menschen heranwächst.

Manchmal, wenn sie Paula und Anton beobachtet, wie sie friedlich miteinander oder einfach vor sich hin spielen (beides kommt selten genug vor), zieht es Anna das Herz zusammen, und sie möchte die beiden auf der Stelle an sich drücken. Aber sobald sie mitspielen soll (was oft genug vorkommt), ist sie unerklärlich unkreativ und befangen und wird schnell ungeduldig, als warteten wichtigere Missionen auf sie.

Sollten Frauen, die sich beim Spielen und Windelwechseln, beim Streitschlichten und Schnittwundenverarzten eher bewegen wie der Elefant im Porzellanladen als wie der Fisch im Wasser, lieber nicht Mutter werden? Wahrscheinlich sollten sie ihre Kinder zumindest mit einem Mann bekommen, der mehr als zwei Monate Elternzeit nimmt und danach nicht auf eine Hundertfünfzig-Prozent-Stelle zurückkehrt. In visionären Momenten sieht sich Anna mit Paula und Anton gesittet am Esstisch oder, noch besser, im Restaurant sitzen und eine gepflegte Unterhaltung führen. Dann wird sie in ihrer Mutterrolle angekommen sein und sich keine Sekunde lang mehr fragen, ob es eine gute Idee gewesen ist, Kinder zu kriegen. Wann wird das sein? In zehn Jahren? In fünfzehn? Es dauert so ungeahnt lange, bis diese kleinen Menschen selbstständig, geschweige denn gesellschaftsfähig werden; genieße es, seufzt Annas Mutter sehnsüchtig, alles geht so schnell vorbei; na, hoffentlich, möchte Anna manchmal rufen. Wenn man mittendrin ist, ziehen sich diese Jahre wie Kaugummi, sind unendlich kleinschrittig.

Ihr Gefühl der Zwangsläufigkeit als kaum Zwanzigjährige kommt ihr heute, mit Ende dreißig, vor wie ein schlechter Witz. Wie frei sie in Wahrheit gewesen wäre, wenn sie nur gewollt hätte. Aus den Zwängen des Mutterdaseins dagegen gibt es kein Entrinnen, keine wirklich zu Ende denkbare Alternative (allerdings kann unter diesen Lebensumständen, inmitten des zehrenden Zerrens, meistens schlicht gar nichts zu Ende gedacht werden). Allein, weil dieser Zug immer da ist, hin zu dem, was man liebt. Aber genau so ist es ihr damals auch vorgekommen, und diese Erkenntnis tröstet und erschreckt sie gleichermaßen.

Bevor die innere Sammlung ganz und gar scheitert, rafft Anna sich auf, die Toilette zu verlassen und an ihren Platz zurückzukehren, zumal jetzt von außen an der Türklinke gerüttelt wird. Einem Automatismus folgend, hält sie die Hände unter den Wasserhahn, obwohl sie außer der Türklinke nichts angefasst hat (und die Klinke gleich wieder anfassen wird), und reibt sie, als kein Wasser kommt, hektisch gegeneinander, bewegt sie auf und ab. Wenn sie auf öffentlichen Toiletten am Waschbecken nach rechts und links schaut, scheint sie der einzige Mensch zu sein, der sekundenlang herumfuchteln muss, bis das Wasser läuft; sie hasst diese voll automatisierte, automatisierende Welt. Jetzt gibt sie rasch auf, hat das Händewaschen ja ohnehin für unsinnig befunden, und ihre Haut ist durch den ständigen Wasser- und Seifenkontakt zwischen Windelnwechseln und Wundversorgung trocken genug. Sie tritt auf den Gang und sieht dem dort wartenden Herrn zwar nicht in die Augen, aber unangenehm ist ihr langer Aufenthalt ihr auch nicht (dies ist eine Freiheit ihres neuen Lebens; seit sie geboren hat, ist sie unempfindlicher gegenüber allen möglichen und unmöglichen körperlichen Vorgängen; für seelische Vorgänge gilt allerdings das Gegenteil). An der Glasschiebetür hin zum Großraumabteil wiederholt sich die Begegnung mit den Automaten; erst als sie leicht auf und ab hüpft, gleitet die Scheibe gnädig zur Seite.

Der Platz neben ihr ist immer noch frei, und als Anna wieder sitzt, fährt sie den Rechner hoch und beginnt, die Unterlagen für das Seminar zu sichten. Vielleicht hätte sie das früher tun sollen, aber da sie mehr Zeit als drei, vier Stunden ohnehin nicht dafür erübrigen kann, hat sie es für die Zugfahrt eingeplant. Die Wahrheit ist eine andere, insgeheim weiß Anna, dass sie von vornenherein in Kauf genommen hat, sich gar nicht vorzubereiten. Oder, je nachdem, wie man es nimmt, sich jedenfalls anders auf diese Tage einzustimmen als in fachlicher Hinsicht. Ihre Augen fliegen über den Bildschirm, doch ihre Gedanken fliegen voraus, am Seminar halten sie sich nicht auf, knüpfen vielmehr in der Zukunft an die Erinnerung an, und erst jetzt, auch das weiß sie, wird es gefährlich.

Ein Foto gibt das Internet nicht her, daran hat sich nichts geändert (sie ist ganz froh darüber, es wäre der Vergegenwärtigung eindeutig zu viel), aber als sie auf der Uni-Website nach unten scrollt, sieht sie dort, unter seinen Lehrveranstaltungen fürs kommende Semester und der Liste seiner wichtigsten Veröffentlichungen, seine Sprechzeiten. Für die vorlesungsfreie Zeit sind sporadische Termine angegeben, der nächste ist morgen, vierzehn bis sechzehn Uhr. Da wird sie noch im Seminar sitzen, das ebenfalls in der Uni stattfindet, im Schloss, wo der überwiegende Teil der Geisteswissenschaften residiert, während das Soziologische Institut in einem uncharmanten Sechzigerjahrebau in einer der umliegenden Straßen untergebracht ist, uncharmant zumindest für die, die keine Erinnerungen damit verbinden.

Das Szenario erscheint ihr mit einem Mal ungeheuerlich. Nur ein paar lächerliche Sträßchen werden zwischen ihnen liegen. Was hat sie sich dabei gedacht? Aber natürlich liegen viele Jahre zwischen ihnen, ein gutes Dutzend, ganz abgesehen von allem anderen. Tatsächlich hat sie nie ernsthaft über ein Wiedersehen nachgedacht, intuitiv kam es schlicht nicht infrage, aber die Umstände machten es ihr auch leicht. Oder war es umgekehrt, hat sie nicht vielmehr die Umstände mit großer

Sorgfalt herbeigeführt, um nicht in Versuchung zu geraten? Der Gedanke, ihr ganzes heutiges Leben könnte nur darauf gründen, ist absurd, aber das Absurde liegt plötzlich erschreckend nahe. Kurz fühlt sie sich wie mit neunzehn, alles ist möglich, sie kann ein Juchzen gerade eben noch unterdrücken, und dann piepst ihr Telefon, und sie ist wieder achtunddreißig.

Moritz schickt ihr ein Foto von Paula und Anton am Frühstückstisch, fix und fertig angezogen (wenn auch mit Strubbelhaaren, das Kämmen am Abend wird wehtun, wenn heute Morgen niemand mit der Bürste durch die Locken geht), vor sich Müslischalen garniert mit ein paar Blaubeeren, sie halten ihre Löffel hoch und lächeln in die Kamera. Anna muss selbst lächeln, sie kann gar nicht anders, auch wenn dem Ganzen nach ihrem Gefühl etwas Demonstratives anhaftet: Wenn Moritz ausnahmsweise mal unter der Woche für die Kinder zuständig ist, fährt er extra später in die Firma, um mit ihnen zu frühstücken, und hat dabei auch noch die Ruhe, davon Fotos zu machen. Das Bild abzuschicken hat er immerhin erst später geschafft, er wird jetzt schon im Büro sein.

Anna antwortet mit zwei Herzaugen-Emojis, einer für Paula, einer für Anton, und einem Kuss für Moritz, der sicher noch gern ein »Daumen hoch« gesehen hätte, womöglich gar applaudierende Hände dafür, dass er alles so gut im Griff hat, aber man muss es ja nicht übertreiben. Dabei ist sie ihm insgeheim dankbar, dass er sie mit seiner Nachricht auf den Boden der Tatsachen zurückgeholt hat. Sie unternimmt einen neuen Versuch, sich auf die Unterlagen zu konzentrieren. Diesmal gelingt es ihr, sich ein wenig ins Thema einzulesen, das sie, wie sie bald erleichtert feststellt, nicht ohne Grund ausgesucht hat.

Am Storytelling-Ansatz gefällt ihr, dass er das Geschichtenerzählen zur Methode adelt, die im professionellen Kontext mehr denn je gebraucht wird, um Menschen zu erreichen. Es geht darum, komplexe und abstrakte Zusammenhänge und technische Daten einfach, konkret und eingängig zu vermitteln.

Die Komplexität des gesamten Lebens kommt Anna mitunter wie ein vermeidbares Übel vor, durch das sich der Mensch unerklärlich weit vom Wesentlichen entfremdet. Natürlich ist ihre Tätigkeit als Journalistin unter anderem ein Versuch, damit umzugehen, Ordnung in die Unübersichtlichkeit der Welt zu kriegen, indem sie eine Auswahl daraus trifft und das Ausgewählte schwarz auf weiß bannt. Die Vermeidbarkeit der Entfremdung aber lassen sie vor allem die Kinder erfahren, es ist die gesegnete, heilende Seite ihrer Präsenz und Unmittelbarkeit, die keinen Aufschub dulden und alles andere in die zweite, dritte, x-te Reihe verweisen.

Anna merkte es, deutlicher noch als bei Paula und Anton, als sie mit ihrem Bruder ein Telefonat über eine verzwickte Erbschaftsangelegenheit führen wollte oder musste, kurz nachdem sein erstes Kind geboren war. Sie fürchtete sich vor der Auseinandersetzung mit ihm, der als Jurist messerscharf argumentieren und sie regelrecht ins Kreuzverhör nehmen konnte.

Nun aber blieb das Verhör aus, man rief einander an, doch während Anna bei aller Zeitknappheit immerhin kleine Inseln zur Verfügung standen, wenn ihre Kinder etwa abends im Bett waren, hatte das wenige Wochen alte Baby noch keinen festen Rhythmus und begann immer dann zu schreien, wenn sein Vater einen Telefonversuch unternahm und seine Mutter gerade einmal schlafen durfte.

Anna liebte ihren kleinen Neffen dafür, wie er die Aufmerksamkeit seines Vaters binnen Sekunden voll und ganz auf sich zog und ein Telefonat unmöglich machte, sowie auch jede andere Aktivität als die, sich ihm auf der Stelle beruhigend zuzuwenden, ihn aus dem Stubenwagen zu nehmen und umherzutragen, ihm etwas vorzusummen, zur Not stundenlang. Das Schönste aber war, mit welcher Selbstverständlichkeit ihr Bruder diese Aufgabe annahm, es stand außer Frage, dass das Telefonat warten konnte; kaum entschuldigend, eher gelassen bat er darum, das Gespräch ein weiteres Mal zu verschieben. Anna bewunderte diese Gelassenheit an ihm, die ihr selbst zu oft fehlte, obwohl sie doch erkannte, dass eben dadurch die Entfremdung verringert und den Erwachsenen die Teilhabe am Wesentlichen ermöglicht wird, ein Geschenk, das Kinder den Eltern machen, die es anzunehmen wissen.

Als Anna ihren Neffen zum ersten Mal besuchte, bemerkte sie weitere Veränderungen an ihrem Bruder. Er umsorgte seine Frau aufs Rührendste und rief Anna, als diese die Spülmaschine ausräumen wollte, zu: Lass nur, ich mach das später, ich weiß, wo die Sachen hinkommen (die Küche war überschaubar groß, und wo sollten die Löffel schon hingehören, wenn nicht in die Besteckschublade). Anscheinend waren Dinge des Haushalts eine Offenbarung für ihn (normalerweise kümmerte sich Annas Schwägerin darum). Erst später wurde Anna klar, dass das seine Art war, auf das Wunder des Familienzuwachses zu reagieren; er wurde selbst ein bisschen wunderlich, so wie alle unter diesen Umständen es auf ihre Weise werden. Die Prioritäten verschieben sich so eklatant, dass nicht unbedingt nur bisher Wichtiges unwichtig wird, es kann auch umgekehrt sein, zumindest kurzfristig findet man sich genauso wenig in der Welt zurecht wie der kleine Neuankömmling, aber diese Orientierungslosigkeit fühlt sich, im Unterschied zur sonstigen Überforderung durch die allgemeine Komplexität, vollkommen richtig an.

Sosehr die Unterlagen auch darauf ausgelegt sind, die Geschichte des Workshops spannend zu erzählen und dessen Thema nicht ad absurdum zu führen, irgendwann erwischt Anna die Müdigkeit wie ein Eimer Kleister, der über ihren ganzen Körper ausgegossen wird, ihre Lider verklebt und die Glieder schwer nach unten zieht. Auch wenn die Kinder sich in guten Nächten nicht mehr fünfmal melden und Moritz die letzte Nachtschicht übernommen hat, scheint ihr über Jahre akkumuliertes Schlafdefizit noch lange nicht ausgeglichen; auch wenn der Kleistereimer nichts ist im Vergleich zur ausgehärteten Dauermüdigkeit, lauert die Erschöpfung hinter jeder Ecke, egal, wie viel Koffein Anna intus hat. Sie kann noch knapp den Rechner herunterfahren und verstauen, ehe ihr die Augen zufallen.

Sie sitzt da mit gespreizten Beinen, ihr Unterleib kribbelt, wie genau es dazu kam, weiß sie nicht. Ein dunkler Haarschopf in ihrem Schoß, vielleicht auch ein ganzer Männerkörper auf und in ihrem, süße Schwere, es könnte gern so weitergehen. Es gibt keinen Anreiz, aufzuwachen, aber es gibt einen Anlass, der erst allmählich in ihr Bewusstsein sickert: das Weinen von Kindern.

Sie taucht langsam auf aus den Tiefen des Traums, ohne nachher im Einzelnen sagen zu können, wie das vor sich ging, die Augen, so viel ist sicher, öffnet sie erst spät, als sich der Lärm beim besten Willen nicht mehr ignorieren lässt. Ihre Scham über den Inhalt des Traums ist kleiner als der Widerwille gegen seinen Abbruch.

Schräg vor ihr, am Vierertisch auf der anderen Seite des Gangs, sitzt inzwischen eine Familie, Mutter und Vater mit Baby und einem Jungen im Kleinkindalter, es weinen beide Kinder. Die Mutter sitzt am Fenster, wiegt den brüllenden Säugling im Arm und ringt gleichzeitig darum, dessen etwa dreijährigen tobenden Bruder in den Sitz neben sich zu drücken, wobei sie, um Ruhe und Haltung bemüht, auf ihn einspricht: Ben, du kannst hier nicht die ganze Zeit hin- und herrennen und die anderen stören. Schau, hier liegt doch dein Malzeug.

Es ist sehr offensichtlich, dass der Junge nicht malen will, er wehrt sich mit Händen und Füßen und versucht, seine Mutter in die Hand zu beißen, worauf sie ihn loslässt und er lärmend davonstürmt. Anna, die inzwischen hellwach ist, spürt förmlich, wie der Frau der Schweiß ausbricht. Ihr gegenüber sitzt eine distinguierte Dame, die gestreng schaut, man hat das Gefühl, es kann sich nur noch um Sekunden handeln, bis sie sich einmischt oder die Szene zumindest kommentiert.

David, kannst du dich bitte mal um Ben kümmern, ich muss jetzt Marie stillen, wendet die Frau sich an den ihr schräg gegenübersitzenden Familienvater, der unbeirrt auf seinem Handy herumwischt. Sie muss die Stimme heben, um das Schreien ihrer Tochter zu übertönen, weshalb sie womöglich noch eine Spur gereizter klingt, als sie ist.

Kann ich nicht *ein Mal* in Ruhe arbeiten, entgegnet ihr Mann nicht minder gereizt. Wir hatten doch abgemacht, ich komme gern mit zu deinen Eltern, aber nur, wenn ich unterwegs was wegschaffen kann.

Was soll ich denn machen, zischt seine Frau, Marie braucht jetzt die Brust, und Ben tickt hier völlig aus.

Herrgott noch mal, dann lass ihn halt laufen, empfiehlt ihr Mann.

Die Leute gucken alle schon total genervt, gibt sie mit gedämpfter Stimme zurück, in dem sichtlich gequälten Versuch, die Blicke der Dame gegenüber zu ignorieren.

David aber wendet sich stur seinem Smartphone zu, Anna kann sehen, dass sich seine Frau am liebsten zweiteilen würde, am anderen Ende des Waggons hört man Ben überdreht kichern. Schließlich entscheidet seine Mutter sich dafür, das Baby anzulegen. Wahrscheinlich sprudelt die Milch bereits, für einen Augenblick glaubt Anna, selbst das stechende Prickeln hinter den Brustwarzen zu spüren, sie muss sich schütteln, um die Empfindung loszuwerden.

Die kleine Marie hat sich schon so in Rage geschrien, dass sie die Brust nicht sofort akzeptiert, sie schnappt immer wieder danach, spuckt sie dann aber gleich heulend wieder aus, die Milch sprudelt wirklich und gut sichtbar, gegen ihren Willen kann Anna den Blick nicht abwenden.

Schschsch, macht die Mutter, doch in dem Moment ertönt Davids Handy, ein aufdringlicher, in den Ohren schmerzender Klingelton, und Marie wirft erschrocken den Kopf zurück und brüllt erst recht los.

David nimmt den Anruf entgegen, offensichtlich dankbar für die Fluchtmöglichkeit, steht auf und entfernt sich mit dynamischem Schritt. Brian, how are you, hört man noch, no, you don't disturb at all, I was just about to call you about the presentation, bevor die Waggontür sich öffnet und wieder schließt.

Als der Säugling sich endlich beruhigt hat und trinkt, wird am Ende des Gangs eine Männerstimme laut, das ist doch eine Frechheit, zu wem gehört denn dieses ungezogene Kind?

Die gestrenge Dame wendet sofort den Kopf, in ihrer Miene ist Genugtuung zu lesen, Anna fürchtet, dass sie gleich aufspringen, »Hier!« schreien und mit dem Finger auf die Mutter des ungezogenen Kindes zeigen wird, der deutlich anzusehen ist, dass sie sich liebend gern in Luft auflösen würde. Als ihr verzweifelter Blick Annas trifft, versucht diese den Spagat eines mitfühlenden, dabei nicht herablassenden Lächelns, ehe sie aufsteht und sich in Richtung des weiterkeifenden älteren Mannes bewegt, der sich inzwischen halb von seinem Platz erhoben hat und empört um sich schaut, während Ben auf dem freien Doppelsitz hinter ihm turnt.

Dieser Rotzlöffel springt nicht nur mit Schuhen auf dem Sitz herum, er hat mich auch in den Arm gezwickt, schmettert der Mann Anna entgegen, der erst in diesem Moment bewusst wird, dass er sie für Bens Mutter halten muss.

Das ist natürlich nicht schön, hebt Anna beschwichtigend an, pah, ereifert sich eine Mitreisende, natürlich nicht schön, na, wenn die junge Elterngeneration heute so auch mit ihren Kindern redet, müssen sie sich ja nicht wundern, wenn die allen auf dem Kopf rumtanzen.

Anna fühlt sich ertappt, aber sie schafft es, durchzuatmen und halbwegs ruhig zu sagen: Die Mutter des Jungen stillt gerade seine kleine Schwester, darum kann sie nicht selbst kommen.

Und der Vater hat Besseres zu tun, als sich um seine Familie zu kümmern, rutscht es ihr heraus, und sie zuckt zusammen, als dicht hinter ihr die Stimme von Bens Mutter zu hören ist: Wie kommen Sie dazu, sich einzumischen?

Als Anna sich umdreht, ist eindeutig, das war an sie gerichtet, die Frau funkelt sie an, sie steht da ohne Baby an der Brust, drängt sich an Anna vorbei zu ihrem Sohn, packt ihn am Arm und zischt: Du kommst jetzt sofort mit, sonst steigen wir am nächsten Bahnhof aus und fahren zurück nach Hause und nicht zu Oma.

Ben bricht wieder in Tränen aus, Oma, brüllt er, Ooooma, während ihn seine Mutter erneut an Anna vorbei zu ihrem Platz zerrt, wo inzwischen wieder David steht, ohne Handy am Ohr, dafür mit Marie auf dem Arm.

Die empörten Herrschaften schütteln die Köpfe und mustern Anna abschätzig, sie kommt sich vor wie ein Schulmädchen und wird leider auch noch rot. Wie jetzt in Würde hier rauskommen? Kurz entschlossen flüchtet sie auf die Toilette. Erst als sie auf ihr fleckiges Gesicht im fleckigen Spiegel starrt, fällt ihr der Traum wieder ein, nicht der kribbelnde Ausgang, sondern das, was davor gewesen sein muss:

Sie nähert sich dem Soziologischen Institut, die Sprechstunde dürfte fast um sein, sie hat plötzlich Angst, Jan zu verpassen, aber da ist er ja, er tritt aus der Tür und wendet sich gleich in ihre Richtung. Ein Leuchten, das nur Anna gilt, geht über sein Gesicht, er breitet die Arme aus. Sie will loslaufen, kann aber nicht, und während sie panisch die Trägheit ihrer Beine konstatiert, wird sie überholt, etwas wirbelt an ihr vorüber, eine Frau mit einem Kind auf dem Arm. Anna sieht die Frau nur von hinten, wehende, aschblonde Haare, aber der Junge, dessen Gesicht über ihre Schulter guckt, trägt Antons Züge, die denen von Moritz so ähnlich sind, das ausgeprägte Kinn, die geschwungene Oberlippe, diese tiefbraunen ernsten Augen. Die beiden stürzen in Jans Arme, alle drei torkeln sie hin und her, drehen sich ein Stück, und im Profil sieht Anna, wie Jan die Frau küsst. Kein kurzer Begrüßungskuss, sondern zärtlich, lang, das Kind mit Antons Gesicht immer noch auf ihrem Arm, und als sie sich nach einer Ewigkeit voneinander lösen, Jan ihr den Jungen abnimmt und ihn an sich drückt, erhascht Anna einen Blick auf das Gesicht der Frau, und sie erkennt Franziska.

Aus dem Lautsprecher dringt die Durchsage, dass in wenigen Minuten der nächste Halt erreicht wird, der Annas Ziel ist. Sie bemüht sich, die Erinnerung an den Traum wegzuschieben, hockt sich rasch über die Toilette und muss danach zurück zu ihrem Platz, um ihre Sachen zu holen. Im Gang hat sich eine Schlange von Aussteigenden gebildet, die sie unfreiwillig anrempelt, um Verzeihung oder zumindest um Durchlass bitten muss.

Als sie schließlich mit Jacke und Tasche in der Schlange steht, fahren sie schon in den Bahnhof ein, die Einfahrt in die Stadt hat Anna verpasst, und an ihrem Unmut merkt sie, dass sie gerade diesem Ausblick besonders entgegengefiebert hat. Und dann spuckt der Zug sie aus, in Sekunden verblasst beides zur Anekdote, der Zwischenfall und selbst der Traum, sie steht auf dem Bahnsteig, atmet tief ein und wüsste auch mit geschlossenen Augen, dass sie jetzt da ist.

Die Luft hier ist milder, es liegt keine Spur des morgendlichen Anflugs von Herbst darin, den Anna auf dem Fahrrad gewittert hat, zumal jetzt um die Mittagszeit, aber da ist noch etwas anderes. Ihr Ankunftsgleis hat einen direkten Zugang zur Straße, und vom kleinen Bahnhofsvorplatz weht der Duft nach frischem Gebäck herüber. Riecht sie ihn wirklich, oder spielt ihr die Erinnerung einen Streich? Sie muss nur wenige Schritte um die Bahnhofshalle herum machen, um sich mit eigenen Augen zu überzeugen. Da steht er, der Crêpes-Mann mit seinem ganz und gar nicht französisch anmutenden Käppi, den rotblonden Haaren und den furchtbar dicken Brillengläsern, mit seinem winzigen, zum Fahrrad umfunktionierbaren Wagen in den Farben der Trikolore. Einen unschlagbaren Euro kostete damals einer der riesigen, dünnen Pfannkuchen mit Zimt und Zucker, den Preis hat er natürlich nicht halten können, aber eins fünfzig ist immer noch studentenfreundlich. Hier ist die Zeit stehen geblieben, soll sie das freuen? Sie ist sich nicht sicher und freut sich doch, aber sie geht an dem Stand vorbei, ohne eine Crêpe zu kaufen, nach dem süßen Frühstück braucht sie allmählich etwas Herzhaftes.

Bis zur Auftaktveranstaltung am Nachmittag bleibt ihr noch Zeit, um etwas zu essen und in ihrer Unterkunft einzuchecken. Das Gute an dieser Fortbildung ist, dass die Teilnehmenden nicht zusammen untergebracht werden und es kein festes Rahmenprogramm gibt (bloß nicht irgendwo in der Pampa zwei, drei Tage zusammengepfercht in einem Tagungshotel mit gemeinsamen Mahlzeiten und keinem anderen Freizeitangebot als Spazier- oder gar Saunagängen). Ein Hotel hat sie sich nicht leisten wollen, stattdessen ein Zimmer in einer Dreier-WG in Flussnähe gebucht, das während des Auslandssemesters eines Mitbewohners an wechselnde Gäste untervermietet wird. Die Wohnung wird keinen direkten Blick aufs Wasser haben, den können Studierende kaum bezahlen, aber Anna freut sich trotzdem, vielleicht kann sie sogar noch vor dem Nachmittag einen kurzen Abstecher zum Ufer machen, spätestens für den Abend hat sie es sich vorgenommen.

Was wohl aus ihrer Wohnung in der Altstadt geworden ist, in der sie viel länger als Katharina gewohnt hat? Auch wenn sie mit ihrer ersten Mitbewohnerin nie richtig warm wurde, war es nicht Beethoven, der die Wohngemeinschaft beendete, sondern Katharinas mustergültiger Studienabschluss nach acht Semestern. Im Anschluss zog Vicky dort ein, ein echter Glücksfall für Anna und bis heute ihre engste Freundin. Sie zogen gleichzeitig aus, als sich, eine ganze Weile nach dem Ende ihres Studiums, für beide entschieden hatte, wie es beruflich weitergehen würde. Vicky folgte für ihre Promotion in Anglistik ihrem Professor nach Oxford, Anna bekam nach einer beachtlichen Zahl von Bewerbungen für Journalistenschulen und Volontariate im ganzen Land endlich die Volontärsstelle in Berlin.

Kurz streift Anna der Gedanke, an der Tür des rosa Hauses ihrer alten WG zu klingeln und die jetzigen Bewohner zu bitten, einen Blick in die Wohnung werfen zu dürfen. Ob die Kabel im Treppenhaus immer noch in, wie Jan damals fand, abenteuerlicher Weise freiliegen? Oder ist längst renoviert worden? Eigentlich will sie es nicht wissen, bewahrt das Bild lieber in der Erinnerung.

Sie beschließt, auf dem Weg zu ihrer Unterkunft in Vickys und ihrem alten Stammcafé zu Mittag zu essen. Hier ist alles bequem zu Fuß erreichbar, und so spaziert sie leichten Schrittes mitten durch die Vergangenheit. Auf der Allee liegen kaum Kastanien, die Sonne steht hoch am Himmel, der hinter großteils noch grünen Blättern wolkenlos blau ist, und selbst im Schatten der Bäume ist es so warm, dass sie die Jacke auszieht und in ihre Reisetasche stopft. Sie hatte vergessen, wie windstill es hier ist, zu jeder Jahreszeit.

Als sie die Tasche wieder schultert, denkt sie kurz mit Wehmut an ihren überdimensionierten Rucksack von früher. Nach einigen rucksackfreien Jahren hat sie auch heute im Alltag stets ein rückenfreundliches, wasserabweisendes Modell dabei, in das genügend Reiswaffeln und Quetschies passen und das bei den Müttern ihres Kiezes große Verbreitung findet, und allein dieser letzte Umstand ist ihr beim Packen als guter Grund erschienen, zur Abwechslung mal drei Tage lang mit einer schicken Reisetasche unterwegs zu sein. Die Tasche ist aus chromfrei gegerbtem Leder und muss ein Vermögen gekostet haben, ein Geschenk von Moritz zu Annas vorletztem Geburtstag. Sie fand die Geste einerseits rührend (die Reisetasche als Vorbotin freierer Zeiten), andererseits irgendwie unpassend (die Zeiten schienen in unendlich ferner Zukunft zu liegen, und in der Tat weiht Anna das Geschenk erst heute ein).

Diese Frühlingsluft macht sie ein bisschen flatterig, aber auf eine gute Art, und die Stadt hat sich auch auf den zweiten Blick kaum verändert, das Puppenhafte daran, genau in der richtigen Dosis von Nachkriegsbauten durchbrochen, um einem nicht das Gefühl zu geben, in Zuckerguss zu erstarren. Ganz besonders freut sich Anna, ihr Café noch an Ort und Stelle vorzufinden, in einem Fünfzigerjahrebau in der Innenstadt. Es ist alles andere als selbstverständlich, dass es nicht von der Filiale einer großen Kette verdrängt wurde, wo der Coffee to go im Halbliterbecher verkauft wird und darum ein Vermögen kosten darf (auch wenn diese Portion niemand ernsthaft austrinken kann, egal, wie übernächtigt er ist).

Dass es draußen vorm Eingang bei dem schönen Wetter gerade keinen freien Tisch gibt, stört Anna nicht. Sie setzt sich drinnen auf einen der vielen freien Plätze, um im altbekannten Ambiente zu versinken, auf die Bank, die sich an der gesamten Wand mit den charakteristischen Kugellampen entlangzieht. In drei Abstufungen, von blass unter der Decke bis kräftig über der Banklehne, leuchtet die Wand wie eh und je violett, passend zum Namen des Cafés. Im *Lila* traf sie sich mit Vicky, wenn sie das Mensaessen nicht mehr ertrugen – und auch alle anderen Sorgen wurden erträglicher, wenn man sie hier über einer heißen, malzigen, schaurig süßen Ovomaltine gemeinsam gewälzt hatte. Die heutigen Studierenden scheinen unverändert Bedarf an dem seelenwärmenden Getränk zu haben, jedenfalls steht es noch auf der Karte. Anna wird eine Schale davon als Nachtisch nehmen, das ist Ehrensache.

Nachdem sie etwas zu essen bestellt hat, macht sie ein Foto vom Interieur und schickt es an Vicky, die seit ihrer Heirat mit einem Engländer in London lebt und die sie deshalb zu selten hört, geschweige denn sieht: Schau mal, wo ich bin.

Krass, was machst du da, schreibt Vicky prompt zurück, ein Workshop, antwortet Anna, stell dir vor, hab drei Tage frei, und erst nach einer Pause von mehreren Minuten, sie hat das Handy längst wieder in die Tasche gesteckt, piepst es erneut: Pass gut auf dich auf.

Ein Satz wie ein Knuff in die Magengrube, der nicht mit dem floskelhaften »Take care« im Englischen zu verwechseln ist, besonders das »gut« verleiht ihm eine alarmierende Qualität. Als wüsste die Freundin mehr als sie, und natürlich ist das auch so, dafür sind Freundinnen schließlich da, trotzdem sollten sie es nicht unbedingt so unumwunden formulieren.

Anna weiß nicht, was sie entgegnen soll, und als Vicky mit drei Fragezeichen nachhakt, entscheidet sie sich für ein »Mach ich!« mit Kuss-Emoji, das so leichthin und betont souverän daherkommt, dass Vicky es ihr unmöglich abnehmen kann.

Beinahe hofft Anna, dass die Freundin sich damit nicht zufriedengeben und sie retten wird (aber wie? Und wovor genau?), doch Vicky schreibt: Und trink eine Ovomaltine für mich mit ☺.

Anscheinend hält sie Anna tatsächlich für fähig, gut auf sich aufzupassen, oder das Leben verlangt ihr gerade anderes ab, als sich mit einem längeren Chat aufzuhalten, was Anna ihr nicht verdenken kann.

Vicky ist drei Jahre älter als Anna, ihre beiden Kinder sind schon im Grundschulalter, aber trotz britischer Ganztagsschule bedeutet das offenbar nicht, dass sie neben ihrer Arbeit als literarische Übersetzerin nichts mehr zu tun hätte. Im Gegenteil scheint die Nachmittagslogistik (Verabredungen mit Freunden, Fußballtraining, Saxofonunterricht) in dieser Phase so kompliziert zu werden, dass Anna geneigt ist, Vicky zu glauben, wenn sie ihr versichert, das Kleinkindalter sei noch das entspannteste. Auch hier würde sich Anna manchmal weniger Ehrlichkeit wünschen, sich gern einlullen lassen von der Erwartung einer glorreichen Zukunft, aber natürlich ist es gerade dieses Unverblümte, das sie an Vicky schätzt. Im Grunde kann Anna sich ihre Freundin nicht als Ehefrau und Mutter vorstellen, und auch sie selbst fühlt sich

Vicky gegenüber letztlich weiter als kinderlose Studentin, das ist das Schöne mit alten Freunden, in gewisser Weise bleibt man füreinander immer so alt wie zur Zeit des Kennenlernens.

Nach dem Linseneintopf mit Speck, nach dem sie sich zu Studienzeiten noch ein Dessert mit Vicky teilen konnte, schafft Anna beim besten Willen keine Ovomaltine mehr und schon gar keine Blaubeer-Mascarpone-Creme, die von der Bedienung empfohlen wird. Blaubeeren haben sie ohnehin nie überzeugt, immer sind sie entweder noch sauer oder schon mehlig-fade, nur die Kinder sind ganz wild darauf. Anna lehnt dankend ab, bestellt einen Espresso und dazu die Rechnung. Als sie in ihrer Jackentasche nach Trinkgeld sucht, stoßen ihre Finger auf etwas zuerst Hartes, dann Weiches, es ist einer von Antons unzähligen Schnullern. So konkret will sie jetzt nicht an ihren Sohn denken und sich die Frage stellen müssen, ob in der Kita genügend Schnuller deponiert sind, damit er mittags einschlafen kann. Wahrscheinlich hat sie noch Rotzflecken am Pulli, unwillkürlich blickt sie an sich herunter, überprüft auch die Ärmel, all das sind Klischees und sind es deshalb, weil mitten aus dem Leben gegriffen.

Ihr Oberteil aus dünnem Chiffon scheint in Ordnung zu sein, wie auch nicht, sie trägt es zu Hause nie, viel zu empfindlich, und Anna seufzt, bezahlt und macht sich etwas schwerfällig auf zu der Wohnung am Fluss, wo ihre Gastgeber sie zur Schlüsselübergabe erwarten.

Sie findet die Adresse ohne Schwierigkeiten, doch bevor sie in die Straße einbiegt, bleibt sie stehen und ist versucht, noch eine Ecke weiter zu gehen, um wenigstens einen Blick aufs Wasser zu werfen.

Eine plötzliche Scheu hält sie zurück, hier am Fluss hat

ihre Verbundenheit mit der Stadt ihren Glutkern, und dieses Gefühl hat sehr unmittelbar mit Jan zu tun. Die pittoreske Kulisse birgt gerade in ihren Brüchen die Verheißung von Freiheit, von Unendlichkeit und Glück. Sie denkt an Vickys Warnung und schüttelt den Gedanken ab und mit ihm die Schwerfälligkeit, an den Fluss wird sie noch gehen dürfen. Und dann beginnt sie zu laufen, wie als kleines Mädchen, wenn die Schulglocke die großen Ferien einläutete, holpernd und stolpernd wegen der schweren Tasche, aber randvoll mit Vorfreude und Übermut.

Der Anblick des Wassers ist Romantik pur, inklusive alter und neuerer Brücken, rostiger Kähne und funktionaler Anleger. Ihr gehen die Augen über und sämtliche Sinne, hier weht nun doch ein Lüftchen, wenn auch ein laues, und sie denkt, dass alle Flüsse ins Meer münden, irgendwann.

DAMALS

Es war nicht nötig gewesen, sich zu verabreden oder Nummern auszutauschen. Sie sah ihn schon am nächsten Tag im Institut wieder, er verbrachte dort mehr Zeit als der Durchschnittsstudent, weil er eine Hiwi-Stelle hatte. In den folgenden Wochen umkreisten sie einander vorsichtig, als fürchteten sie beide den Dammbruch.

Doch das rekonstruierte Anna erst im Nachhinein, zunächst fiel es ihr trotz ihres fulminanten Kennenlernens seltsam schwer, ihr Verhältnis zu Jan einzuordnen. Er entsprach nicht dem, was sie bisher für ihren Typ gehalten hatte (breitschultrig, groß), dafür war seine Statur ihrer eigenen zu ähnlich. Er war für einen Mann nicht nur klein, sondern auch eher schmal, und vielleicht machte gerade das seine Präsenz in ihren Augen umso eindrucksvoller. Die Spannung zwischen ihnen entsprang nicht oberflächlichen Gegensätzen, sondern saß tiefer.

Annas Scheu ging so weit, dass sie lange nicht hätte sagen können, ob überhaupt etwas zwischen ihnen war; erst auf Umwegen dämmerte ihr, dass es für ihren Zustand ganz einfache, abgedroschene Worte geben mochte. Als Jan einmal nicht zum Stammtisch der Erstsemester kam, an dem er und sein Hiwi-Kollege als Ansprechpartner für die Belange der neuen Studierenden üblicherweise teilnahmen, stellte sie fest, dass sie sich langweilte, obwohl bei dieser Gelegenheit die Interessierteren und Interessanteren ihres Jahrgangs zusammentrafen, unter denen sie schnell Gleichgesinnte gefunden hatte.

Dann kam der Abend, an dem Anna und er als Einzige zum Stammtisch erschienen. Sie hatten sich noch nie allein verabredet, auch wenn sie inzwischen ihre Nummern ausgetauscht hatten. Es war wie eine Erlösung, Anna vermisste nichts an diesem Abend, nicht die anderen und auch sonst nichts. Als keiner ihrer Kommilitonen in der Kneipe auftauchte (sie warteten nicht sehr lang), beschlossen sie, am Fluss spazieren zu gehen. Am Nachmittag war der erste Schnee gefallen, und als sie sich dem Ufer näherten, stellte Anna verzückt fest, dass er hier liegen geblieben war.

Ihr Gespräch war ernster und persönlicher als beim Stammtisch, auch als das, was Anna sonst gewohnt war. Sie erkannte die Dynamik ihres allerersten Abends wieder; Jans Interesse an ihr war ein detailliertes, das sie überwältigte und forderte, seine Fragen und Bemerkungen gingen an die Substanz (Wie beurteilte sie bisher das Studiensystem? War die akademische Soziologie so, wie sie es sich in der Schule vorgestellt hatte? Fiel es ihr genauso schwer wie ihm, morgens aufzustehen?), und auch ihr Interesse an ihm ließ sich nicht mit dem an früheren

Freunden vergleichen. Gleichzeitig war es, als spielten sie sich die Bälle zu. Nichts an dem, was die eine sagte, schien dem anderen fremd, im Grunde hätten sie ebenso gut schweigen können.

Die kühle Luft begünstigte klare Gedanken, der schwarze Fluss neben ihnen, in dem sich die Brückenlichter spiegelten, zog sie mit, aber so gern Anna immer weiter an Jans Seite gegangen wäre, bis an die Mündung (bis ans Meer also), redend oder schweigend, stellte sich ihr irgendwann doch die Frage, wo dieser Spaziergang tatsächlich enden würde. Sie wusste nicht, ob sie sich wünschte, dass Jan seine Zurückhaltung aufgab, oder ob sie sich davor fürchtete.

Auf Höhe der selbst blattlos noch mächtigen Platane, die auf einem Stück der alten Festungsmauer über der Uferpromenade thronte und alles zu bewachen schien, blieb Jan stehen: Würdest du mal kurz wegsehen? Ich muss was erledigen.

Sie musste ihn ungläubig angeblickt haben, und er lachte, ebenfalls ungläubig: Nein, nicht, was du denkst, ich geh jetzt hier doch nicht pinkeln.

Nun, da er es ausgesprochen hatte, musste auch sie lachen, sie fand ihren spontanen Gedanken plötzlich kaum noch befremdlich und richtete den Blick auf den Fluss, während Jan sich zur Festungsmauer hin entfernte.

Gerade als sie unruhig zu werden begann und sich fragte, wie das Wasser so ruhig bleiben konnte, hörte sie ihn hinter sich: Komm mal mit, ich muss dir was zeigen.

Sie drehte sich um, und ehe sie sich darüber klar wurde, was eigentlich geschah, hatte er schon ihre Hand ergriffen (er trug keine Handschuhe, im Gegensatz zu ihr, was sie jetzt bereute) und nahm sie mit, den Weg neben der

Mauer hinauf, der zur Platane führte. Als sie oben standen, wies er mit der freien Hand nach unten, mit der anderen hielt er weiter Anna fest.

Die alten schmiedeeisernen Laternen neben ihnen warfen ihr Licht auf das Rasenstück am Fuß der Mauer. Im Schnee standen, erstaunlich gut lesbar, die Worte »I wanna hold your hand«.

Nicht gepinkelt, sagte Jan lakonisch, aber das Grinsen in seiner Stimme konnte nicht ganz über ein Zittern darin hinwegtäuschen, und Anna sah den Ast, der wie ein Ausrufezeichen rechts neben der Schrift lag.

Sie wollte lachen, weil seine Bemerkung so absurd war, vor allem in Kombination mit der Tatsache, dass die Aussage des Schriftzugs obsolet geworden war, seit er ihre Hand genommen hatte. Doch sie lachte nicht, entzog ihm stattdessen ihre Finger, streifte beide Handschuhe ab und warf sie über die Mauer. Der eine kam etwas unterhalb der Buchstaben zu liegen, der andere direkt auf »hand«.

Oh yeah I'll tell you somethin', I think you'll understand, sagte Anna leise, sie drehte sich zu Jan und fasste ihn an beiden Händen, die kühl waren und trocken und weniger feingliedrig, als sie aussahen.

Ob er sie nach Hause bringen dürfe, fragte er, und sie nickte.

Sie stürzte in seine Augen wie ins tiefe Wasser, dem Grund entgegen, doch er drückte ihre Hände, und sie bekam Auftrieb und schwamm.

Es konnte keine Zeit in ihrem Leben gegeben haben, zu der sie Jan nicht gekannt hatte. Ihre Scheu verwandelte sich in Wagemut (der tatsächlich Waghalsigkeit war, aber diese Ahnung verdrängte sie), die aufgestaute Spannung zwischen ihnen verlangte nach Auflösung, die sich als unwiderstehlich vergeblich erwies. Es war keine Anfangsspannung, keine bloße Verlockung des noch Unbekannten, sondern eine tief sitzende Fremdheit, die im Zusammenspiel mit ihrem unmittelbaren gegenseitigen Erkennen die Anziehung zwischen ihnen unerschöpflich machte.

Jan war weniger intellektuell, als sie anfangs geglaubt hatte, einerseits bodenständiger und andererseits sinnlicher. Anna hätte es früh an seinem Humor merken können, der auch eine derbe Seite hatte. Im Bett war er kein bisschen intellektuell. Umso reizvoller war es, nach einer wilden Nacht beim späten Frühstück zusammenzusitzen und über die mittägliche Vorlesung zu diskutieren, die gleich beginnen würde, über seinem Kopf zog der Rauch seiner Zigarette der Zimmerdecke entgegen. Nach dem Frühstück befanden sie oft, dass sie die Weltprobleme besser geklärt hätten, als jede Vorlesung es könnte (inzwischen war es ohnehin zu spät, um sich noch aufzumachen), und gingen zurück ins Bett. Doch es kam auch vor, dass sie sich an einem Samstagabend nicht sahen, weil er an einer Hausarbeit schrieb und sich nachts am besten konzentrieren konnte.

Über ihre Mitbewohnerin Katharina lästerte er mit Anna (obwohl er einiges von Bach hielt und es bedauerte, in Annas Anwesenheit die Goldberg-Variationen nicht mehr auflegen zu dürfen, weil sie aus dem Nebenzimmer schon genug beschallt wurde), wickelte sie aber zugleich so geschickt um den Finger, dass sie Anna bald nicht mehr einschüchterte, sondern ihr mit ihrem aufgesetzten Lächeln, das über eine profunde Humorlosig-

keit nicht lange hinwegtäuschen konnte, beinahe leid-
tat. Dennoch waren sie meistens bei Jan zu Hause; er
bewohnte ein Einzimmerapartment in einem Neubau,
dessen Wände dick und dessen Nachbarschaft angenehm
anonym waren.

Ihr Zusammensein ging mit körperlichen Begleiter-
scheinungen einher, die über die Anfangszeit hinaus an-
hielten. Abgesehen vom Muskelkater an der Innenseite
der Oberschenkel und an allen möglichen und unmöglichen anderen Stellen hatte Anna unbändigen Appetit.
Sie aßen damals noch traditionsverhaftet und unschul-
dig, Bioernährung und Veganismus waren aus ihrer Perspektive zwar interessante, aber auch ein wenig suspek-
te, jedenfalls relativ theoretische Konstrukte, etwas für
die Happy Few (was natürlich auf die Masse gesehen
auch noch zwanzig Jahre später gelten sollte, nur dass
ihr Umfeld dann aus lauter Happy Few bestehen würde).
Jan kochte gerne und gut, Gerichte, die sie beide von
zu Hause kannten und liebten, Eintöpfe mit Mettwurst,
süße Milch- und Eierspeisen oder einfache Studentenge-
richte, Spaghetti Carbonara oder Bolognese, und in der
Mensa bestellten sie Jägerschnitzel mit Pommes. Die Iro-
nie lag darin, dass Anna ihren Hunger nur allein stillen
konnte, in Jans Beisein aber kaum einen Bissen herunterbekam, sehr zu seiner Besorgnis. Er selbst aß ordentliche
Portionen und im Anschluss ihren Teller auch noch leer,
und obwohl er dabei schlank blieb, fand er, Anna könnte
ruhig ein paar Kilo mehr vertragen, Essen und Trinken
halte Leib und Seele zusammen. Sie hatte den Eindruck,
ihn nie ganz davon überzeugen zu können, dass es nichts
mit seinen Kochkünsten zu tun hatte, sie konnte es weder
erklären noch ändern, in seiner Gegenwart fühlte sich

ihr gesamter Brustraum plötzlich zu eng an für die Nahrungsaufnahme. Sobald der profane Prozess des Kauens
und Schluckens begonnen hatte, schien ihr Hunger sich
auf etwas anderes zu richten.

Im Bett bewegten sie sich ohne Irritation, ohne fal-
sche Hemmungen und großes Aufheben, sie waren sich
einig darin, was getan und was unterlassen, was gesagt
und was verschwiegen werden musste. Es hatte nichts
Durchchoreografiertes, sie nahmen sich selbst nicht
ernst, nur den anderen und das, was zwischen ihnen war.
Wie nah beieinander das Vertraute und das Fremde lagen
und dass beides nebeneinander Bestand hatte, machte
den Reiz aus, es war das, was sie von Beginn an im anderen gewittert hatten. Ihre Begegnung war zutiefst persönlich, Anna fühlte sich gemeint und angenommen in
allem, was sie, äußerlich wie innerlich, ausmachte. Jan
widmete sich ihr konzentriert und ohne Hast, sie lieferte
sich ihm durchaus nicht mit kühlem Kopf, aber in vollem
Bewusstsein aus, sie ließ ihn an Grenzen gehen, die er nie
überschritt. Neu war für Anna auch die Unstillbarkeit
des Begehrens, alles war auf unendliche, sich nie abnut-
zende Wiederholung angelegt (es Obsession zu nennen,
hätte wie eine pathologisierende Vereinfachung geklun-
gen). Dabei war das, was sich vorher im Kopf abspielte,
das Eigentliche (und das Vertrauen, dass die Erwartung
erfüllt werden würde).

Sie gingen nächtelang tanzen, nicht zu Jukebox-Oldies,
sondern in einen Indieladen, exzentrisch und selbstver-
gessen, jeder für sich und der Präsenz des anderen doch
überdeutlich gewahr. Anna schien nie müde zu werden
damals; nach einer durchtanzten, im Anschluss noch
durchliebten Nacht war sie durchaus imstande, im Semi-

nar ein Referat zu halten, nur um nach einer nachmittäglichen Pause abends wieder loszuziehen.

Jahre später denkt sie daran als an ein unerklärliches, unerreichbares Faktum zurück; eine Freundin verglich die erste Zeit als Mutter einmal mit dem Zustand akuter Verliebtheit, was insofern Unsinn ist, als der Geliebte Kräfte gibt, während die Kinder sie rauben. Die Parallele liegt woanders, liegt im Blick auf das Gegenüber, der keine Fehler finden kann, egal, wie irritierend der Geliebte oder das Kind auch sein mag. Anna empfand das sehr stark von Beginn ihrer ersten Schwangerschaft an, was der entscheidende Grund war, keine pränatalen Tests vornehmen zu lassen. Alles an dir ist richtig, gut so, wie es ist, dachte sie in Richtung des noch unbekannten Wesens in ihrem Bauch, und als Paula dann geboren war, ertappte sich Anna bei dem Gedanken, dass sie niemals einen Konflikt mit diesem Kind haben würde, auch wenn es bereits als Säugling seinen eigenen Charakter mit einschüchternder Vehemenz behaupten konnte. Spätestens mit den Anfängen von Paulas Autonomiephase musste Anna erfahren, dass sie sich geirrt hatte, dass mit ihrer Tochter sehr wohl Konflikte möglich, ja unumgänglich waren, sogar die allerschönsten, aber das Grundgefühl, nichts an diesem Menschen ändern zu wollen, blieb.

So verhielt es sich auch mit Jan; richtig war sein trockener, nicht zu subtiler Humor; er konnte fast allem, inklusive sich selbst, eine komische, mindestens eine absurde Seite abgewinnen. Richtig war, wie geduldig er mit den hilflosen Underdogs unter den Erstsemestern für Klausuren lernte oder gar ein gutes Wort für sie einlegte, er konnte niemandem eine Bitte abschlagen. Richtig war die Bescheidenheit seiner Selbsteinschätzung, dass er zu sehr Generalist war, um eine ehrgeizige wissenschaftliche Karriere anzustreben. Wenn Anna angesichts ihrer beider beruflichen Planlosigkeit Panik überkam, hielt er die Inhalte hoch und äußerte die Überzeugung, dass sich aus der Ernsthaftigkeit ihres fachlichen Interesses nur etwas Gutes ergeben könne, auch und gerade innerhalb einer sich beängstigend turbokapitalistisch entwickelnden Gesellschaft, in der viele kurzsichtig nach berufsorientierten Studiengängen riefen.

Bei aller Spannung zeichnete sich ihre Verbindung auch durch Stabilität aus; wie schon am Abend ihres Kennenlernens wusste Anna sich in Jans Gegenwart aufgehoben. Während sie sich leicht in Gefühlen, Gedanken, Theorien verlor, hatte er einen guten Blick für alltägliche Notwendigkeiten (erst mal eine rauchen, was essen, eine Nacht drüber schlafen, morgen ist auch noch ein Tag), seine Ruhe strahlte auf Anna aus und milderte eine gewisse Überreiztheit in ihr.

Nicht zuletzt gefiel ihr, dass er insgesamt planvoller vorzugehen schien, als sie anfangs gedacht hatte. Sie erkannte, dass wenn auch vielleicht nicht sein gesamtes vorsichtig werbendes Verhalten, so doch zumindest seine Botschaft im Schnee nicht Schüchternheit entsprungen war, nicht Umständlichkeit, sondern vielmehr ein gezielter Schachzug aus seiner Vorstellung von Romantik heraus gewesen war, die Anna teilte und die mit Understatement zu tun hatte, mit Worten und mit Musik.

Jan war ein paar Jahre älter als sie, hatte vor seinem Soziologiestudium schon mit anderen Fächern begonnen, und vor allem seine weiblichen Bekannten wirkten sehr erwachsen auf Anna. Zu Beginn überraschte sie die Zahl seiner engen Freundinnen, denn er war nicht unbedingt der Typ, der Frauen auf den ersten Blick überzeugte (sie war die Ausnahme). Doch ihr wurde schnell klar, dass er trotzdem einige von ihnen haben konnte, weil er außergewöhnlich gut zuhörte und die unwiderstehliche Gabe besaß, in seinem Gegenüber das Besondere zu erkennen, und sei es nur für eine Begegnung.

Anna war sich nicht sicher, mit wie vielen Frauen aus seinem Umfeld Jan geschlafen hatte, bis sie sich irgendwann ein Herz fasste und ihn fragte. Er antwortete angenehm unumwunden, mit dieser ja, mit jener nicht. Er stellte Anna überall als die Frau an seiner Seite vor, und an den Reaktionen der anderen merkte sie rasch, dass sie sich keine Sorgen zu machen brauchte, jedenfalls nicht in einem tieferen Sinne. Mit nur leichter Verwunderung stellte sie fest, dass es ihr relativ gleichgültig war, ob er auch weiterhin ein sexuelles Leben neben ihrem gemeinsamen hatte. Es war nicht so, dass sie es annahm oder nicht hoffte oder sich nicht erlaubte, danach zu fragen. Sie schloss es nicht aus, aber es trat sozusagen gar nicht erst deutlich in ihr Bewusstsein, und ihr kam nichts zu Ohren. Das, was sie beide verband, war exklusiv und unantastbar.

Eine seiner Freundinnen, mit der er nicht geschlafen hatte, bekam mit ihrem langjährigen Freund ein Kind. Franziska war dabei zu promovieren, Christian war schon damit fertig und hatte gerade eine Stelle als wissenschaftlicher Assistent angetreten. Nur wenige Tage nach der Geburt durften Jan und Anna zu Besuch kommen, Anna fühlte sich vage geehrt, sie waren schon ein paarmal alle zusammen etwas trinken gegangen (Franziska trank alkoholfreies Bier, ihr sich wölbender Bauch wirkte exotisch auf Anna), doch sie war noch nie bei ihnen zu Hause gewesen. Sie war nicht vertraut mit Kindern, in ihrer Verwandtschaft gab es noch keine Generation nach ihrer eigenen, und auch in ihrem Freundeskreis war das Thema noch nicht aufgekommen. Zwar hatte sie in der Nachbarschaft schon Babys auf dem Arm gehalten, aber die Verbindung war keine persönliche.

Auf dem Weg zu der Einladung kauften sie in einem Laden mit kleinteilig dekoriertem Schaufenster ein Paar unfassbar winzige Babyschühchen aus hellblauer Wolle; es war Jan, der daran dachte, dass man nicht mit leeren Händen klingeln konnte. Im Supermarkt besorgten sie eine Flasche Sekt und ließen vom Floristen im Eingangsbereich einen bunten Strauß binden, wie schon in dem Babyladen verschlug der Preis ihnen die Sprache. Weiterhin stumm, auf eine, wie es Anna schien, etwas eingeschüchterte Weise, stiegen sie die Stufen zu der Mansarde hoch, in der Franziska und Christian wohnten. In Annas Ehrfurcht mischte sich noch etwas anderes, es war die Ahnung, mit Jan auch so ein Leben leben zu wollen, studentisch-unkonventionell, aber doch mit klarer Kontur, wenn nicht jetzt gleich, so doch irgendwann.

In der Wohnungstür empfing sie Christian. In seinen Augen nahm Anna ein neues Strahlen war, er umarmte sie beide nacheinander und drückte sie fest: Psst, Leon schläft. Er hätte es nicht zu sagen brauchen, sie waren ohnehin sehr leise, auch wenn Anna sich fragte, warum sie nicht um eine Uhrzeit eingeladen worden waren, zu der Leon wach war, in der Annahme, ein Baby hätte einen festen Rhythmus. Christian legte einen Finger auf die lächelnden Lippen, sie streiften ihre Schuhe ab und folgten ihm hinein. Als sie an der offenen Badezimmertür vorbeikamen, bat Christian sie, sich die Hände zu waschen. Anna fühlte sich kurz unangenehm berührt, doch er schob hinterher, das habe die Hebamme ihnen eingeschärft, in den ersten Wochen seien die Neugeborenen so anfällig für Keime. Christian nahm ihnen die Mitbringsel ab und sagte, er gehe eine Vase holen.

Beim Händewaschen trafen sich ihre Blicke im Spiegel, sie mussten lachen, leise natürlich.

Alles in Ordnung?, fragte Jan, und Anna zuckte die Achseln. Tatsächlich war sie bis zu diesem Moment ein wenig überfordert gewesen von der Situation, doch jetzt fühlte sie sich in guter Gesellschaft.

Sie drückten einander kurz die gewaschenen Hände, und da kam auch schon Christian zurück und führte sie ins Wohnzimmer, wo unter offenen Dachbalken auf einem verblichenen braunen Ledersofa Franziska lag, in ihrem Arm ein in Tücher gewickeltes Bündel. Sie hatte eine natürliche Grazie, die es den Gästen einfach machte, sie wirkte unverändert zupackend und unkompliziert, nahm strahlend die unbeholfenen Glückwünsche entgegen und schob die Tücher etwas zur Seite, sodass ein Stück mehr von Leons Kopf zu sehen war. Von der Geburt erzählte sie nur wenig (wohl auch, weil Jan und Anna nichts zu fragen wussten), eine spontane Entbindung ohne PDA und ohne Komplikationen, es klang sehr leicht und blieb völlig abstrakt.

Zum Kaffeetrinken legte Franziska Leon in eine Wiege neben dem Sofa, und sie schien Annas Gedanken zu lesen, die etwas unschlüssig dasaß: Willst du mal gucken?

Auch Jan wagte einen Blick, Leons kleines Gesicht mit den geschlossenen Augen war rot und faltig, irgendwie asymmetrisch und nicht eigentlich niedlich, und doch rührte es Anna (sie hatte noch keine Ahnung davon, dass die meisten Babys ihre Reize – Pausbäckchen, Kulleraugen, schelmisches Lächeln – erst im Laufe von Monaten entwickeln). Sie strahlte Franziska an, Jans Lächeln wirkte eher höflich, und Franziska grinste in Annas Richtung und sagte gelassen: Typisch Mann, fremde Babys interessieren sie nicht die Bohne.

Jan versuchte gar nicht erst zu protestieren, er zuckte entschuldigend die Achseln und betonte, Leon sei dennoch ein sehr hübsches Baby und Franziska im Übrigen eine sehr hübsche junge Mutter. Franziska knuffte ihn in die Seite: Du Schleimer. Dabei stimmte es, sie strahlte eine Schönheit aus, an der ihr Bauch, der sich auch ohne Baby darin überraschend deutlich unter ihrem Oberteil abzeichnete, nichts änderte. Beim Kaffee brachte sie das Gespräch auf alle möglichen Themen, fragte Jan und Anna, was an der Uni so los sei, Chris erzähle ja nichts. Als es wenig später leise aus der Wiege quäkte, hatte Anna das Baby fast vergessen. Franziska nahm es behutsam hoch und erklärte, sie gehe zum Stillen ins Schlafzimmer, was Anna erleichterte, von Jan ganz zu schweigen, wie man aus seinem Blick schließen konnte.

Als Franziska nach einer gefühlten Ewigkeit mit Leon auf dem Arm wiederkam, fragte sie Anna, ob sie ihn mal halten wolle. Anna hatte damit nicht gerechnet, geriet kurz in Panik, fühlte sich wie auf dem Präsentierteller, zugleich aber nicht in der Lage, abzulehnen, und so ließ sie sich das kleine Paket in den Arm legen und von Franziska erklären, wie sie den Kopf stützen müsse. Leon wirkte immer noch nicht richtig wach oder schon wieder schläfrig, zwischen seinen blinzelnden Lidern sah Anna manchmal schielende dunkle Augen, von Blickkontakt konnte man noch nicht sprechen. Im ersten Moment war Leon leicht, dann aber aufgrund der fehlenden Körperspannung doch wie ein kleiner Mehlsack. Anna legte ihre Nase an seinen mit blondem Flaum bedeckten Kopf, der warm war wie ein Heizöfchen und einen intensiven Geruch ausströmte. Es musste der berühmte Babyduft sein, der Anna zwar nicht unbedingt in Verzückung versetzte, und doch empfand sie wieder Ehrfurcht, nun vor diesem fragilen, rätselhaften Wesen, das ganz und gar lebendig war und dabei noch mehr Tier zu sein schien als Mensch. Als das Tierchen begann, sein Gesicht zu verziehen und sich zu winden, gab Anna es schnell seiner Mutter zurück.

Jetzt verdaut er wahrscheinlich, kommentierte Christian fachmännisch und unerklärlich ironiefrei, Zeit für eine neue Windel.

Wie aufs Stichwort standen Jan und Anna gleichzeitig auf. Franziska lachte und steckte alle damit an, danke für euren Besuch, sagte sie, und für die süßen Schuhe, bald komme ich mit Leon mal im Institut vorbei.

Auf ihrem Rückweg am Fluss entlang war Jan schweigsam. Anna versuchte ein Gespräch, die Wohnung ist sehr schön, Franziska ist so cool, Christian weniger, aber rührend besorgt irgendwie, konsensfähige Themen, wie sie dachte, und Jan brummte zustimmend und sagte dann unvermittelt: Das ist nichts für mich.

Sie warf ihm einen fragenden Blick zu, und er sagte: Kinderkriegen, Familienleben, das ganze Spießerprogramm.

Anna war sprachlos. Dass Jan kein spießiges Leben wollte, war ihr klar, wer wollte das schon, aber sie verband mit Spießigkeit eher eine Haltung, vielleicht einen

Einrichtungs- und Kleidungsstil, dem eben Stil fehlte, nicht jedoch eine, wie sie dachte, menschliche Grundkonstante wie Kinder und Familie.

Als sie sich wieder gefangen hatte, fragte Anna: Findest du denn, die beiden führen ein spießiges Leben? Das ist doch alles ziemlich studentisch, und verheiratet sind sie auch nicht. Ich dachte eigentlich, wir wollten mal heiraten?

Die letzte Frage entsprang derselben Chuzpe, mit der sie ihn im Zug angesprochen hatte und die er ihr in bestimmten Situationen unwillkürlich zu entlocken schien. Sie wusste, dass er sie dann unwiderstehlich fand, und selbst jetzt schien sie einen Nerv getroffen zu haben, denn er musste lächeln, griff nach ihrer Hand, die sie ihm zuvor entzogen hatte, und sagte: Na, mit uns beiden ist das natürlich was anderes. Mit dir kann ich mir ja so einiges vorstellen.

Trotzdem, beharrte er, wobei er ihre Hand festhielt, Familie, das bedeute doch nur Kompromisse, und warum die Leute alle so verrückt auf hässliche Babys seien, habe sich ihm noch nie erschlossen.

Unseres wäre bestimmt hübsch, wandte sie ein, doch er winkte ab: Im Ernst, Kinderkriegen ist das Egoistischste auf der Welt. Außerdem lässt es die Leute früher oder später alle verspießern, bei Christian geht es doch schon los. Ist dir das nicht aufgefallen? Bald kannst du dich mit ihm nur noch über den Windelinhalt seines Sohnes unterhalten. Und dabei wird er sich trotzdem immer mehr im Institut verkriechen und schön weiter Karriere machen, während Franzi mit Klein-Leon zu Hause hockt und keine Zeit zum Promovieren hat. Und dann die Verantwortung. Mit einem Kind bist du nie mehr frei.

Anna mochte ihm in vielem gar nicht widersprechen. Der Besuch bei der frischgebackenen Familie hatte auch in ihr gemischte Gefühle ausgelöst, und sie wusste selbst nicht genau, ob sie Kinder wollte, die Frage hatte sich in ihrem Leben bisher nicht explizit gestellt. Das Thema hatte nicht so auf ihrer Prioritätenliste gestanden wie vielleicht bei anderen Mädchen, die schon im Kindergarten vor allem Vater-Mutter-Kind spielten. Für sie war seit jeher die Idee einer Partnerschaft wichtiger gewesen, Kinder schienen nachgeordnet, aber irgendwie doch eine Möglichkeit. In jedem Fall hatte sich das Ganze immer weit weg angefühlt und war im Grunde auch jetzt nichts, das nach einer schnellen Entscheidung verlangte.

Ich weiß, was du meinst, glaube ich, sagte sie zu Jan und hoffte, er würde darauf eingehen und etwas mehr Klarheit in die Sache bringen.

Als er schwieg, ließ sie seine Hand erneut los. Er sah sie an, prüfend, flehend, sie wusste es nicht, merkte nur, dass sie weich wurde, und trat die Flucht nach vorn an: Und jetzt? Gehen wir zu dir oder zu mir?

Das ist mir ganz gleich, sagte er, wir können ruhig zu dir gehen, solange es dich nicht stört, dass Katharina dann Bach auf volle Lautstärke drehen muss, um dich zu übertönen.

Angeber, parierte sie. Das wollen wir erst mal sehen.

Erst spät in der Nacht, als Jan schlief und sie neben ihm wach lag, fiel ihr auf, dass er sie am Flussufer nicht nach ihren Vorstellungen gefragt hatte.

JETZT

Zum Seminar geht Anna mit leichtem Gepäck. Alles Notwendige passt in ihre kleine Handtasche, die sie sich über die Schulter hängt, und über ihrem Shirt trägt sie nur einen dünnen Pulli, die Jacke hat sie in einem Anfall von Verwegenheit auf dem Zimmer gelassen.

Sie hat sich geirrt, die Wohnung liegt tatsächlich zum Fluss hin, weit oben in einem nicht mehr ganz neuen Neubau, dessen betondominierte Architektur so uncharmant ist wie seine Lage charmant. Ihr Vater habe die Wohnung gekauft und vermiete sie ihr verhältnismäßig günstig, damit sie nicht so viel jobben müsse und schneller studieren könne, hat Laura, Annas Gastgeberin, ihr freimütig erklärt (offenbar hat Anna beim Rundgang durch die Zimmer einigermaßen beeindruckt geguckt). Damit sich das Investment lohne, sei die Miete trotzdem noch so hoch, dass sie mit ihrem Freund, mit dem sie schon seit Schulzeiten zusammen sei, hier nicht allein wohnen könne, sondern sie sich einen Mitbewohner dazugeholt hätten. Es seien ja drei Zimmer vorhanden, und da sie und ihr Freund sich eins davon teilten, habe man so zusätzlich zur Küche noch das große Wohnzimmer mit Balkon.

Anna fragte sich, wie zufrieden der gerade im Ausland weilende Mitbewohner mit seiner Wohngemeinschaft war. Aber womöglich sah sie das zu eng, und dies war das wahre Studentenleben, immerhin hatte er sich bewusst darauf eingelassen und es damit eigentlich besser getroffen als beispielsweise Katharina in ihrer damaligen WG.

Als Laura ihr die Küche zeigte, kamen Anna wieder Zweifel, an der Pinnwand hing zwar kein Putzplan, aber eine Liste mit Tipps für Erstsemester. Keine Kneipentipps, wie Anna beim Überfliegen feststellte, sondern Ratschläge wie »Deine neue Freiheit als Ersti ist sicher verlockend: Jede Nacht feiern, ausschlafen bis mittags, Pizza zum Frühstück und danach stundenlang Serien gucken – das ist jetzt alles drin. Aber nicht unbedingt, wenn du auch im Studium erfolgreich sein willst. Darum unser Tipp: Setz dir selbst Grenzen. Mach dir einen Wochen- und einen Tagesplan mit festen Zeiten fürs Aufstehen, Lernen usw.«.

Woher sie diese Empfehlungen hätten, konnte Anna sich nicht enthalten, Laura zu fragen, und hoffte, ihre Stimme klang angemessen unbedarft.

Sie musste den Ton getroffen haben, denn Laura antwortete arglos, es gebe da einen ganz tollen, wirklich hilfreichen Blog von fortgeschrittenen Studierenden für Erstsemester.

Tja, sagte Anna, so was hatten wir damals noch nicht, und musste jetzt doch grinsen.

Laura grinste etwas unsicher zurück: Ja, da hat sich bestimmt richtig viel getan seitdem.

Anna zuckte zusammen, ließ es aber auf sich beruhen, tatsächlich kam Laura ihr unfassbar jung vor, es mussten Jahrzehnte zwischen ihnen liegen.

Annas Zimmer war das einzige ohne Flussblick, über dem Bett hing ein gerahmtes Schwarz-Weiß-Foto des jungen Bob Dylan, und sie solidarisierte sich noch stärker mit dem abwesenden Mitbewohner. Alles in allem hatte sie Glück gehabt mit der Unterkunft, Küche und Bad waren beeindruckend sauber (in jedem Fall sauberer als zu Hause, wie Anna neidlos anerkennen musste), und bevor sie das Haus verließ, lud Laura sie zum Abendessen ein, ganz unverbindlich: Lukas und ich kochen sowieso; wenn du nichts anderes vorhast nach deinem Seminar, komm gern spontan dazu, wir essen um halb sieben.

Solche Einladungen hat Anna immer schon gemocht, selbst wenn sie sich jedes Mal fragt, ob sie der einzige Mensch ist, der sie gerne annimmt, schließlich kann es sich auch um reine Höflichkeitsfloskeln handeln (sie selbst spricht sie selten aus und nur, wenn sie es ernst meint). Auch im Verlauf des Zusammentreffens bleibt oft genug unklar, ob die Einladung eine wirklich gute Idee war. Aber alles in allem reizen Anna solche unverhofften Begegnungen und Einblicke in andere Leben einfach zu sehr, als dass sie die Gelegenheit ungenutzt lassen könnte. Natürlich ist diese Art des Interesses mit ein Grund für ihre Berufswahl gewesen und kommt ihr in dem Zusammenhang immer wieder zugute. Bis heute begegnet sie unbekannten Menschen derart unvoreingenommen, dass sie eigentlich nur überrascht werden kann, etwa von der ihr entgegengebrachten Freundlichkeit (allerdings auch vom Gegenteil). Es ist ein für ihren Job nützliches Talent, aber dahinter verbirgt sich auch eine gewisse Unfähigkeit, Menschen und Situationen richtig einzuschätzen, die ihr gemessen an ihrer Lebens- und Berufserfahrung bisweilen unplausibel vorkommt. In jedem Fall ist Lauras Einladung eine Option, falls Anna später eine Pause von den anderen Seminarleuten braucht oder das Restaurantangebot und anschließend das Kinoprogramm sie nicht überzeugen.

In der Fußgängerzone entscheidet sie, dass ihr noch Zeit bleibt, um einen Lippenstift zu kaufen, sie will sich wappnen für die kommenden Stunden. Der mütterliche Mut zur Lücke reicht vielleicht für Kindergarten oder Spielplatz, aber nicht für das echte Leben.

Im Drogeriemarkt wird ihr überdeutlich vor Augen geführt, dass sie gute Gründe hat, seit Jahren die altbewährte Marke und Farbe im Netz zu bestellen. Den Versuch, sich in der Unübersichtlichkeit des Angebots zurechtzufinden, gibt sie schnell auf, eine Beratung ist indes ebenfalls nicht in Sicht. Die Zeiten von *Midnight Red* sind lange vorbei; und abgesehen davon, dass auch dieser Ton ganz sicher längst aus dem Programm genommen wurde, sucht sie etwas Dezenteres. Doch ausgerechnet von den wenigen Farben, die ihr auf den ersten unsystematischen Blick infrage zu kommen scheinen, stehen keine Tester im Regal, und wer will seine Lippen auch in Kontakt mit einem Stift bringen, der schon etliche unbekannte Münder berührt hat? Dass auf dem Handrücken, für den die Tester wohl eigentlich gedacht sind, die Farbwirkung eine ganz andere ist, weiß schließlich jedes Kind. Verstohlen schraubt Anna diverse Stifte auf, deren Design allein ihr meist verdächtig vorkommt, und auf ihren Lippen sehen nicht nur die Farben völlig anders aus, als die Verpackung suggeriert, auch die Texturen sind nicht das, was sie braucht, sind entweder zu ölig oder zu trocken.

Beim Blick auf die Uhr bricht Anna der Schweiß aus, was in Geschäften ohnehin schnell passiert. Früher fröstelte sie schnell, daran hat sich nichts geändert, doch andererseits bekommt sie seit den Schwangerschaften beim geringsten Anlass Hitzewallungen und scheint nie richtig angezogen zu sein. Den Pulli auszuziehen, lohnt sich nicht, kurz entschlossen greift sie nach einer zu dunklen, ins Purpurne spielenden Farbe, die für den Anlass in jedem Fall zu verrucht ist. Als sie das Etikett liest, ist besiegelt, dass sie den Stift gar nicht ausprobieren muss, um ihn zu kaufen. *Midnight Red*, steht da, und sie wird von einem Glücksgefühl gepackt, das sie dann doch dazu veranlasst, ihre Lippen gleich zu bemalen, die Farbe ist satt und cremig und so dunkel, dass sie alle vorher aufgetragenen Töne mühelos überdeckt. Der Gesamteindruck im Spiegel überzeugt Anna nicht, aber sie schiebt es auf das grelle Licht und schwingt sich zu dem Gedanken auf: Wenigstens ein Statement. Sie kommt sich abenteuerlustig vor.

Benutzen Sie bitte die Tester, blafft eine vorbeigehende Verkäuferin. Manchmal fragt sich Anna, ob sie immer noch so viel jünger aussieht, als sie ist, dass sich weiterhin Leute trauen, in diesem Ton mit ihr zu sprechen. Ich kaufe den Stift sowieso, murmelt sie, aber da ist die Frau längst weitergegangen.

Vor Anna an der Kasse wuchtet eine Kundin mit Buggy das halbe Sortiment der Kinderabteilung aufs Band, Windel- und Feuchttüchergroßpackungen, Gläschen, Reiswaffeln, Quetschies. Als der Einkaufswagen noch halb voll ist, beginnt das Kind im Buggy, das Anna auf ein gutes Jahr schätzt, vermeintlich aus dem Nichts heraus herzzerreißend zu weinen, das kleine Gesicht läuft rot an, Rotz und Tränen fließen.

Er zahnt, sagt die Mutter zur Kassiererin, die verständnisvoll nickt.

Anna denkt darüber nach, der Frau beim Leeren des Einkaufswagens zu helfen, damit sie sich schneller dem Kleinen widmen kann, da wendet sich die Kassiererin an den Jungen: Na, mein Süßer, da kauft deine Mama aber viele tolle Sachen für dich ein, was? Schaffst du die denn alle?

Er hat noch zwei Schwestern, Zwillinge, erklärt die Mutter, sie lächelt dabei, wirkt durch und durch entspannt, fühlt sich anscheinend wohl mit der Situation. Ihre Augenringe, das strähnige Haar und die Breiflecken auf ihrem Hemd stören sie offenbar überhaupt nicht, nichts davon scheint sie kaschierenswert zu finden.

Wie schön, sagt die Kassiererin wehmütig, meine sind leider schon groß.

Seien Sie doch froh, rutscht es Anna heraus, also ich würde mir manchmal wünschen, meine wären schon weiter.

Ach nein, strahlt die Mutter des unbeirrt weinenden Jungen und fängt an, bereits gescannte Sachen in das Netz am Kinderwagen und ihren riesigen Rucksack zu packen, ich mag es, wenn sie so klein sind.

Die Kassiererin nickt zustimmend, während sie in aller Seelenruhe einen Artikel nach dem anderen scannt. Anna klebt ihr Shirt am Rücken, sie ist kurz davor, einen Quetschie zu öffnen und ihn dem Jungen zu geben.

Nach einer kleinen Ewigkeit ist sie mit ihrem Lippenstift dran. Die Mutter gibt ihrem Kind keinen Quetschie, sein Weinen wird rasch leiser, sobald der Buggy sich in Bewegung setzt. Als die beiden den Laden verlassen, ist es fast schon verstummt. Anna folgt ihnen, mehr geschlagen als gewappnet. Im Weinen von Kindern, auch in ihren Wutanfällen, hallt für Anna das Elend der ganzen Welt wider. Sie glaubt, ihren eigenen Schmerz darin zu erkennen, den man als Erwachsene nicht mehr hinausschreien darf, im Grunde durfte man es auch als Kind nicht, vielleicht erträgt sie diese Gefühlsausbrüche darum so schlecht. Sie gibt sich alle Mühe, ihre eigenen Kinder durch deren Anfälle zu begleiten, was immer das heißt.

Schneller als in ihrer Erinnerung führt der Weg sie zur Uni. Trotz der überschaubaren Größe der Stadt hat sie bisher nicht konkret darüber nachgedacht, dass sie Jan jeden Moment in die Arme laufen könnte. Vielleicht aber ist es eher so, dass sie die Möglichkeit billigend in Kauf genommen hat, schicksalsergeben.

Jetzt wird ihr das Ganze allmählich zu greifbar. Für einen Moment erwägt sie, in Richtung Bahnhof abzubiegen und den nächsten Zug nach Hause zu besteigen. Doch die Vernunft (was man so als Vernunft bezeichnet) siegt, und wie aufgezogen setzt sie einfach weiter einen Schritt vor den anderen, am Ende der Straße kommt schon das Schloss in Sicht.

Draußen geht es noch, aber drinnen erwischt es sie mit Wucht. Natürlich riecht es in den hohen Räumen wie eh und je, nach Stein und Holz und Schweiß und Papier und Druckerschwärze, und die Kühle des alten Gemäuers verursacht ihr Gänsehaut (obwohl es nicht so alt ist, wie es suggeriert; bei einer Recherche für die Unizeitung war Anna einst verblüfft herauszufinden, dass ein nicht unwesentlicher Teil des Schlosses im Krieg zerstört und danach wieder aufgebaut wurde, so originalgetreu offenbar, dass es für spätere Studentengenerationen eben nicht vom Original unterscheidbar war). Sie fühlt sich auf der Stelle wieder wie mit zwanzig, erwartungsvoll und unbesiegbar und auf jeden Fall am richtigen Ort. Warum nur ist sie nicht an der Uni geblieben, Anna fragt es sich nicht zum ersten Mal, aber diese Frage führt sie wieder zu Jan zurück, dessen Verbleib im Wissenschaftsbetrieb sicher eine Rolle dabei gespielt hat, und sie schiebt sie rasch weg, um die Unbefangenheit nicht zu verlieren, die hilfreich ist bei allem, was jetzt folgt.

Beim Betreten des Seminarraums in der Germanistik braucht sie ein paar Augenblicke, um in der Gegenwart anzukommen. Die Plätze an den U-förmig aufgestellten Tischen sind überwiegend schon besetzt, und es sieht nicht so aus, als hätten die meisten Teilnehmenden ihre Studienzeit schon lange hinter sich. Das Gros der hier versammelten freien Journalistinnen und Journalisten, an die sich das Seminar richtet, wirkt jünger als Anna. Sie merkt, dass sie gehofft hatte, auf Gleichgesinnte in ihrer Lebensphase zu treffen, eine für ihre Verhältnisse ungewohnt voreingenommene Einstellung. Doch um weiter darüber nachzusinnen, bleibt keine Zeit, denn sie ist so knapp gekommen, dass der Referent vorne zu reden anfängt, sobald sie sich auf dem nächstbesten freien Platz in Türnähe niedergelassen hat.

Der Dozent scheint tatsächlich so gut zu sein wie sein Ruf; ein wirklich schlechter Entertainer wäre beim Thema Storytelling zwar ein schlechter Witz, aber in dieser Hinsicht hat Anna schon zu viel erlebt, um sich noch über irgendetwas zu wundern.

Während der Vorstellungsrunde der zwölf Teilnehmenden wartet sie mit lächerlich klopfendem Herzen darauf, dass sie dran ist (was genau soll sie über sich erzählen, wie viel, wie wenig?), und kann sich bis dahin nicht auf das konzentrieren, was die anderen sagen (obwohl das für ihre eigene Vorstellung hilfreich sein könnte). Sie macht es dann kurz und sachlich, Wohnort, inhaltliche Schwerpunkte, wichtigste Auftraggeber, und hat anschließend bei aller Erleichterung das Gefühl, das Wesentliche nicht gesagt zu haben. Doch bald entspannt sie sich und beteiligt sich an der nach einer kurzen Einführung aufkommenden Debatte; praktische Übungen sind erst für morgen geplant.

Die anderen wirken beeindruckend fit, dafür, dass ein paar echte Berufsneulinge darunter sind. Sie könnten sich das Seminar im Grunde sparen, so gut vorbereitet, wie sie sind. Aber vermutlich geht es ihnen vor allem ums Networking, das Anna in jener Phase intensiver hätte betreiben sollen, um jetzt nicht hier sitzen zu müssen. Andererseits gibt es Schlimmeres. Sie nimmt einen Schluck von ihrer Cola, greift in das Keksschälchen, das vor ihr und ihrer Nachbarin auf dem Tisch steht, und stellt bei einem Blick auf die Uhr fest, dass es wie Urlaub ist, jetzt nicht zur Kita aufbrechen zu müssen, wobei die eigentliche Freiheit darin liegt, sich über drei Uhr nachmittags hinaus gedanklich mit anderen Themen als mit häuslichen und familiären befassen zu dürfen. Sie hatte fast vergessen, wie gern sie in einer Runde sitzt, den Ausführungen eines Dozenten lauscht und darüber in den Austausch tritt, sich das Tempo und die Reihenfolge der

Gedanken vorgeben lässt. Auch deswegen mochte sie die Schule und später die Uni und vermisst all das manchmal am heimischen Schreibtisch, sosehr sie die Ruhe dort schätzen gelernt hat.

Trotz reger Diskussion dauert es, als der Referent den Beginn der Kaffeepause verkündet, bei den meisten keine drei Sekunden, bis sie ihr Smartphone herausholen (wenn sie es nicht schon die ganze Zeit in der Hand gehalten oder zumindest vor sich auf dem Tisch liegen hatten). Darin ist Anna, wenn auch vielleicht nicht aus den gleichen Gründen, ähnlich zwanghaft wie die anderen, obwohl bestimmt zehn Jahre älter als der Großteil und damit deutlich eher Digital Immigrant (weshalb ihr Telefon bisher immerhin in ihrer Tasche steckte, stumm geschaltet – die Nummern von Moritz und der Kita sind selbstverständlich als Ausnahmen definiert). Inzwischen müsste Moritz die Kinder abgeholt haben, Anna verlässt den Raum in der Erwartung, gleich ein neues Foto vorzufinden. Doch als sie sich im Gang an eines der hohen Sprossenfenster stellt und auf ihr Telefon blickt, hat sie keine Nachricht erhalten. Der kurze Moment unverhältnismäßiger Enttäuschung reicht aus, damit sie Moritz direkt anruft, die Kommunikationstechnologie entlarvt erbarmungslos, wie einfach der Mensch konstruiert ist. Natürlich geht Moritz nicht dran, und natürlich ruft er nur eine Minute später genau in dem Augenblick zurück, als ein Kursteilnehmer sich Anna mit zwei Kaffeebechern in der Hand nähert. Sie deutet entschuldigend auf ihr Handy und dreht sich ein Stück weg, doch der andere bleibt keine zwei Meter von ihr entfernt stehen, sodass sie etwas unwillig einige Schritte den Gang hinuntergeht, bevor sie den Anruf annimmt.

Hallo, sagt sie mit gedämpfter Stimme. Ich wollte nur mal hören, was ihr so macht.

Am anderen Ende bricht im Hintergrund Geheul los. Lass deinem Bruder auch ein paar Kastanien, hört Anna Moritz rufen. Daraufhin scheint Paula zu einer ihrer Tiraden anzusetzen, die, wenn auch mit dramatischer Stimme vorgetragen, so doch argumentativ bisweilen erstaunlich schlüssig sind.

Erziehen zwingt einen in die Spielverderberrolle und macht wirklich so gar keinen Spaß, diese Endlosschleife aus sich tagtäglich wiederholenden Kämpfen. Es genügt nicht, ein Mal zu sagen, mach bitte den Mund auf, damit ich dir die Zähne putzen kann. Sonst wird es zu spät für die Einschlafgeschichte, droht man und mahnt, alle Menschen müssen sich vor dem Schlafengehen die Zähne putzen. (Kurz wird einem schwindlig bei dem Gedanken, dass etwas, was eigentlich nur kulturelle Kontingenz sein kann, anmutet wie eine anthropologische Konstante, von Marilyn Manson über den Bundeskanzler bis hin zu Geflüchteten, alle stellt man sie sich allabendlich zähneputzend vor.) Komm weg von der Steckdose, musst du noch mal aufs Klo, ein Keks reicht, wir müssen uns für die Kita fertig machen, zieh dir bitte die Schuhe an, nur am Tisch malen, jetzt ist Schlafenszeit, wir wollen nicht, dass du mehr als zwei Folgen schaust, komm da runter, gib ihm bitte seine Schaufel zurück, Stopp an der Straße, LASS DAS BITTE, ICH HABE ES DIR SCHON TAUSENDMAL GESAGT!

Es genügt auch nicht, all das tausendmal zu sagen, und immer, wenn man denkt, ein Thema ist durch, bekommt man es mit dem nächsten zu tun, oder, schlimmer noch, das vermeintlich abgehakte kehrt zurück, sodass man gefühlt wieder bei null anfängt. Konsequenz ist alles, empfiehlt eine Freundin mit Hund, knappe, einfache Kommandos; es klingt überzeugend, nur dass Kinder keine Hunde sind, sondern Menschen.

Sollen wir später sprechen?, fragt Anna. Sie ist am Ende des Flurs angekommen, und als sie kehrtmacht, sieht sie, dass der Mensch mit seinen Kaffeebechern am Fenster stehen geblieben ist und hinausschaut, den einen Becher hat er auf die Fensterbank gestellt, den anderen hält er in der Hand und nippt gerade daran.

Das ist mir egal, poltert Moritz, allerdings an Paula gerichtet, du gibst Anton jetzt zwei Kastanien ab, und dann suchst du unter dem Baum da vorne weiter, und Anton darf hier sammeln, okay?

Ihre Tochter scheint den Vorschlag zu akzeptieren, beide Kinder sind schlagartig still, doch Anna sieht Moritz förmlich die Augen verdrehen, weil Anton seiner Schwester natürlich hinterherläuft und die ganze Szene sich gleich wiederholen wird.

Anton, hiergeblieben, hört sie Moritz auch schon rufen, er klingt tatsächlich wie ein Hundebesitzer.

Auch wenn sie es ihm im Grunde nicht verdenken kann, sagt sie leicht gequält: Ach, lass doch, vielleicht geht das ja ein paar Minuten gut, ich hab eh nicht lange Zeit zum Sprechen, hier ist nur gerade Kaffeepause.

Kaffee könnte ich auch gebrauchen, die Nacht war eine Katastrophe, sagt Moritz jetzt anstelle einer Begrüßung und gähnt gut hörbar. Es ist phänomenal, wie übergangslos er von laut auf larmoyant schalten kann, und Anna möchte am liebsten direkt wieder auflegen. Anton war bestimmt drei Mal wach, Albträume vielleicht, und dann hat Paula auch noch ins Bett gemacht.

Anna hat den Verdacht, dass er übertreibt, die Nächte, die er übernimmt, sind immer besonders dramatisch, und sie hält es für das Beste, darüber hinwegzugehen.

Aber du kommst schon klar, und den Kindern geht es gut, oder?, fragt sie und schafft es, nur leicht zickig zu klingen.

Ja, ja, die zwei sind im Großen und Ganzen ziemlich schnuckelig und haben Spaß, bestätigt Moritz in versöhnlichem Tonfall.

Nach all den Jahren kann Anna sich tatsächlich immer noch über seine Stimme freuen, in der eine Zurückhaltung liegt, die sie nicht unmännlich findet, sie ist nicht vornehm, auch nicht reserviert, eher gefasst auf Spontaneität. Genauso betrachtet sie ihn immer noch gern, egal, wie sehr er sie gerade aufregt. Sie fragt sich, ob ihre Urinstinkte ihn sich so klug ausgesucht haben (wobei er seinen Reproduktionsauftrag ja bereits erfüllt hat) oder ob es sich bei dieser Wahrnehmung um einen zivilisatorischen Kniff handelt, einen unbewusst antrainierten, für den Fortbestand jeder Ehe notwendigen Filter.

Wir sind im Park, fährt Moritz überflüssigerweise fort, Kastanien sammeln.

War in der Kita alles okay? Warum nur musste sie diese Frage stellen, im Grunde will sie die Antwort gar nicht hören, sie könnte es einfach auskosten, dass ihr die nicht immer positive Rückmeldung der Erzieher heute erspart bleibt.

Sie könnten wohl noch ein paar Kuchenbäcker fürs Jubiläumsfest gebrauchen, sagt Moritz.

Anna könnte froh sein, dass er nichts über das unsoziale Verhalten ihrer Kinder sagt. Stattdessen ärgert sie sich, weil er ihr offenbar mitteilen will, dass sie gleich den Ofen anschmeißen soll, wenn sie am Freitag nach Hause kommt, denn das Fest ist diesen Samstag. Dinge, für die er sich nicht zuständig fühlt, scheint sich Moritz hervorragend merken zu können, aber nur so lange, dass sich bei ihm ja keine Mental Load aufbaut – bis er also die Aufgabe an sie weitergereicht hat. Sie hat längst gelernt, den Ärger in solchen Situationen hinunterzuschlucken, niemand möchte die kurze Sprechzeit mit Diskussionen verschwenden, weshalb es ja auch so perfide ist, dass Moritz so etwas am Telefon unterbringt.

Sie kommt sich sehr erwachsen vor, da sagt ihr Mann, der immerhin nicht mit einer Antwort von ihr zu rechnen scheint: Anton hat wohl wieder viel gehauen heute, seine Erzieherin meinte, er zeigt noch sehr wenig Empathie.

Er ist zwei, Moritz!, gibt Anna zurück, jetzt doch hörbar gereizt. Empathie entwickeln sie erst ab vier, leider, das könntest du dir ja wenigstens mal merken, wenn seine Erzieherin – die übrigens Vanessa heißt – dazu schon nicht in der Lage ist.

Ach, Anna, du weißt doch, die haben eine Schmalspurausbildung und –

– sind viel zu schlecht bezahlt, führt sie den Satz weiter, ich weiß, ich weiß, nur macht es das ja nicht besser.

Ach, weißt du, ich mache mir eigentlich gar keine Sorgen um die Entwicklung unseres Sohnes (ich weiß, denkt Anna, und das macht es ebenfalls nicht besser), und das solltest du auch nicht tun.

Dann erzähl mir so was doch gar nicht erst.

Aber du hast mich gefragt, verteidigt er sich, und er hat ja recht.

Ist schon okay, lenkt Anna ein, ich muss gleich auch Schluss machen, es geht hier bestimmt bald weiter.

Wie ist es denn so bei dir?, fragt er, und sie freut sich, dass er sich erkundigt, und wünscht gleichzeitig, er würde eine weniger offene Frage stellen, die sie beantworten kann: Hatte der Zug Verspätung, ist die Unterkunft okay, ist das Wetter bei euch auch so schön, glaubst du, der Workshop lohnt sich, vermisst du uns auch schon so sehr wie wir dich?

Ihr fehlt mir, sagt Anna.

Das schaffst du schon, sagt er leichthin, genieße es.

Ich gebe mein Bestes, verspricht sie und unternimmt noch einen Versuch: Es ist seltsam, hier zu sein.

Darauf schweigt er, was soll er auch sagen, und sie fragt rasch: Meinst du, es wäre eine gute Idee, wenn ich noch kurz mit den Kindern spreche?

Ach, die sind gerade so vertieft hier, laden sich die Taschen voll, wahrscheinlich würde sie das eher verwirren, oder?

Anna ist weniger enttäuscht als erleichtert, weil sie ihm im Grunde zustimmt. Fernmündliche Kommunikation mit kleinen Kindern funktioniert nur bedingt, das wissen sie von Telefonversuchen mit den Großeltern oder mit Moritz auf Geschäftsreise. Sie sollten einfach dankbar sein, dass sie sich zu zweit so lange in Ruhe unterhalten konnten, länger als erwartet, länger als meistens in Anwesenheit der Kinder.

Bastelst du eigentlich nachher mit ihnen Kastanienmännchen?, fragt sie neckend.

Na klar, sagt er, du wirst staunen.

Dann viel Spaß dabei, drück die beiden von mir und schick mal ein Foto, ja?

Mach ich. Hab du auch viel Spaß. Trink so ein leckeres Bier für mich mit.

Sie erinnert sich, wie gut ihm damals bei ihrem gemeinsamen Besuch in der Stadt das lokale Pils geschmeckt hat, seine zutrauliche Aufforderung rührt sie plötzlich über die Maßen.

Ist gut, sagt sie, kann sich aber nicht verkneifen, hinterherzuschicken: Und meld dich, wenn was ist.

Ich schaff das schon, mach dir keine Sorgen. Er klingt nur leicht genervt, Anna ist ihm dankbar dafür und hat nicht das Gefühl, noch Entschuldigungen oder Erklärungen nachschieben zu müssen. Das ist das Gute am Verheiratetsein, man muss nie etwas abschließend klären. Das ist auch das Schlechte am Verheiratetsein.

Sie verabschieden sich mit einem einfachen »Na dann tschüs, bis später mal«, Anna hat gerade wieder das Ende des Gangs erreicht und geht etwas zögerlich zurück in Richtung Seminarraum, das Telefon jetzt nicht mehr am Ohr. Die Pause ist noch nicht vorbei, vor dem Raum stehen ein paar Teilnehmende und unterhalten sich, und der Kaffeemensch hat sich nicht vom Fenster wegbewegt. Als hätte er darauf gelauert, dass sie ihr Gespräch beendet (und natürlich hat er das auch), dreht er sich genau in dem Moment zu ihr um, als sie auf seiner Höhe ankommt.

Na, fertig telefoniert? Er streckt ihr einen Kaffeebecher entgegen und lächelt sie breit an, auf seinem Namensschild liest sie, dass er Daniel heißt.

Anna kann nicht anders, als den Becher entgegenzunehmen. Danke, sagt sie, zwängt das Telefon in die hintere Tasche ihrer Jeans und trinkt einen Schluck.

Daniel ist fast schon Digital Native, jedenfalls hat er etwas Jungenhaftes an sich, er ist groß und schlaksig, seine dunkelblonden Locken stehen wirr vom Kopf ab. Im Seminar saß er mit dem Rücken zur Fensterreihe schräg gegenüber von Anna und schaute dadurch zwangsläufig in ihre Richtung, aber dass er sie besonders gemustert hätte, ist ihr nicht aufgefallen. Er wirkt irgendwie hyperaktiv, und Anna denkt, es muss ihn Überwindung gekostet haben, in der Pause am Fenster stehen zu bleiben. Die Energie, die er ausstrahlt, macht sie ganz kribbelig, hat aber auch etwas Mitreißendes, dem sie sich nur schwer entziehen kann. In seinen hellgrauen Augen hinter der Nerdbrille liegt ein alertes Flackern, und gerade, als Anna denkt, jetzt will er übers Seminar reden, tippt er auf ihren Kaffeebecher, auf dessen Rand ihre Lippen einen purpurroten Abdruck hinterlassen haben, und sagt: Krasse Farbe. Steht dir.

Eine so unumwundene Anmache kommt überraschend, nicht nur, weil Anna sie ihm nicht zugetraut hätte, sondern auch, weil es sehr lange her sein muss, dass jemand sie so angesprochen hat. Sie war nie der Typ, der dauernd angebaggert wurde (schon zu Schulzeiten fragten die Jungs in der Disco sie eher nach der Nummer ihrer Freundin, die schöner war und weniger redete), aber seit einigen Jahren scheint dieses Thema so vollständig aus ihrem Leben verschwunden, dass sie manchmal das Gefühl beschleicht, unsichtbar zu sein.

Am Ehering kann es nicht liegen, sie trägt keinen; sie haben sich damals dagegen entschieden, weil Moritz seine Finger, die er nicht besonders mochte, nicht noch durch Schmuck betonen wollte und Anna das Symbol einerseits unnötig (das große, unüberschaubare Versprechen galt auch ohne kleinen Ring), andererseits seltsam einengend vorkam. Sie hätte den Ring in allen möglichen Situationen, zum Schlafen, zum Duschen, Backen und Schwimmen, sowieso abgelegt.

Vielleicht würde ein Ring auch helfen; angeblich macht einen der Umstand, dass man in festen Händen ist, erst recht attraktiv. Äußerlich ist Anna in den letzten Jahren stärker gealtert, als sie, die noch zu Studienzeiten gern nach ihrem Ausweis gefragt wurde, es je für möglich gehalten hätte. Das Leben interessiert sich nicht dafür, dass sie gerade jetzt am wenigsten Zeit hat, sich mit ihrem Erscheinungsbild zu befassen, aber genauso brauchte sie ja früher, als sie Zeit im Überfluss hatte, auch keinen Schlaf und kein Frühstück. Damals hielt sie sich für uneitel, dabei gab es nur noch nichts nennenswert Defizitäres an ihrem Körper, um das sie sich hätte Gedanken machen müssen. Inzwischen ist es nicht mehr egal, wie das Licht auf ihre Haut fällt, wie oft sie zum Friseur geht und welches Shirt sie anzieht, ganz zu schweigen von dem, was sich unter der Kleidung verbirgt, aber solange es angezogen noch geht, denkt sie, ist nicht aller Tage Abend. Man könnte sie immer noch jünger schätzen, als sie ist (sofern sie den Aussagen von Moritz und der Ansprache durch Verkäuferinnen trauen darf).

Wahrscheinlich ist es schlicht der Mangel an Gelegenheit, natürlich ist sie meistens mit den Kindern unterwegs, und es scheint ein Gesetz zu geben, dass Spielplatzflirts tabu sind. Das liegt vielleicht daran, dass es sich zwischen vollen Windeln, mit Sand werfenden und laut Assistenz auf dem Klettergerüst fordernden Kindern schlecht flirten lässt, wobei Eltern sich übertriebene Empfindlichkeit hier wie überall im Grunde nicht erlauben können.

Womöglich hätte sie einfach nur früher mal wieder dieses Top mit dem luftigen Ausschnitt anziehen und *Midnight Red* auftragen müssen.

Sie findet Daniel etwas unverschämt, aber gegen ihren Willen fühlt sie sich auch geschmeichelt.

Woher wusstest du eigentlich, dass ich den Kaffee mit Milch trinke?, versucht sie sich ebenfalls in Schlagfertigkeit. Ich hätte doch auch Veganerin sein können.

Unwahrscheinlich, so wie du da drinnen bei den Schokokeksen zugelangt hast.

Anna muss lachen. Okay, der Punkt geht an dich, aber was ist mit Laktoseintoleranz?

Du wirkst nicht so kompliziert.

Hast du eine Ahnung, sagt Anna, und er schüttet sich aus vor Lachen, dabei meinte sie es ernst.

Wahrscheinlich schreibst du genauso witzig, wie du redest, setzt Daniel seine Charmeoffensive fort, als er sich wieder beruhigt hat. Unter deinen Auftraggebern waren ja durchaus ein paar illustre Namen, ich kann gar nicht glauben, dass ich noch nichts von dir gelesen habe.

Das könnte daher kommen, dass meine besten Referenzen meist vier Jahre zurückliegen, denkt Anna und spricht es nicht aus. Sie schämt sich vor sich selbst dafür, dass sie Daniels Komplimente aufsaugt wie ein Schwamm, auch wenn sie genauso gut nur dem Networking dienen können, aber allein in dieser Hinsicht als interessant eingeschätzt zu werden, ist erschreckenderweise Balsam für ihre komplimententwöhnte Seele. Gleichzeitig strengt Daniels muntere Aufgewecktheit sie an, und sie wünscht sich, er wäre so nerdig wie seine Brille und würde jetzt vielleicht über das Seminar reden wollen. Natürlich weiß sie nichts mehr über ihn, weil er vor ihr dran war bei der Vorstellungsrunde, und sie will nicht nachfragen und damit interessierter wirken, als sie ist.

Offenbar hat sie zu lange geschwiegen, denn Daniel

hakt nach: Und an einem super Standort bist du auch, du kommst doch aus Berlin?

Ja, sagt sie, na ja, ich wohne da.

Gibt's da nicht viel bessere Workshops?, fragt er. Was verschlägt dich denn ausgerechnet in dieses Seminar?

Ich hab hier studiert. Es klingt, als wäre sie aus Nostalgie da, und sobald sie es ausgesprochen hat, wird Anna bewusst, wie gut das den Kern der Sache trifft.

Ah, dann kennst du hier ja bestimmt noch so einige Leute. Es wirkt, als ob sein Akku schlagartig halb leer ist, er leuchtet sofort weniger hell.

Seine dynamische Zuwendung kommt Anna plötzlich wie der Rettungsanker vor, der sie davor bewahren wird, im Strudel der Nostalgie zu versinken, und sie beeilt sich zu sagen, ach, eigentlich nicht, das ist ja schon ein paar Jahre her. Sie grinst schief und knipst damit so unmittelbar das Licht bei ihm wieder an, dass es ihr beinahe unangenehm ist.

Die Pause scheint um zu sein, die Umstehenden bewegen sich zurück in den Raum, sodass Anna vorschlagen kann: Ich glaub, wir müssen mal wieder rein. Doch jetzt ist Daniel nicht mehr zu bremsen: Aber nachher gehen wir ja sicher alle zusammen noch was essen?

Dabei strahlt er so sehr, dass Anna auch diese zweite Chance, elegant auf Abstand zu gehen, indem sie die Essenseinladung bei ihren Gastgebern ins Feld geführt hätte, ungenutzt verstreichen lässt.

Ja, mal sehen, sagt sie unbestimmt und hat es auf einmal wirklich eilig, zurück in den Raum zu kommen.

Früher traf sie im Schloss manchmal unverhofft auf Jan, unterwegs von einer Vorlesung zur nächsten, jedes Mal setzte ihr Atem dabei einen Moment länger aus, als wenn sie verabredet waren (sogar dann gab es immer diesen kurzen Schockmoment, als hätte sie nicht mit ihm gerechnet), und sie entwickelte beinahe Routine darin, sich in Sekundenschnelle zu fassen. Auch jetzt könnte er plötzlich um die Ecke biegen, vielleicht auf dem Weg von der Cafeteria in die germanistische Bibliothek, selbst wenn sie nicht glaubt, dass er sich jemals dorthin verirrt hat.

Zurück im Seminar gibt sie sich Mühe, sich zu konzentrieren, doch irgendwann sieht sie Daniel nur noch argumentieren und zu ihr herüberstrahlen, ohne dem zu folgen, was er sagt. Die Narrative, von denen die anderen nun sprechen, können nicht mithalten mit den Geschichten, die sie sich selbst erzählt. Sie spürt den Sog, der beharrlich an ihr zieht, und während die Stimmen um sie herum immer leiser werden, gibt sie sich ihm hin.

DAMALS

Es war ihr wichtig, dass er und ihre Familie sich kennenlernten, also fuhren sie an einem Wochenende zusammen zu Annas Eltern.

Während der Zugfahrt ging eine Veränderung mit Jan vor, er musste den Raucherwagen, der genügend freie Plätze bot, um einen Kurzzeitgast aufzunehmen, öfter aufsuchen, als er selbst es im Grunde erträglich fand. Was sollen deine Eltern sagen, wenn du so einen Aschenbecher mit nach Hause bringst?, fragte er Anna, nur halb im Scherz.

Jetzt entspann dich mal, beruhigte sie ihn und damit, aber das war hoffentlich nicht herauszuhören, auch ein wenig sich selbst, denn jedes Mal, wenn Jan zurückkam, verschlug ihr der Geruch nach kaltem Rauch kurz den Atem. Meine Eltern sind wirklich nett, und mein Vater raucht schließlich selbst Pfeife.

Genussrauchen ist was anderes, wandte Jan ein. Dein Vater durchschaut mich doch auf den ersten Blick.

Ihr Vater war Psychologe. Er stammte nicht aus der Gegend und war einst zu Annas Mutter auf den Hof ihrer Vorfahren gezogen, nachdem sie sich in seiner Studienstadt kennengelernt hatten, wo sie eine Freundin besuchte. In der Generation ihrer Eltern hatte es in Annas Familie zum ersten Mal seit Jahrhunderten keinen Landwirt mehr gegeben, der den Hof fortgeführt hätte, und so waren ihre Großeltern froh gewesen, dass Annas Eltern zumindest ihren Wohnort dort wählten, zunächst gemeinsam mit den Großeltern, seit dem Tod des Großvaters dann mit Annas Oma. Ihren Schwiegersohn sahen die beiden Alten von Beginn an weniger kritisch, als man es von alteingesessenen Bauern hätte erwarten können. Auf diesem Hof legte man Wert auf Bildung, unter den Schwestern der Großelterngeneration gab es bereits Lehrerinnen, und umgekehrt war Annas Vater nicht intellektuell abgehoben; er hatte sich bewusst für das Landleben entschieden und eignete sich mit der Zeit einiges landwirtschaftliches Verständnis in der Praxis an. Er war Leitender Psychologe an der Psychiatrischen Klinik der Kreisstadt, Annas Mutter hatte ihre Tätigkeit als Altenpflegerin nach mehreren Jahren Babypause stundenweise wieder aufgenommen. Seit die Großeltern zu alt waren, um den Hof zu bewirtschaften, gab es bis auf ein paar Hühner kein Vieh mehr, und die Ackerflächen waren an benachbarte Landwirte verpachtet.

Das ist doch ein totales Klischee, sagte Anna zu Jan. Du liegst ja nicht bei ihm auf der Couch. Und selbst wenn du das tätest, hättest du auch nicht mehr zu verbergen als jeder normale Mensch.

Der letzte Satz war beinahe eine Frage, die Jan allerdings umgehend zurückgab: Bist du dir da sicher?

Sein Lächeln war ein wenig verrutscht, nein, wollte Anna sagen, sicher bin ich mir nicht, sagte aber stattdessen: Er wird dich nicht mal fragen, womit du später dein Geld verdienen willst.

Na, das will ich auch hoffen, sagte Jan etwas zu laut und sah auf einmal so misstrauisch aus, dass Anna lachen musste und nach seiner Hand griff.

Vor dem Fenster wurde die Landschaft immer vertrauter, am Himmel kehrten Zugvögel zurück. Kennst du das Brecht-Gedicht mit den Kranichen?, fragte sie ihn, er kannte es nicht, hatte keinen Sinn für Lyrik, fragte trotzdem nach, wieso, wie geht das? Sie verfluchte sich und winkte ab, ach nichts, Naturlyrik, er grinste skeptisch, insistierte nicht. (Von wegen Naturlyrik, dachte sie: Wie lange sind sie schon beisammen? – Seit Kurzem. – Und wann werden sie sich trennen? – Bald.)

Als sie dann da waren und Jan allen die Hand geschüttelt hatte, entspannte er sich merklich. Annas Eltern und die Großmutter waren in der richtigen Mischung interessiert wie zurückhaltend, nur ihr Bruder grinste für Annas Geschmack ein wenig zu wissend. Als die Eltern Jan siezten, sagte er, Jan und du, bitte, sie nickten. Dass sie ihm umgekehrt nicht gleich das Du anboten, war für sie selbstverständlich, und er schien auch nicht damit gerechnet zu haben.

Anna zeigte ihm Haus und Hof. Vor der Fotowand in der Küche blieb er stehen und betrachtete lange ihre Kinderbilder, auf denen sie fast ausnahmslos ernst guckte.

Weißt du, so bin ich eigentlich, sagte Anna und wusste nicht, woher ihr die Worte kamen.

Ich weiß, sagte Jan kein bisschen überrascht und war schlagartig wieder der, den Anna kannte. Dein Blick ist heute noch der gleiche. Du guckst damals schon so, als ob du noch woanders hinwillst, du weißt vielleicht noch nicht, wohin genau, aber du wirst dich auf den Weg machen.

Offenbar sah er etwas in ihr, was sie selbst empfand und womit sie nicht ganz im Reinen war, während es sie in seinen Augen vor allen anderen auszuzeichnen schien. Er strich ihr vorsichtig die Haare aus der Stirn wie einem Kind, und das Glücksgefühl, das sie dabei ergriff, war so überwältigend, dass sie, anstatt den Moment auszukosten, sich nicht anders zu helfen wusste, als Jan rasch weiterzuziehen.

Komm, sagte sie, sonst werden wir bis zum Kaffeetrinken nicht fertig.

Er war von allem beeindruckt: das große alte Haus mit den antiken Möbeln, die ehemaligen Ställe und anderen Wirtschaftsgebäude, in denen sich Spuren der Vergangenheit mit modernen Geräten mischten, der an ein Waldstück grenzende weitläufige Garten mit Ausblick auf die Felder; es war just die Zeit der aus dem Winterschlaf erwachenden Natur, auch wenn hier jede Jahreszeit ihren Reiz hatte und es mehr um den ewigen Reigen ging. Er selbst stammte aus einer nach eigener Aussage unspektakulären Kleinstadt, aus einem durchschnittlichen bildungsbürgerlichen Haushalt, der Vater war Anwalt, die Mutter Lehrerin.

Hier aufzuwachsen, muss großartig gewesen sein, sagte er.

Na ja, erwiderte Anna, so toll auch wieder nicht, zum Beispiel im Winter bei Dauerregen, wenn du noch keinen Führerschein hast, oder, schlimmer eigentlich, bei schönem Wetter, wenn du bei der Obsternte helfen sollst und lieber lesen oder Freunde treffen willst.

Kein Mitleid, meinte Jan, dabei war es ihr durchaus ernst. Sie hatte noch zu wenig Abstand von ihrem Aufwachsen, um es beurteilen zu können. Wie paradiesisch ihre Kindheit gewesen war, konnte sie erst viele Jahre später ermessen, als sie selbst Kinder hatte, die unter gänzlich anderen Bedingungen groß wurden.

Ihrer Familie stellte Jan gewohnt interessante und interessierte Fragen, lobte den Kuchen von Annas Oma mit Äpfeln aus dem eigenen Garten, erzählte ihrer Mutter von seinem Zivildienstjahr im Pflegeheim, spielte mit ihrem Bruder E-Gitarre und sprach mit ihrem Vater in dessen Arbeitszimmer gemeinsam rauchend über Berührungspunkte von Psychologie und Soziologie. Er beschäftigte sich mit den Hunden; dem altersschwachen Rauhaardackel, der den ganzen Tag vorm Kamin lag, kraulte er den Bauch, und für den ungestümen Labrador warf er mit Ausdauer Stöckchen im Garten.

Nicht ohne Selbstironie beobachtete Anna, dass vor allem die Frauen der Familie von Jan begeistert waren, und ihr Bruder suchte hinter Jans Rücken Annas Blick und hob beide Daumen. Wahrscheinlich spürte nur sie selbst, dass Jans Höflichkeit einen leicht steifen Unterton behielt. Beim Abendessen glitt ihm das Messer aus der Hand, fiel klirrend auf den Steinboden, nur knapp neben die Schnauze des unterm Tisch liegenden Dackels, der fiepend aufsprang. So schnell hat er sich schon lange nicht mehr bewegt, sagte Annas Vater, und alle lachten, bis auf Jan. Es war ihm furchtbar peinlich, wie er Anna später wiederholt versicherte, dabei hatte niemand sonst dem Vorfall Bedeutung beigemessen.

Auch als sie in Annas Zimmer im Bett lagen, war Jan zunächst gehemmt (hier waren nicht nur die Wände dünn, es knarzte auch jede Diele, von den alten Bauernbetten ganz zu schweigen), was Anna kurz aus dem Konzept zu bringen drohte. Bei Katharina ist dir das doch auch egal, sagte sie. Na, hör mal, mit deiner Familie ist das ja wohl was anderes, entgegnete er, ließ sich aber dann doch von ihr aus der Reserve locken, letztlich bereitwillig, als hätte er es darauf angelegt.

Alles in allem kam Anna das Wochenende gelungen vor: Niemand fragte Jan, womit er später mal sein Geld verdienen wollte, oder verlor ein Wort über seinen Zigarettenkonsum; niemand fragte Anna, warum sie so wenig aß (sie wusste nicht, ob alle so sehr auf Jan konzentriert waren, dass es nicht auffiel, oder ob sie sich aus Diskretion zurückhielten). Und auch das Treffen mit ein paar von ihren Schulfreunden verlief so unkompliziert, wie man es sich nur wünschen konnte.

Im Zug zurück wartete sie darauf, dass Jan ihren Eindruck bestätigte. Er wirkte nachdenklich und schien nach Worten zu suchen.

Ein sehr besonderer Ort. Und deine Familie ist toll. Aber Bauern seid ihr nicht gerade, sagte er schließlich und hatte damit in gewisser Weise natürlich recht.

Trotzdem ärgerte sich Anna über das Vorurteil, das in seinem Kommentar mitschwang, und hatte plötzlich das Gefühl, ihre gesamte Herkunft verteidigen zu müssen, deren bäuerliche Anteile durchaus noch in ihr steckten (das Konservative daran, ein stiller Stolz auf das eigene Stück Land, auch wenn man es nicht mehr selbst bewirtschaftet, gepaart mit einer bestimmten Form von Understatement, die aus generationenaltem Grundbesitz resultiert).

Auch Bauern können Tischsitten haben und einen Horizont, der über Landmaschinen und Kuhhaltung hinausgeht, entgegnete sie leicht patzig. Sie fürchtete, dass er mit ihrer Familie fremdelte, ob nun bäuerlich oder nicht, und seine wohl beschwichtigend gemeinte Antwort war gerade nicht geeignet, ihre Sorgen zu zerstreuen.

Schon klar, sagte er, ich meinte eher euren Umgang miteinander, ihr seid so höflich und rücksichtsvoll, bei uns zu Hause geht es ja etwas rauer zu.

Abgesehen davon, dass es dadurch nicht besser wurde mit den Vorurteilen, verstand sie nicht genau, was er sagen wollte, sie empfand die Atmosphäre in ihrer Familie als ungezwungen (*du* warst doch auf einmal so förmlich, hätte sie ihm am liebsten gesagt) und hatte umgekehrt auch seine Eltern bei ihrem ersten Besuch in seiner Heimatstadt als herzlich erlebt. Zwar herrschte dort in der Tat ein ironischerer Ton, als sie ihn von zu Hause gewohnt war, aber jedenfalls gab es eine Gesprächskultur, und man schien sich umeinander zu kümmern, wenn auch auf eine spezifische Weise, die schließlich jeder Familie eigen ist. Ein *sehr* nettes Mädchen, hatte sein Vater nachher zu Jan gesagt (offenbar gänzlich ironiefrei), wie er ihr grinsend berichtete.

Aber du hast doch auch ein gutes Verhältnis zu deinen Eltern, sagte sie also. Jedenfalls sind sie genauso wenig Spießer wie meine.

Ich bitte dich. Er lachte auf. Spießig ist das alles. Familie halt.

Sie merkte, wie sie einschnappte: Aber wo ist denn dein Problem?

Ich habe gar kein Problem. Es kann ja jeder sein Leben leben.

Aber was heißt das?, fragte sie alarmiert, sie musste an seine Worte zu ihren Kinderfotos denken und fragte sich, inwieweit er wusste, wo er hinwollte.

Das habe ich dir doch schon mal gesagt: Familie, das passt nicht zu mir. Ich muss frei bleiben.

Sie wollte diese Frage nicht stellen, doch nichts schien daran vorbeizuführen: Aber bist du mit mir denn frei?

Bestimmt nicht, wenn du mich so festnagelst.

Sie hatte plötzlich einen Kloß im Hals. Es war das erste Mal, dass die Stimmung zwischen ihnen derart kippte, und sie wünschte sich nichts mehr, als dass er sie einfach in den Arm nahm. Bestürzt stellte sie fest, dass er offenbar ernstlich verstimmt war: Entschuldige, sagte er und stand abrupt von seinem Platz am Gang auf, ich muss mal eine rauchen.

Ihm nicht hinterherzugehen, war ein Kraftakt. Sie wandte den Kopf zum Fenster, ihr Spiegelbild war kurz tröstlich, eine alte Bekannte, doch dann vermisste sie sein Gesicht daneben. Er blieb lange weg, viel länger als eine Zigarettenlänge, und als er wiederkam, war sie nur kurz erleichtert, denn er lächelte ihr zwar zu, aber es wirkte gequält, und für den Rest der Fahrt blieb er schweigsam. Sie insistierte nicht mehr, was sie wiederum alle Beherrschung kostete, die ihr zur Verfügung stand, und doch war sie, nachdem sie ausgestiegen waren, nicht eigentlich überrascht, ihn sagen zu hören: Vielleicht wäre es besser, wenn jeder heute Nacht mal in seinem Bett schläft. Ich glaub, wir brauchen beide etwas Abstand nach dem Wochenende.

Irrtum, wollte sie rufen, ich brauche keinen Abstand, ich brauche das Gegenteil, doch stattdessen schossen ihr Tränen in die Augen.

Ach, Anna, sagte er, seine Stimme war jetzt sanft, kein Drama, einfach etwas ausruhen.

Er wischte ihr eine Träne vom Nasenrücken, und dann nahm er sie doch in den Arm und drückte sie fest, aber die Enge in ihrer Brust kam nicht daher.

Warum sagt er nicht wenigstens etwas wie, bis morgen im Institut, dachte sie leicht panisch, doch er ließ sie los und lächelte leise, mit einem Mundwinkel.

Schlaf gut, du, sagte er und hob die Hand zum Abschied. Einen Moment lang lähmte Anna das Erstaunen darüber, dass er sie so stehen ließ, doch dann drehte sie sich wie auf Kommando zeitgleich mit ihm um und ging mechanisch los in Richtung Altstadt, wo um diese Uhrzeit nicht mal mehr Bach sie erwartete, nur eine schlafende Katharina.

Nach einer durchwachten Nacht beschloss sie in den frühen Morgenstunden, ihn anzurufen, um ihm zu sagen, dass es so nicht ging. Im selben Moment, als sie seine Nummer wählte, klingelte es an der Tür, und durch die Sprechanlage sagte Jan: Ich hab Brötchen mitgebracht, lässt du mich rein?

Ihr Herz begann wild zu klopfen, und als er dann vor ihr stand, vergaß sie augenblicklich alles, was sie ihm hatte sagen wollen (auch dass sie noch ihr verwaschenes Schlafshirt trug, dass sie verstrubbeltes Haar hatte und verquollene Augen, war egal), doch er wirkte abwartend und hielt fragend die Brötchentüte hoch.

Sie schienen beide nicht genau zu wissen, wie weiter. Sie gab sich einen Ruck und ging vor in die Küche, wo er die Papiertüte auf den Tisch legte, während sie mit fahrigen Bewegungen Wasser in die Kaffeemaschine füllte. Er öffnete die Kühlschranktür und nahm Sachen heraus, sie holte die Schachtel mit den Filtern aus dem Schrank, brauchte dabei lange, um einen herauszufingern. In ihrem Rücken stellte er die Lebensmittel auf den Tisch. Sie drückte den Filter in die Maschine und öffnete die Kaffeedose, der blecherne Deckel fiel scheppernd auf den gefliesten Boden, Jan bückte sich und fischte ihn unter einem Stuhl hervor; als er ihn ihr gab, trafen sich ihre Blicke. Es kam Anna vor, als hielten sie die Luft an, sie drehte sich schnell wieder um, zählte die Löffel ab und verschüttete Pulver beim Befüllen des Filters. Jan griff nach dem Lappen, der über dem Wasserhahn hing, und wischte das Pulver von der winzigen Arbeitsfläche. Anna drückte den Deckel auf die Dose und stellte sie wieder in den Schrank. Jan spülte den Lappen, wrang ihn aus und hängte ihn zurück. Sie klappte den Deckel der Maschine zu, schaltete sie ein und holte Becher aus dem Schrank. Jan nahm Teller vom Abtropfgitter neben der Spüle und stellte sie auf den Tisch. Anna hielt in jeder Hand einen Becher und blieb so stehen, ohne sich umzudrehen, während die Kaffeemaschine gurgelte und dampfte und Jan schräg hinter sie trat und die Besteckschublade öffnete. Sie dachte, wenn er jetzt nichts unternimmt, schreie ich, und er schloss die Schublade wieder, machte einen Schritt nach vorn und sagte, Anna. Sie standen jetzt nebeneinander, den Blick starr auf die Oberschränke gerichtet, und ein bisschen fühlte es sich an wie in ihrer Kennenlernzeit. Ich will frei sein, und ich weiß nicht, was passiert, wenn du irgendwann Kinder willst, aber ich hab viel nachgedacht heute Nacht, und mir ist klar geworden, dass ich dich liebe.

Es war keine ganz gewöhnliche Essenseinladung; Jan hatte sich mit einem Akademischen Rat in seinem Nebenfach Geschichte angefreundet, bei dem er im letzten Semester ein Seminar belegt hatte und der nun für sie beide kochen wollte. Diesmal war die Nervosität auf Annas Seite, nicht nur, weil sie wahrscheinlich so wenig herunterbekommen würde, dass sie vor dem Gastgeber in Erklärungsnot geriet, sondern auch, weil dieser Gastgeber etwa so alt wie ihre Eltern und sie privaten Umgang mit Dozenten nicht gewohnt war, wenngleich ihr gerade die altersmäßige und auch soziale Durchlässigkeit an der Uni gefiel.

Sie schlug vor, einen guten Wein mitzubringen, Wein sei grundsätzlich nicht verkehrt, sagte Jan, aber eine Flasche von ihrem Alltags-Rioja tue es auch, Peter sei ganz entspannt und außerdem nicht durch besonders erlesenen Geschmack aufgefallen, wenn sie bisher zusammen getrunken hätten.

Na, hoffentlich schmeckt dann das Essen, versuchte Anna zu scherzen.

Auch da würde ich eher keine Höhenflüge erwarten, gab Jan zu, aber es wird bestimmt genießbar sein. Wobei das für dich ja kaum einen Unterschied macht, fuhr er etwas bekümmert fort, du Spatz.

Er setzte Anna über Peters Lebensumstände in Kenntnis; dieser bewohnte unter der Woche ein Apartment in Uninähe und pendelte an den Wochenenden nach Hause zu seiner Familie. Beim Sommerfest des Historischen Seminars hatte er Jan seine Frau vorgestellt, eine Frau von Format, die nicht nur die drei Kinder unter der Woche ohne ihren Mann großzog, sondern zudem in ihrem Beruf als Ärztin arbeitete, dabei sei sie völlig uneitel und sehr warmherzig, schwärmte Jan. Umso unerklärlicher schien es, dass Peter seit einiger Zeit auf amouröse Abwege geraten war; bei einem Bier hatte er Jan anvertraut, dass er heimlich etwas mit einer Studentin angefangen habe. Jan hoffte, dass das Anna nicht abschrecke und sie trotzdem mitkommen wolle, Peter sei ein interessanter Querkopf und im Grunde wirklich ein netter Typ, der auch Anna endlich kennenlernen solle.

Anna war unsicher, was sie von der Sache halten sollte, Ehebruch kannte sie bisher nur aus Büchern und Filmen, und auch die Konstellation junge Frau – deutlich älterer Mann war für sie nicht mehr als ein Klischee. Sie fragte sich, ob sie Peters Offenheit gegenüber Jan befremdlich oder sympathisch fand, und kam zu keinem Schluss. Womöglich war der Fall im akademischen Milieu gar nicht besonders aufsehenerregend, sondern fiel schlicht unter die allgemeine Durchlässigkeit, und Anna war schließlich nicht mit Peters Frau befreundet. Immerhin, entschied sie, war Peter keine übermäßige Respektsperson, der man mit Nervosität begegnen musste, gleichzeitig gestand sie sich ein, dass ihn die Affäre in ihrer Vorstellung um eine schillernde Facette reicher machte.

Als Jan und sie zu dem Essen gingen, dominierte bei Anna die Freude über ein Stück gemeinsames Sozialleben im überschaubaren Rahmen. Meistens sahen sie sich entweder allein oder in größeren Gruppen, deren Mitglieder ihrer anhaltenden Verliebtheit amüsiert bis genervt begegneten, während Anna sich ohnehin im kleinen Kreise wohler fühlte. Vor allem aber verliehen solche Einladungen, wie schon damals die bei Franziska und Christian, ihrer Verbindung etwas Offizielles.

Peter wohnte in einem überraschend schäbigen graugrünen Nachkriegsbau mit abblätterndem Putz. Im ersten Moment glaubten sie, sich in der Adresse geirrt zu haben, doch auf dem Klingelschild stand der richtige Name. Anna musste innerlich darüber kichern, dass sie sich Gott weiß was unter dieser Einladung vorgestellt hatte, und sie schämte sich dafür, wie sehr sie sich von Titel und Status hatte blenden lassen. Als sie die Treppe hochstiegen, fragte sie sich etwas bang, ob die Begegnung mit Peter auch so ernüchternd sein würde, doch zu ihrer Erleichterung verstand sie schnell, was Jan an ihm fand. Er empfing sie mit großem Hallo, sein Charisma überstrahlte mühelos das armselige Treppenhaus, und Anna schämte sich für ihre erneute Fehleinschätzung.

Trotz seines über den Hosenbund quellenden Bauches hatte Peter etwas Lausbübisches. Das ist also die berühmte Anna, rief er, als er ihre Hand mit beiden Händen umfasst hielt, Jan erzählt ja nur noch von dir, kein Wunder, jetzt, wo ich dich sehe, ist mir alles klar.

Anna wurde rot, aber Jan strahlte nun mindestens so wie Peter, und sie dachte, dass es eine gute Idee gewesen war, herzukommen.

Kommt rein, kommt rein, fuhr Peter fort, das Essen dauert noch einen Moment, aber natürlich gibt es schon einen Schluck, um die Wartezeit zu versüßen.

Sobald die Wohnungstür hinter ihnen ins Schloss gefallen war und den etwas muffigen Treppenhausgeruch aussperrte, umgab sie ein köstlicher Duft nach schmelzendem Käse. Die bis zur Decke reichenden Bücherregale auf beiden Seiten des Flurs verbreiteten eine behagliche Atmosphäre, und Peter führte sie mitten hindurch in ein ebenfalls mit Büchern vollgestopftes Zimmer. Außer der Bücherwand fanden dort nur ein Schlafsofa und ein Tisch mit vier Stühlen Platz, und an dem Tisch saß eine junge Frau in Annas Alter, ein eher unscheinbarer Typ, nicht herausragend hübsch, nicht hässlich, vor einem Glas Rotwein.

Darf ich vorstellen, Peter kam aus dem Strahlen nicht heraus, das ist Sandra.

Falls Jan genauso überrascht war wie Anna, noch einen Gast vorzufinden, fing er sich schneller. Er stellte die Weinflasche, die sie mitgebracht hatten, neben Sandras Glas, und sagte: Freut mich. Das ist Anna, und ich bin Jan. Na dann, auf einen feuchtfröhlichen Abend.

Sandra lächelte viel und war so, wie sie aussah, nett, aber uninteressant, während Peter noch mehr Esprit versprühte, als ihm auf den ersten Blick anzusehen war, und obwohl die beiden verliebt wirkten wie Teenager und unter dem Tisch Händchen hielten (Sind wir auch so schlimm?, fragte sich Anna, und sie dachte peinlich berührt an die amüsierten bis genervten Blicke ihrer Kommilitonen), war es Anna ein Rätsel, was er mit ihr wollte. Doch vielleicht war diese Einschätzung unfair und Sandra einfach eingeschüchtert durch die Situation, was Anna ihr nicht hätte verdenken können. Sie selbst hatte sich entschieden, das Ganze wie Jan mit Humor zu nehmen, auch wenn es durchaus eine pikante Note hatte; Anna überlegte, ob sie gerade zu heimlichen Mitwissern gemacht wurden oder ob Peter die Liaison nun öffentlich machen wollte.

Als sie das erste Glas Wein geleert hatten, sagte ihr Gastgeber, er müsse jetzt nach dem Essen sehen, das hoffentlich fertig wäre, bevor sie alle vier, dabei kicherte er albern, gleich unter dem Tisch lägen. Anna schoss der Gedanke durch den Kopf, ob Peter vielleicht auf eine Orgie hoffte (doch solange Jan dabei war, konnte ihr nichts passieren, dachte sie auch, Orgie hin oder her).

Jan hatte anscheinend unschuldigere Gedanken, was gibt es denn Gutes?, fragte er, rieche ich etwa Lasagne?

Ja, aber wir nennen es Freitagsauflauf, grinste Peter, das heißt, so haben es meine Kinder getauft, weil ich es gern zum Wochenende für die Familie mache. Das Rezept kommt ursprünglich von Monika, aber ich hab es im Laufe der Jahre noch mit ein paar geheimen Zutaten verfeinert.

Anna glaubte, sich verhört zu haben, doch aus Jans konsterniertem Gesichtsausdruck schloss sie, dass dem nicht so war. Sandra lächelte unbeirrt weiter, ob starr oder dümmlich, war nicht auszumachen, und Peter war schon auf dem Weg in die Küche, von wo man ihn hantieren und dabei vor sich hin trällern hörte, Anna meinte die Worte »Freitagsauflauf, Freitagsauflauf« unterscheiden zu können.

Am Tisch blieb es still, auch als Peter Besteck brachte und umständlich vor sie hinlegte, während er sich über die Zutaten der Lasagne erging. Es ist nur Rinderhack drin, kein Schwein, ganz wichtig, er verschwand wieder in die Küche und schien dort zu probieren, ah, heiß, und schön würzig, rief er in ihre Richtung und kam dann mit Tellern und einem großen Topfuntersetzer zurück. Niemand machte Anstalten, ihm zur Hand zu gehen, aber das Geheimnis der Soße wird nicht verraten, Peter zwinkerte verschwörerisch, verließ das Zimmer erneut und brachte endlich die Auflaufform mit, die er, voilà, mit Schwung in der Tischmitte platzierte, wo sie eine beinahe obszöne Präsenz ausstrahlte. So, Peter rieb sich die Hände, es kann losgehen; er wollte sich gerade setzen, als er wieder aufsprang, jetzt hab ich den Salat in der Küche vergessen.

Er war schon aus der Tür, als auf einmal Bewegung in Jan kam, er stand auf und ging Peter hinterher. Man hörte die Männer in der Küche reden, aber der Wortlaut war nicht zu verstehen. Sandras Lächeln kam Anna nun doch verlegen vor, sie tat ihr plötzlich leid, und sie griff nach der Weinflasche und fragte, möchtest du noch was?; ja, bitte, sagte Sandra, das ist lieb von dir.

Glücklicherweise kam Jan bald zurück, allerdings ohne Salat und ohne Peter; entschuldigt bitte, sagte er, aber ich muss leider los, Anna, kommst du mit? Anna blickte zu Sandra hinüber. Noch nie hatte jemand so sehr ausgesehen, als ob er auf der Stelle mit ihr tauschen wollte, aber damit konnte Anna sich jetzt nicht aufhalten, sie erhob sich und murmelte, tschüs, hat mich gefreut, und dann ging sie mit Jan, zwischen all den Büchern hindurch.

An der Küchentür versuchte Peter sie abzufangen, das sei jetzt aber doch etwas übertrieben, um nicht zu sagen humorlos, ihnen entgehe ein lukullischer Orgasmus. Er erschien Anna nun gar nicht mehr souverän charmant, sondern krampfhaft aufgekratzt, und sie dachte, sie würde es Jan nie vergessen, dass er einfach weiterging und im Verlassen der Wohnung nur noch sagte, lass gut sein, Peter, wir sehen uns im Seminar, schönen Abend euch noch.

Was in aller Welt hast du in der Küche zu ihm gesagt?, wollte Anna wissen, als sie unten auf der Straße standen.

Ach, sagte Jan, und in sein Befremden mischte sich sichtlich die Freude, sie beeindruckt zu haben, ich hab ihn gefragt, ob er das alles ernst meint, und ihm gesagt, dass er seinen Auflauf mal lieber weiter freitags für seine

Familie machen soll, so verhungert wären wir doch noch nicht.

Aber was ist denn eigentlich los mit ihm?

Klassische Midlife-Crisis, würd ich sagen. Vermutlich hat er Komplexe, weil er im Gegensatz zu seiner Frau nicht richtig Karriere gemacht hat.

Diese Art Komplexe kriegst du aber später nicht, falls du auch keine richtige Karriere machen solltest, oder? Sie fragte es nur halb im Scherz und hegte insgeheim die Hoffnung, ihn zu einer Aussage über die Zukunft zu bewegen.

Doch er tappte nicht in die Falle und fragte stattdessen übergangslos: Wo kriegen wir denn jetzt schnell was zu essen her? Ich bin nämlich doch schon ziemlich verhungert und hätte heute auch ganz gerne noch einen lukullischen Orgasmus.

Sie landeten in einer Imbissbude ein Stück die Straße hinunter, sie waren jetzt bester Stimmung.

Wollen wir nicht doch heiraten?, fragte Anna übermütig, als sie mit fettverschmierten Mündern auf Plastikhockern an einem der Stehtische saßen und sich das Essen schmecken ließen.

Das wollte ich dich auch gerade fragen, sagte er.

Sie meinten es nicht wörtlich, aber es war dennoch eine Liebeserklärung, die denkbar verbindlichste, und Anna schaffte ein ganzes halbes Hähnchen.

Eine Freundin von Jan, die Anna nur flüchtig kannte, wurde nach einem One-Night-Stand schwanger und ließ eine Abtreibung vornehmen. Anna glaubte, so etwas nicht über sich bringen zu können, es war eine Intuition, keine moralische Haltung. Sie sah Filmszenen vor sich,

OP-Räume mit kaltem Licht und gravitätisch nickende Ärzte, die der auf wackeligen Beinen stehenden Patientin die Hand schütteln und ihr Beileid aussprechen. In ihrem Kopf setzte sich der unbequeme Gedanke fest, dass es ungeheuerlich war, wie man in einer intimen Beziehung das Risiko in Kauf nahm, dass daraus ein Kind entstand, keine Verhütungsmethode war schließlich hundertprozentig sicher. Jan und sie versuchten von jeher, den hundert Prozent nahe zu kommen, indem sie mehrere Methoden kombinierten, aber sie wiegten sich nie ganz in Sicherheit, zu Recht, wie Anna nun deutlicher als zuvor bewusst wurde.

Es war nicht nur so, dass Jan kein Kind wollte, Anna konnte sich in ihrer derzeitigen Lebensphase im Grunde ebenfalls nicht vorstellen, Mutter zu sein, und war sich nicht absolut sicher, ob sich das irgendwann ändern würde (als könnte man sich irgendetwas jemals wirklich vorstellen, würde sie Jahre später denken).

Es gab Aspekte daran, eher die abstrakteren, die ihr erstrebenswert schienen. Sie glaubte, Mutterschaft müsse eine Erlösung sein, weil man nicht mehr ständig um sich selbst kreist, endlich ist ein anderer Mensch wichtiger als du (sie verkannte dabei, was es bedeutet, sich so sehr um einen anderen Menschen zu sorgen, und die damit verbundene, im Mutteralltag sorgsam verdrängte Furcht, krank zu werden oder zu sterben, solange die Kinder noch nicht auf eigenen Beinen stehen). Sie kannte nicht viele Kinder, und zu den wenigen fand sie nicht immer schnell einen Draht, war oft verunsichert durch ihren unverwandten Blick und fand es anstrengend, mit ihnen zu reden, weil sie auf Fragen meist gar nicht oder einsilbig antworteten oder aber plapperten wie Wasserfälle. Zugleich beeindruckte sie ihr Talent, den Finger ganz beiläufig in die Wunde zu legen (auch wenn ein Kindermund, der die Wahrheit kundtat, nicht immer angenehm war; guck mal, Mama, sagte einmal ein Kind am Nebentisch, als sie mit Jan im Café saß, die haben erst ganz viel zu essen bestellt, und jetzt isst die Frau überhaupt nichts).

Konkret konnte sie sich selbst in der Mutterrolle beim besten Willen nicht vorstellen: wie es sich anfühlen musste, ein wachsendes Wesen im Bauch zu tragen und dann auf die Welt zu bringen (was für ein bemerkenswerter Ausdruck allein), es zu stillen, intuitiv besser als jeder andere zu wissen, wie es zu behandeln war (sie ahnte nicht, welch idealisiertes Bild sie hatte), nie mehr allein zu sein.

Dass ein Kind nicht unbedingt Gleichberechtigung, Unabhängigkeit und Karriere förderte, sah sie an Franziskas stagnierender Party- und Unilaufbahn. Jans Prognose diesbezüglich schien sich zu bewahrheiten, Christians Karriere war jedenfalls nicht beeinträchtigt. Anfangs hatte Franziska den schlafenden Leon noch fast überall vor den Bauch gebunden dabeigehabt, die Stoffbahnen des Tragetuchs verdeckten den Kleinen nahezu vollständig. Je älter er allerdings wurde, desto schlechter schlief er unterwegs ein, wie Franziska ihre zunehmende Häuslichkeit entschuldigte. Doch das war eher ein Nebenaspekt. Zwar war Anna so erzogen worden, dass vor der Familiengründung die Ausbildung möglichst abgeschlossen sein sollte, aber ein Kind während des Studiums planten schließlich die wenigsten, und trotzdem, dachte Anna, mussten sie sich nicht so grundlegend mit dem Thema auseinandersetzen wie sie, weil Jans kategorisches Nein etwas ganz anderes war als ein: Kinder?

Klar, irgendwann mal, aber jetzt doch noch nicht, und es machte ihr Herz in Bezug auf die Verhütung nicht leichter.

Letztlich wusste Anna gar nicht, ob ein Kind zwischen Jan und ihr überhaupt Platz hatte, aber sie schloss es nicht aus; war ihre Verbindung nicht gerade dadurch gekennzeichnet, dass man nichts ausschließen mochte?

Anna kam mit ihren Überlegungen zu keinem Ergebnis, doch sie sah, dass Jan die Abtreibung ebenfalls nicht kaltließ, er traf sich in der Folgezeit öfter mit der Freundin und kochte für sie. Anna hätte gern gewusst, worüber sie sprachen, aber sie traute sich nicht zu fragen; wenn sie alle zusammen ins Kino oder tanzen gingen, war das Geschehene natürlich kein Thema, und die Freundin wirkte auf sie unverändert.

Einmal sagte Jan zu Anna, er habe darüber nachgedacht, sich sterilisieren zu lassen, sich sogar schon informiert, dabei aber herausgefunden, dass die meisten Ärzte den Eingriff in seinem Alter und seiner Lebenssituation ablehnten beziehungsweise dringend davon abrieten. Anna war sprachlos darüber, wie weit seine Gedanken gingen, eine so endgültige Lösung war bisher gar nicht in ihr Bewusstsein getreten, aber da er offenbar selbst nicht wild entschlossen war, die Sache weiterzuverfolgen, bohrte sie wohlweislich nicht nach.

Als sie eines Tages auf dem Weg in die Bibliothek war, kam ihr Leons dunkelblauer Kinderwagen aus dem Schatten des Torbogens entgegen, dahinter nicht Franziska, sondern Jan, der sie erst im letzten Moment erkannte. Er war intensiv damit beschäftigt, freundlich grimassierend in den Wagen zu schauen und dabei eine Hand hochzuhalten, die er in einem improvisierten Fingerspiel hin- und herdrehte. Anna hatte tausend Gefühle auf einmal, war bewegt, beruhigt und betroffen zugleich und perplexer, als die Situation an sich es rechtfertigte. Auf ihr verhalten fragendes Lächeln hin erklärte Jan etwas umständlich, Franziska habe endlich mal wieder ein Gespräch mit ihrem Prof, und da Christian auf einer Tagung im Ausland weile, habe sie ihn gebeten, als Babysitter einzuspringen. Natürlich war Jan nichts vorzuwerfen, im Gegenteil, und doch fühlte sich Anna auf eine subtile Art hintergangen, und sie empfand zum allerersten Mal Eifersucht auf Franziska.

Unschlüssig standen sie einander gegenüber, bis Anna endlich auf die Idee kam, um den Wagen herumzugehen und einen Blick hineinzuwerfen. Längst war Leon vom zerknitterten Neugeborenen zum niedlichen Wonneproppen geworden. Er saß bereits aufrecht, die Babyhaare waren ihm ausgegangen, was seine Wangen umso runder wirken ließ, und wenn er lächelte, sah man erste Zähne. Jetzt allerdings lächelte er nicht, sondern schien der Situation mit Skepsis zu begegnen, zwar waren sie ihm beide nicht unbekannt, aber mit ihnen allein gelassen hatte seine Mutter ihn noch nie. Schon zog er die Mundwinkel nach unten. Lass uns mal weitergehen, sagte Jan, immer schön schieben, meinte Franzi, und Anna ging mit, obwohl sie in die andere Richtung unterwegs gewesen war.

Sie schoben um das Schloss herum, bald so schnell, dass sie ein groteskes Bild abgeben mussten, doch es half nichts, noch ehe sie um die erste Ecke gebogen waren, begann Leon zu brüllen und bewies darin erstaunliche Ausdauer. Es war ein Spießrutenlauf. Die Blicke sämtlicher Passanten schienen auf sie gerichtet, Jan sah sehr unglücklich aus, er bekam zwei steile Stirnfalten und wirkte in jeder Faser seines Körpers angespannt, und Anna schlug, schon ziemlich außer Atem, vor, anzuhalten und Leon aus dem Wagen zu nehmen. Jan blickte sie an, als wäre ihm ein anderer Vorschlag lieber gewesen, aber da er vermutlich auch dachte, dass es schlimmer nicht werden konnte, zuckte er die Achseln und steuerte eine Bank am Rand der Rasenfläche hinter dem Schloss an.

Nach hektischem Getüftel gelang es ihnen schließlich, die Sitzgurte zu öffnen, und es war Anna, die den hochrot angelaufenen, tränenüberströmten, heftig strampelnden und überraschend schweren Leon aus dem Wagen hob. Sie hatte keinen Plan, wie es jetzt weitergehen könnte, aber sie brauchte auch keinen, denn wie durch ein Wunder wurde Leon auf ihrem Arm fast augenblicklich still. Sie konnte es kaum glauben, wusste nicht mal, wie sie ihn richtig halten sollte, und kam sich sehr linkisch vor. Jan saß schon auf der Bank und wischte sich den Schweiß von der Stirn, sie setzte sich daneben. Auf ihrem Schoß eine bequeme Position für Leon zu finden, fiel leichter als auf ihrem Arm, und so saß er bald mit gespreizten Beinchen auf ihren wippenden Knien. Sie hielt ihn unter den speckigen Armen fest, und während eine letzte Träne seine Wange hinunterkullerte, blickte er neugierig zwischen ihr und Jan hin und her.

Sie sprachen kein Wort, die Ruhe war wohltuend, aber nach einer Weile fing Leon an, nachdrückliche, wenn auch unverständliche Laute von sich zu geben und nach Annas Haaren zu greifen. Er bekam eine Strähne zu fassen und zog kräftig daran, dabei kicherte er übermütig. Es tat weh, doch Anna versuchte nicht, seinen Griff zu lösen. Die Geste war von einer energischen Direktheit,

Zutraulichkeit und Selbstverständlichkeit, die sie mitten ins Herz trafen, und sie wusste plötzlich, wenn es so ist, Kinder zu haben, dann will ich auch welche, noch nicht heute, aber irgendwann.

Sie versuchte, unauffällig zu Jan hinüberzuschielen. Er sah Leon an, nicht sie, und wirkte irgendwie leidgeprüft, aber auch derart erleichtert, dass Anna glaubte, etwas verstanden zu haben. Darf ich ihn dir mal rübergeben?, traute sie sich zu fragen und lächelte ihm aufmunternd zu, deine Haare bieten sich ja nicht so an zum Ausreißen, und Jan sagte, na dann komm mal her, du Früchtchen.

JETZT

Es ist fast dunkel, als Anna sich zum zweiten Mal an diesem Tag aus einer Wohnung stiehlt, nur im Westen hängt noch ein Rest petrolblaue Dämmerung. Sie hat nicht vorgehabt, heute noch mal rauszugehen, zum Ende des Seminars hin wuchsen die Zweifel, ob der sich übereifrig einbringende Daniel wirklich als Anker taugte. Auch lauerte wieder der Kleistereimer, sie hatte das Gefühl, im Kino müssten ihr sofort die Augen zufallen, und fand die Aussicht auf eine durchschlafene Nacht unter dem Dylan-Poster nach einem schnellen WG-Essen reizvoller als einen Abend inmitten von Networking-Strebern, selbst wenn der Referent ihnen Annas Lieblingsbiergarten am Fluss empfahl, das Wetter müsse man nutzen. Anna nutzte lieber ihren strategischen Vorteil der Türnähe und Ortskenntnis, um aus Seminarraum und Gebäude zu verschwinden, bevor Daniel nur die geringste Chance hatte.

Ein wenig tat er ihr leid, immerhin war er für einen Streber ziemlich schlagfertig und nicht uncharmant gewesen, aber morgen war schließlich auch noch ein Tag.

Als sie die Wohnungstür aufschloss, wurde Anna klar, dass sie auf etwas wie Lasagne gehofft hatte (das Unterbewusstsein war einfalls- und taktlos), irgendetwas Überbackenes, Sättigendes, für dessen Zubereitung ihr anders als im Studium heute meist die Zeit fehlt. Nach zu vielen Schokoladenkeksen verlangte ihr Magen nach etwas Richtigem, aber ihre Nase nahm nur ein Aroma von Duftkerzen wahr, das sich seit ihrer mittäglichen Ankunft verstärkt zu haben schien, vielleicht empfand sie es auch erst jetzt als aufdringlich, Kerzen kann man nicht essen. Sie zog kurz in Erwägung, dass Laura und ihr Freund weniger organisiert waren, als der Aushang an der Küchenpinnwand und Lauras präzise Zeitangabe es nahegelegt hatten, und vielleicht gerade erst mit dem Kochen begannen, doch die Küche war leer.

Anna fand die beiden hinter der geschlossenen Wohnzimmertür am gedeckten Tisch sitzend vor; da bist du ja, sagte Laura und klang, als hätte sie fest mit Anna gerechnet (aber warum hatten sie dann die Zimmertür zugemacht?) und noch nie vom akademischen Viertel gehört (Anna war nur fünf Minuten zu spät), wir wollten schon anfangen. Während Anna sich noch fragte, ob sie in Lauras Alter auf diese Weise mit einer so viel Älteren gesprochen hätte (hätte sie nicht, allein schon, weil sie diejenige womöglich gesiezt hätte), stellte Laura sie und Lukas einander vor, wobei der leise Vorwurf in ihrer Stimme durch Besitzerstolz abgelöst wurde. Anna war verblüfft über Lukas' Ähnlichkeit mit Daniel, nicht in der Physiognomie, sondern in der etwas vorwitzigen Ausstrahlung.

Es war für drei gedeckt, auf jedem Platz stand eine mit Avocadoschnitzen garnierte Bowl, darunter lugte irgendein Quinoasalat hervor. Anna blinzelte und dachte, da hätte sie ja gleich im Prenzlauer Berg bleiben können, und sie musste an ihre Bemerkung zum Kaffee mit Milch gegenüber Daniel denken. Ihre Gastgeber tranken zum Essen Wasser; wenn du lieber Weißwein möchtest, sagte Lukas, wir haben noch welchen im Kühlschrank. Das ließ sich Anna nicht zweimal sagen. Zu irgendetwas musste ihr Alter schließlich gut sein, lang schon freut sie sich über die Souveränität von Frauen um die vierzig, die jede Gelegenheit, ihren eigenen Bedürfnissen nachzukommen, ganz selbstverständlich nutzen, und in manchen Augenblicken hat auch sie inzwischen Zugang zu dieser Lässigkeit.

Lukas erläuterte, sie lebten seit über einem Jahr vegan und seien seither viel seltener krank. Kein Wunder, dachte Anna, dass sie ein Zimmer vermieten mussten, wenn sie ihr Geld für Avocados ausgaben, ihr lag auf der Zunge zu fragen, ob sie sich am Essen beteiligen könne, und im selben Moment sagte Laura, wir können ja dann am Ende abrechnen und gucken, wie oft du mitgegessen hast.

Das Gespräch kam schleppend in Gang, ihre Gastgeber stellten kaum Fragen zu Annas Seminar und ihrer Arbeit, ebenso wenig schien ihre Studienzeit sie hinter dem Ofen hervorzulocken. Anna blickte sich im Wohnzimmer um. Aus ihrer Perspektive sah man über der Balkonbrüstung aus Beton nur den sich verdunkelnden Osthimmel, der Sonnenuntergang musste schön sein heute, auch der Fluss blieb unsichtbar. Das Zimmer war sehr aufgeräumt, mutete fast minimalistisch an, und das nicht unbedingt aus Studentenbudgetgründen. Es gab keine Bücher, nur einen Fernseher, der eine halbe Wand einnahm, und gegenüber ein geschmackvoll grau bezogenes, aber ebenso geschmacklos überdimensioniertes Ecksofa. Der Wein war zu lieblich und trotz Kühlschrank zu warm, Anna nippte nur daran. Am Essen gab es nichts auszusetzen, es fehlten vielleicht ein paar Gewürze, und trotz der angeblich sättigenden Qualität beider Hauptzutaten blieb eine kleine Leere im Magen. Laura ließ von ihrer nicht eben üppigen Portion noch etwas übrig; sich als Resteesserin anzubieten, wagte Anna dann doch nicht, die nahende Vierzig hin oder her.

Als sie fragte, wo genau der dritte Mitbewohner gerade weile, warfen sich ihre Gastgeber einen schwer deutbaren Blick zu; Lukas wirkte fast betreten, als er antwortete, Nick reise mit Rucksack und Gitarre durch Südostasien, seit Monaten schon, er studiere eigentlich Philosophie, befinde sich aber in einer Krise. Na, solange er seine Miete zahlt, ist uns das egal, mit dieser Bemerkung wollte Lukas das Thema offensichtlich abschließen, Laura sah ihn streng an, und Anna beschlich der Verdacht, dass Nick keine Ahnung von der Untervermietung seines Zimmer hatte.

Laura fragte übergangslos, ob Anna Familie habe; Anna zuckte zusammen, es war, als fiele ihr erst in diesem Moment wieder ein, dass es sich in der Tat so verhielt, und sie blickte auf ihre ringlosen Finger. Sie hatte nicht gewusst, dass dieser Effekt einträt, wenn man sich einmal länger und weiter von zu Hause entfernte. Das Fremdeln mit dem Alleinsein wie auch dessen Wertschätzung hatten sich nach Ablauf eines Tages so weit gelegt, dass es ihr beinahe wie Hochstapelei vorkam, als sie sagte, sie sei verheiratet und habe zwei Kinder. Sie wusste, dass die Aussage den Tatsachen entsprach, aber sie konnte sie für den Moment nicht mit einem Gefühl füllen, sie ging davon aus, dass die Biologie weiter funktionierte, doch sie hätte dem leisen Zug jetzt sehr aufmerksam nachspüren müssen. Wahrscheinlich aber handelte es sich nur um temporäre Verdrängung, ganz kam man aus der Nummer natürlich nicht raus, spätestens beim nächsten herzzerreißenden Weinen eines Kindes fühlte man sich wieder angesprochen.

Lauras Frage schien eher ein Vorwand gewesen zu sein, um auf ihre eigene Zukunftsplanung zu sprechen zu kommen. Dass sie Germanistik und Romanistik studierte, hatte Anna bereits erfahren (allerdings kannte sie keinen der Germanistikprofs, die Anna aus dem Studium noch in Erinnerung geblieben waren, und war auch auf Nachfragen nicht angesprungen). Nun erklärte sie, dass sie auf Lehramt studiere, damit sie ihren Beruf später gut mit der Familie vereinbaren könne, die Lukas und sie in ein paar Jahren gründen wollten, wenn beide mit dem Studium fertig wären und erste Berufserfahrung hätten. Lukas studierte BWL, und sie wollten sich alles, Arbeit, Familie und Haushalt, fifty-fifty aufteilen, sagte Laura, und Lukas lächelte bekräftigend dazu und streichelte ihren Handrücken.

Vorsicht, wollte Anna rufen und war mit einem Mal wieder voll im Thema, was heißt das denn, alles fifty-fifty, jedenfalls nicht automatisch Gleichberechtigung, denn das echte Leben ist nicht so. Alles muss immer wieder neu ausgehandelt werden, weil in den ersten Jahren mit Kindern, das heißt ohne genug Schlaf und Zeit für sich selbst, geschweige denn für die Partnerschaft, jeder

Mensch zum Tier wird und um nicht ausgeräumte Spülmaschinen streitet oder darum, ob der andere nur dann darauf kommt, einzukaufen, wenn man ihn auf den leeren Kühlschrank hinweist. Vielleicht habt ihr auch so unterschiedliche Erziehungsvorstellungen, dass das ständige Übergabe-Pingpong, das mit einer Fifty-fifty-Aufteilung einhergeht, nur Stress verursacht (es verursacht schon dann Stress, wenn man sich in der Erziehung einig ist).

Solange der Vater deiner Kinder mehr verdient als du und nicht zufällig in einer besonders progressiven Branche arbeitet, bestimmen seine beruflichen Pläne ohnehin euer Familienmodell. Die Machtverhältnisse (und ja, es geht um Macht) kehren sich nur um, wenn du es bist, die mehr verdient.

Und selbst dann müsst ihr unter Umständen feststellen, dass die Kinder ausgeglichener sind und euer Zusammenleben für alle reibungsloser funktioniert, wenn du die meiste Zeit mit ihnen verbringst, auch wenn du in Rollenspielen oder im Streitschlichten im Grunde nicht besser bist als dein Mann, so eine Familie ist ein komplexes Gebilde; sodass du vielleicht schneller, als dir lieb ist, darüber nachdenkst, beruflich kürzerzutreten. Das vielversprechende Konzept der Quality Time muss jedenfalls eine Erfindung der Politik sein, um mehr Frauen in die Erwerbstätigkeit zu locken. Selbst wenn du notorisch schlecht gelaunt bist, wirst du merken, dass deinen Kindern die Zeit, die du mit ihnen verbringst, nie genügt. In der Pubertät mag sich das ändern, aber bis dahin gilt: Quantity matters, allein weil in Kinderzeit unendlich viel weniger passiert als in Erwachsenenzeit, mit nervenaufreibend mehr Rückschritten, Schlenkern und Schnörkeln.

Das alles musst du ignorieren, wenn du ernsthaft Karriere machen willst. Du musst überhaupt einiges aushalten können, sowohl im Job, in dem du als Mutter unter Generalverdacht stehst, wie auch zu Hause: zum Beispiel abends nicht zu erfahren, woher die Schramme knapp über dem Auge deines Sohnes kommt, weil sein Vater beim Abholen in der Kita nicht danach gefragt hat, oder deiner Tochter zum sonntäglichen Kindergeburtstag ihrer Freundin irgendein noch nicht allzu offenkundig abgenutztes Spielzeug als Geschenk mitzugeben, weil deinem Mann erst eine halbe Stunde zuvor eingefallen ist, dass neulich diese Einladung im Garderobenfach der Kita lag, die dann in seiner Aktentasche verschwand.

Theoretisch ist dir klar, dass er als Vater eurer Kinder genauso großes Interesse an ihrem Wohlergehen haben müsste wie du und dass deine eigenen Ansprüche nicht die objektiv richtigen sind, ob nun sozial bedingt oder doch biologisch (immerhin kann kein Vater wissen, wie es sich anfühlt, ein Kind neun Monate in sich zu tragen und dann zu gebären, und welche weiterreichenden Gefühle daraus erwachsen). Dennoch erträgst du es nur schwer, dass er auch noch dafür gelobt werden will, wenn er die Kinder pünktlich in die Kita bringt, obwohl er dabei im Winter gern mal ihre Schneeanzüge vergisst (nachdem du alle Sachen so in den Eingangsbereich gelegt hast, dass er beim Rausgehen darüberstolpern muss – dachtest du), weil er sie mit dem Auto hinfährt, während du sie mit dem Rad abholst, ganz abgesehen davon, dass sie auch in der Kita draußen spielen. Du weißt nicht, ob die Mütter, die Vollzeit arbeiten, ihren Teilzeit arbeitenden Partnern die gleichen Sorgen machen. Wenn du mit solchen Vätern sprichst, die zugegebenermaßen zahlreicher zu werden scheinen, stöhnen sie vor allem über die Fremdbestimmung durch die Kinder, und wie gesagt, sofern du mehr verdienst als dein Partner, wirst du ihm diese undankbare Sklavenrolle wahrscheinlich aufdrücken können.

Natürlich schluckte Anna all das herunter. Sie selbst war die Letzte, die so einen Vortrag hätte hören wollen, auch wenn das Schlimme an Laura gerade war, dass sie wirkte, als könnte dergleichen sie überhaupt nicht beeindrucken. Damit bewies sie im Grunde nur Vernunft, weil sie als Lehrerin viele dieser Probleme nie haben würde und also mit der Wahl ihres Studiengangs schon mal alles richtig gemacht hatte. Überhaupt machten sie und Lukas furchtbar viel richtig, ernährten sich gesund, hatten den Partner fürs Leben schon gefunden und dachten sogar frühzeitig über Gleichberechtigung mit Kindern nach, die in ihrer Generation womöglich eine Selbstverständlichkeit war, weil genug Menschen erfolgreicher dafür gekämpft hatten als Anna und Moritz. Trotzdem fühlte sich das Ganze nicht nach Rock 'n' Roll an; warum hatte nicht Lukas die Berufsaussichten gewählt, die sich gut mit der Familie vereinbaren ließen?

Ich muss hier raus, dachte Anna, an die Luft, das Gettogether mit den Seminarleuten erschien ihr mit einem Mal ganz verlockend. So schlimm wie ihre Gastgeber konnte niemand sein, nicht mal Daniel, und ohne einen passenden Moment abzuwarten, den es sowieso nicht geben würde, erhob sie sich ein wenig ungelenk, die Stuhlbeine schabten unerwartet laut über das Laminat. Laura verzog das Gesicht bei dem Geräusch, reagierte aber, als Anna sich für das Essen bedankte und sich gleichzeitig entschuldigte, sie sei sehr müde nach dem langen Tag, in erhoffter Weise; Anna solle sich ruhig hinlegen, sie und Lukas übernähmen das Abräumen. Während sie die Sachen in die Küche trugen, verschwand Anna im Bad, bis sie keine Schritte mehr im Flur hörte; als sie vorsichtig aus der Tür lugte, stellte sie fest, dass die Küchentür geschlossen war.

Ein Tag der kleinen Fluchten, andererseits führt der direkte Weg zum Biergarten am Flussufer entlang, an früher. Die Luft ist immer noch wärmer, als es die Dunkelheit suggeriert, und das ist auch gut so, Anna mochte keinen Umweg über ihr Zimmer riskieren, in dem ihre Jacke liegt, genau wie ihr Portemonnaie, leider. Bis morgen wird ihr jemand etwas auslegen müssen, Telefon und Wohnungsschlüssel stecken in ihren Hosentaschen, damit hat sie nicht genug Gründe zur Umkehr.

Nah am Wasser lässt es sich durchatmen, und im Gehen ordnen sich die Gedanken wie von selbst. Rückblickend sieht Anna sich sehr viel unbedarfter als die jungen Leute, mit denen sie heute zu tun hat. Sie denkt an Moritz' kleinen Cousin, der sein Studienfach nicht nach inhaltlichen Interessen wählte, sondern wie sein gesamter Freundeskreis hoffte, auf einer der renommierten privaten Wirtschaftshochschulen angenommen zu werden, oder an die Babysitterin, die alle Jubeljahre kommt, wenn Anna und Moritz sich zu einem Ausgehabend aufraffen können und wenn sie nicht gerade für Klausuren lernen muss, was ständig der Fall zu sein scheint (dass ihre häufig wechselnden Profilbilder in den Sozialen Netzwerken, mit Kussmund, aufreizendem Augenaufschlag und zu viel nackter Haut, aussehen, als würde man ihr seine Kinder lieber nicht anvertrauen, steht auf einem anderen Blatt und hat sich im Übrigen als für ihre Vertrauenswürdigkeit tatsächlich irrelevant erwiesen).

Diese Generation hat klug geplant, Anna fragt sich,

woher sie alles schon im Voraus wissen und warum sie es überhaupt im Voraus wissen wollen. Dass sie und ihr Umfeld damals im Gegensatz dazu keine Ahnung hatten, was gut für sie war, machte gerade ihr Lebensgefühl aus und gab allem erst seinen Wert. Leben war die Abwesenheit von Stille, von Vorhersehbarkeit, war Erleben statt Denken. Sie nahm das Inhaltliche so ernst und die Struktur so unwichtig, sie musste sich allem ganz aussetzen, sie fragte nie, wie es ausgehen würde, und hat sich dabei so lebendig gefühlt, dass sie diese Erfahrung keinesfalls eintauschen wollte gegen all die klugen Pläne. Sie drückt den Rücken durch, natürlich ist der Gedanke billig und unsinnig, aber erhebend.

Ein Stück voraus stellen die Brückenlaternen Lichtsäulen in den Fluss, die an den Rändern zerfasern. Sie weiß nicht, ob es nur am Wasser liegt oder auch an dem feuchten Film auf ihren Augen. Sie hätte jetzt nichts gegen eine Zigarette, obwohl ihr seit der ersten Schwangerschaft keine mehr geschmeckt hat. Sie spielt mit dem Gedanken, einfach Jan zu treffen, sie könnten die Vergangenheit ruhen lassen, über nichts reden, was gewesen ist, einen verrückten Abend miteinander verbringen, der Welt den Rücken kehren, zusammen eine Insel sein (oder wären sie eher ein Archipel?).

Über Laura und Lukas würde Jan milde lächeln; Anna hat den Verdacht, dass er ihren eigenen strengen Blick relativieren und den Lebensstil der beiden in einen größeren Kontext einordnen würde. Natürlich weiß sie selbst, dass es einerseits auch unter Studierenden immer schon Langweiler gab und das Ganze andererseits eine systemische Dimension hat, mit dem Bologna-Prozess zusammenhängt, mit verschulten Studiengängen und allem, gegen das sie damals demonstrierten. Die Beschränkung des eigenen Lebens zeugt womöglich gar nicht von geistiger Verarmung, sondern ist bloße Überlebensstrategie, dem Bedürfnis geschuldet, die globalisierte und digitalisierte Welt überschaubar zu halten; eine Reaktion auf die unendliche, mit unerträglichem Glückszwang verbundene Wahlfreiheit. Gleichzeitig allerdings legen die jungen Leute ein beachtliches Selbstbewusstsein an den Tag, das in Zeiten von Fachkräftemangel und niedriger Arbeitslosigkeit vielleicht berechtigt ist, gepaart mit ihrem ängstlichen Konservatismus aber jemanden, der wie Anna und Jan aus der Generation Praktikum stammt, durchaus irritieren kann.

Wahrscheinlich ist sie auf dem besten Weg in die Midlife-Crisis und ihre Empfindlichkeit in Bezug auf Spießertum so sehr gestiegen, weil es sie mit der Frage konfrontiert, was aus ihrem Streben nach dem wahren, freien, inhaltsbestimmten Leben geworden ist. Vielleicht lebt Jan dieses Leben, vielleicht hat er recht damit behalten, allen landläufigen Fallstricken, die Anna damals für Oberflächlichkeiten hielt, sorgsam auszuweichen, und kann deshalb souveräner auf die neue Studierendengeneration blicken als sie.

Spießig sind immer die anderen, sagt Moritz gern und legt damit den Finger zielsicher in die Wunde mangelnder Selbsterkenntnis, deren Anna sich auf keinen Fall schuldig machen will. Ihr Mann hat ein unverkrampftes Verhältnis zu Spießigkeit und fühlt sich wohl, solange er nicht mit einer Schrankwand leben muss. Anna bleibt stehen und zieht ihr Handy aus der Tasche, kein neues Foto der Kinder, keine Nachricht, sie ist allein auf der Welt hier am dunklen Ufer.

Plötzlich taucht eine Szene aus den Tiefen ihres Gedächtnisses auf. Als sie vor vielen Jahren mit Moritz hier war, gingen sie natürlich auch am Fluss spazieren, an einem bedeckten Nachmittag, und stießen, ein ganzes Stück weiter südlich von der Stelle, an der Anna jetzt steht, auf einen Spielplatz. Aus einem Impuls heraus begann Anna, das gar nicht niedrige Klettergerüst zu erklimmen, vielleicht wollte sie Moritz, den sie noch nicht lange kannte, Spontaneität und Sportlichkeit beweisen.

Doch Moritz kletterte ihr so schnell nach, dass er sie noch vor der Spitze einholte. So viel Ungestüm war sie nicht gewohnt, sie quiekte, als er nach ihr griff, und kletterte wieder nach unten. Ihren Vorsprung nutzte sie, um über einen Balken zu balancieren, er folgte ihr und bekam ihren Ärmel zu fassen, woraufhin sie beide das Gleichgewicht verloren und in den Sand taumelten.

Moritz umklammerte Anna, sie kugelten hin und her, bis sie sich auf ihn setzte und seine Oberarme mit den Knien fixierte. Beide waren sie erhitzt und außer Atem, sie kicherten ausgelassen, dann sagte Moritz: Ich hab 'nen Tropfen abbekommen. Erst glaubte Anna, es sei nur eine List, um sie abzulenken, spürte dann aber selbst den ersten Regentropfen auf der Stirn. Komm, sie sprang auf und zog ihn an beiden Händen hoch und mit sich zu einem der kleinen roten Spielhäuschen, die ein paar Meter entfernt standen. Sie mussten sich tief ducken und zusammengekauert auf die Bank in dem Häuschen quetschen, Moritz ließ Annas Hände die ganze Zeit nicht los, und nachdem sie sich eine Weile in die Augen gesehen hatten und sie sich zu fragen begann, warum er keine Anstalten machte, sie zu küssen, sagte er: Vielleicht kommen wir ja irgendwann mal mit unseren Kindern hierher.

Anna war überrumpelt, aber nicht irritiert. Gleich mit mehreren?, fragte sie neckend, um ihre Überwältigung zu überspielen, rückte aber dabei noch näher an ihn heran, wenn das überhaupt möglich war. An wie viele dachtest du denn?

An zwei. Er musste nicht lange überlegen.

Mädchen oder Jungs? (Als wäre das von Bedeutung.)

Egal. Hauptsache, sie haben so süße Sommersprossen wie du.

Anna sagte nichts mehr, freute sich nur stumm, und Moritz legte seine Lippen sacht auf die betreffende Stelle neben ihrer Nase.

Sie fühlte sich ihm in diesem Moment nicht weniger nah als in der folgenden Nacht, als sie im Bett einer alten Bekannten von Anna, die damals noch in der Stadt wohnte, aber gerade verreist war, miteinander schliefen. Der Akt war unkompliziert und vertraut, aber er war nicht notwendig, um Nähe zu schaffen.

Sie waren einander genauso nah, wenn sie sich bei einem ausgiebigen Abendessen von ihrem Tag erzählten, wenn er sich morgens rasierte, während sie unter der Dusche stand, wenn sie auf einer Party tanzte und er sich unterhielt, wenn sie zusammen ein Regal aufbauten, wenn sie auf seinen Anruf wartete, wenn der Anruf kam.

Das alles kommt Anna unendlich lange her vor, und sie findet es ganz unglaublich, dass sie nun wirklich zwei Kinder zusammen haben, ein Mädchen und einen Jungen, auch wenn nur Anton ihre Sommersprossen geerbt hat. Sie steckt das Telefon wieder ein. Jetzt ist kein guter

Zeitpunkt, um zu Hause anzurufen, Moritz hat sicher alle Hände voll zu tun, mit etwas Glück schlafen die Kinder bald, mit viel Glück.

Natürlich sieht sie von einem Treffen mit Jan ab. Seine Handynummer, die durchaus noch dieselbe sein könnte, hat sie damals gelöscht (es dauerte lange, bis sie sie nicht mehr auswendig wusste). Seine Mailadresse steht auf der Uni-Website, und auch seine private würde sie wahrscheinlich noch zusammenbekommen, doch sie stellt ihn sich nicht als jemanden vor, der dauernd seine E-Mails abruft. Direkter, aber auch entschieden zu direkt wäre der Weg zu seiner letzten ihr bekannten Wohnung (einer Zweizimmerwohnung, in die er gezogen ist, nachdem er eine Mitarbeiterstelle am Institut bekommen hatte, vielleicht wohnt er heute noch da). Am Institut wäre er zu dieser späten Stunde wohl nicht mehr anzutreffen, blieben die einstigen Stammkneipen oder die Sprechstunde morgen, aber diese letzte Option ist schon beängstigend konkret. Einen Außenstehenden könnte es wundern, wie fest sie davon ausgeht, dass sich bei Jan nichts geändert hat, vielleicht wohnt er längst in einem Reihenhaus am Stadtrand, married with children (die er womöglich nur mit ihr nicht wollte, natürlich kommt ihr dieser Gedanke nicht zum ersten Mal, aber er ist einfach nicht auszudenken). De facto weiß sie es nicht, weiß nichts über ihn und doch mehr als von den meisten anderen Menschen, dessen zumindest ist sie sich nach wie vor erstaunlich sicher.

Der Anblick der Platane hat ungefähr die gleiche Wirkung wie die erste Zigarette nach langer Abstinenz: ein kurzer schwereloser Taumel, in der Erinnerung war das Licht der Laternen wärmer, aber die Äste des alten Baumes grüßen huldvoll. Er steht heute in vollem Laub, und am Fuß der Festungsmauer liegt kein Schnee. Der Biergarten befindet sich nur ein kleines Stück weiter als die Platane, ebenfalls oben auf der Mauer. Dort wird sie Jan nicht begegnen (zur Biergartenjahreszeit war es ihm hier früher schon zu touristisch, auch wenn er ihr zuliebe oft mitkam und gegen den Zauber des Ortes nicht immun war. Man konnte auf der angrenzenden Wiese sitzen, irgendwer hatte meistens etwas zu rauchen dabei, sie spielten Gitarre, machten manchmal sogar Feuer). Und dennoch, dass die Wahrscheinlichkeit eines Wiedersehens an diesem Ort, in dieser Stadt, zu diesem Zeitpunkt höher zu sein scheint als irgendwo und irgendwann zuvor seit damals, ist spektakulär genug, spektakulärer noch als die Tatsache, jetzt selbst wieder hier zu stehen, inmitten all der Erinnerungen.

In Annas Gedankenspiel von vorhin lag ein Fünkchen Ernst, ein kleiner, zaghafter Funke nur, aber er schwebt vor ihr her, auf einem Weg, der kein rein nostalgischer ist. Vielleicht haben die sie trennenden Fragen sich längst erledigt oder an Brisanz verloren, vielleicht sind sie über unterschiedliche Wege zum selben Punkt gelangt, vielleicht wäre etwas Neues möglich (und was heißt das schon, auch ihr Leben mit Moritz und den Kindern fühlt sich oft unmöglich genug an). Der Gedanke ist so unheimlich, so unerhört und tollkühn, dass Anna die Augen zukneift, um den Funken auszublenden. Als sie sie wieder öffnet, ist er noch da, wie einer von diesen schwarzen Punkten, die mitwandern, wenn man den Blick abwendet.

Beim Aufstieg zur Platane streift sie ein Schwindel, sie streckt eine Hand nach dem groben Mauerwerk zu ihrer Seite aus und stützt sich auf einen der vorspringenden

Steine, seine Oberfläche ist kühl und unerwartet glatt, nichts, woran man Halt finden könnte. Sie hofft auf das Get-together, sie könnte noch etwas zu essen bestellen, und vielleicht, wer weiß, hat sogar jemand eine Zigarette für sie.

Es ist weniger los, als sie gedacht hat, vermutlich liegt es an den Semesterferien, und die Touristen haben die Wärme des Abends unterschätzt und sind lieber im Stadtkern geblieben. Sie entdeckt die Seminarrunde auf den ersten Blick, sie scheint fast vollständig zu sein, der Referent allerdings ist nicht dabei. Hier hat niemand auf sie gewartet, niemand, außer Daniel, der mit gebeugtem Rücken am Ende einer der Bierbänke sitzt. Annas Erscheinen sorgt bei ihm gut sichtbar für einen Energieschub von Kopf bis Fuß, offenbar trägt er ihr ihr grußloses Verschwinden nicht nach, und sie fühlt sich augenblicklich schuldig dafür, hergekommen zu sein. Sie kann gar nicht anders, als sich ihm gegenüberzusetzen, und scheint damit gerade noch zu verhindern, dass er aufspringt und sie überschwänglich willkommen heißt.

Wusste ich's doch, er ruft es beinahe, dass du noch kommen würdest, aber wo ist die schöne Farbe hin? Diesmal deutet er auf seinen Mund, und sofort fällt Anna wieder ein, was sie so anstrengend an ihm fand. Sie fährt sich mit der Zunge über die Lippen und spürt, was sie im Badezimmer weder behoben noch gesehen hat, sie hat keinen Blick in den Spiegel geworfen, stand nur mit dem Ohr an das kühle, glatte Holz der Tür gelehnt, und der Lippenstift steckte in ihrer Handtasche, wo er auch weiterhin ihrem Portemonnaie Gesellschaft leistet.

Lange Geschichte, sagt sie abwehrend zu Daniel, erzähl sie doch, gibt er ungerührt zurück, langweilige

Geschichte, wird sie deutlicher, ich hab übrigens nicht nur den Lippenstift vergessen, sondern auch mein Portemonnaie, könntest du mir eventuell bis morgen was vorstrecken? Er würde sie sogar liebend gern einladen, erwidert er strahlend, das komme gar nicht infrage, beeilt sie sich zu sagen, aber sie könne sich morgen doch immer noch revanchieren, winkt er ab und fragt, was sie gern trinken würde. Ein Pils vom Fass, sagt sie, aber nur, wenn du mir versprichst, dass ich dir morgen das Geld geben darf, auch wenn sie weiß, dass er das nicht hören will und sie aus der Sache jetzt ohnehin nicht herauskommt. Dummerweise knurrt ihr beim Anblick der geleerten Teller auf dem Tisch auch noch der Magen, doch ehe sie weiter darüber nachdenken kann, hört sie Daniel fragen, ob sie überhaupt schon gegessen habe. Ja, sagt sie und könnte ihn in diesem Moment umarmen, aber um ehrlich zu sein, ich habe trotzdem noch Hunger. Siehst du, es war definitiv eine gute Entscheidung, hierherzukommen, triumphiert er grinsend. So gesehen bestimmt, sie grinst zurück, auf jeden Fall werde ich gleich tief in deiner Schuld stehen, und mit etwas Glück haben sie hier sogar noch diesen leckeren Nudelauflauf.

Während Daniel am Tresen die Bestellung aufgibt, versucht Anna, mit den anderen ins Gespräch zu kommen. Leider sprechen sie über die neueste Serie, die Anna gern gesehen hätte, aber nicht gesehen hat, sie hätte höchstens etwas über das beizutragen, was vor viereinhalb Jahren lief. Keine Zigarette weit und breit, natürlich, nicht nur junge Eltern rauchen nicht mehr. Sie ist dankbar, als Daniel mit zwei Gläsern Bier und dem Auflauf zurückkommt. Während sie isst, sieht er allerdings wieder so glücklich aus, dass es fast nicht auszuhalten ist, dabei schmeckt der Auflauf pappig, und sie hat auch ihren Resthunger überschätzt und lässt die Hälfte stehen.

Als sie den Teller zur Seite schiebt, beginnt die Runde schon sich aufzulösen, morgen gehe es schließlich früh weiter, und für die praktischen Übungen müsse man fit sein. Anna ist kurz fassungslos und dann so übertrieben enttäuscht, dass sie gleich zustimmt, als Daniel ihr einen Verdauungsspaziergang vorschlägt, obwohl er tatsächlich dieses Wort wählt. Zu spät wird ihr klar, dass ein Spaziergang mit ihm in der lauschigen Dunkelheit des Ufers nicht unbedingt das ist, was sie gebrauchen kann, doch natürlich lenkt er seine Schritte genau in die Richtung. Beim Blick übers Wasser kommt ihr die rettende Idee, als sie auf der anderen Flussseite das bunt blinkende Riesenrad kurz vor der nächsten Brücke sieht, es ist kitschig und schön, und es verschluckt den penetranten Funken in Annas Blickfeld. Sie hat nicht daran gedacht, dass gerade Jahrmarktzeit ist, als Studentin war sie kein einziges Mal auf dem Volksfest, wohl auch, weil es immer schon in die Semesterferien fiel, in denen sie häufig nicht in der Stadt war; umso besser, es ist nicht mit Erinnerungen behaftet, und Anna hat Lust, etwas Kopfloses, Lautes, Albernes zu machen.

Sie lotst Daniel über die Brücke, ohne ihr Ziel preiszugeben. Vermutlich würde er ihr überallhin anstandslos folgen, die Zweisamkeit ohne Beobachter scheint ihm die Sprache zu verschlagen. Allerdings strengt er Anna im Schweigen nicht weniger an als im Reden, sie spürt seinen Blick so permanent von schräg oben, dass sie um jeden Schritt froh ist, den sie sich dem Jahrmarkt nähern. In seinem federnden Gang streift Daniel wiederholt ihre Schulter, ihren Arm oder ihre Hand. Er lässt es einfach geschehen. Mehr noch, wenn sie ein Stück abrückt, rückt er sofort nach, scheinbar automatisch, ohne aktiv den Versuch zu unternehmen, sie zu berühren. Er riecht nicht unangenehm, weder nach Bier noch nach Schweiß oder Parfum, eher wie frisch gewaschen, aber es kommt Anna vor, als wäre so nah noch nie jemand neben ihr hergegangen.

Moritz eilt grundsätzlich voraus, er spricht von einem urzeitlichen Erbe und behauptet, den Weg auskundschaften zu müssen (als wäre er der Familienhund). Er scheint dabei sogar zwanghaft über die auf Rot springende Ampel gehen und genervt auf der anderen Straßenseite warten zu müssen anstatt gut gelaunt neben Anna oder der ganzen Familie (sie hasst diese Situation, die ihr Ohnmachtsgefühle verursacht und mit kleinen Kindern, die versucht sind, ihrem Vater auch bei Rot nachzulaufen, tatsächlich heikel ist). Dass sie händchenhaltend oder gar Arm in Arm gingen, muss lange her sein; und Jan und sie gingen zwar im Gleichschritt und gern Hand in Hand, doch ein Abstand blieb.

Im Grunde hat sie zu wenige Vergleichsmöglichkeiten. Von wegen, damals so lebendig gefühlt, heute weiß sie, dass auch bei ihr zu wenig Rock 'n' Roll war, dass sie wilder hätte leben, alles Erdenkliche hätte mitnehmen sollen. Ihre Verbindung zu Jan hat sie blockiert, war zu ultimativ, zu intensiv, um groß anderes auszuprobieren, in gewisser Weise wild genug. Damals hat sie das Ganze für sehr ernst gehalten, das wirklich wahre Leben, dabei war es die Kür und nicht die Pflicht. Zugleich hat sie immer in dem Gefühl gelebt, *the best is yet to come*, dabei ist es das schon gewesen, das Warten auf Erfüllung, der eine Moment im Schnee. Mit Jan hat sie sich Verbindlichkeit gewünscht, von der sie nicht wusste, wie sehr sie lähmen kann. Damals fühlte sie sich gelähmt durch die Unverbindlichkeit, jeder Abschied konnte der letzte sein. Sie hatte nicht den leisesten Schimmer davon, was mit der Ehe auf sie zukommen würde, hat eklatant unterschätzt, wie erwachsen man für dieses Konstrukt sein muss, erwachsener, als irgendjemand jemals sein will.

Man bleibt immer beieinander, weil man sich dazu entschieden und verpflichtet hat, Tag für Tag für Tag. Zwar hat die Macht der Gewohnheit einen zu schlechten Ruf, sie gibt dem Ganzen Kontur und Stabilität; die vertrauten Rituale schleifen sich erst durch lange Routine ein und wären nicht einfach austauschbar. Doch mit der Zeit kommt man dahinter, dass dem Selbstverständlichen, Beiläufigen etwas Unheimliches innewohnt, an das man sich lieber nicht vollständig gewöhnen möchte und das sich manchmal in Form eines Überdrusses, einer überwältigenden Müdigkeit Bahn bricht, dem Gefühl, keinen einzigen Tag mehr so weitermachen zu können. Überraschenderweise ist es eben nichts Äußerliches wie die Stimmlage des Partners oder das immer gleiche Grübchen in seinem Kinn, das für den Überdruss sorgt. Im Gegenteil, diese Stimmlage, dieses Grübchen sind geeignet, einen bei der Stange zu halten und zu befähigen, immer wieder gute Miene zum bösen Spiel zu machen.

Besonders böse wird das Spiel allerdings dann, wenn die Alltagsrituale wie das gemeinsame Insbettbringen der Kinder, bei dem man händchenhaltend auf der Matratze vor ihren Betten liegt, mehr und mehr jede andere Intimität verdrängen. Die Intimität auf der Kinderzimmermatratze hat etwas Unpersönliches an sich, weil sie nichts mit den Ehepartnern selbst zu tun hat. In der Ehe kommt es nicht zuletzt darauf an, was man hat (nette, vielleicht gar spendable Eltern) und kann (einen Sonntagsbraten zubereiten, mit stoischer Geduld Kinder in den Schlaf singen), manchmal mehr als darauf, wer man ist.

Als sie vor dem Eingang stehen, erwidert Anna zum ersten Mal Daniels Blick. Tatsächlich scheint er sich nichts Schöneres vorstellen zu können als einen Jahrmarktsbesuch mit ihr, seine Augen leuchten wie die eines Kindes, aber womöglich tun das ihre auch. Allein dieser verheißungsvolle, fettig süße Duft, vielleicht prägen sich Gerüche in der Kindheit deshalb so stark ein, weil man nicht zuordnen kann, woher sie im Detail kommen, sodass der Geruch für alle Zukunft für den Gesamtzusammenhang steht. Dass sich hinter dem Jahrmarktsgefühl nicht viel mehr verbirgt als die sich mischenden Düfte von gebrannten Mandeln, Popcorn, Zuckerwatte, Frittiertem und womöglich noch den in einigen Fahrgeschäften zum Einsatz kommenden Nebelmaschinen, weiß Anna zwar inzwischen, aber sie denkt es nicht bewusst mit.

Ebenso wenig hat sie bedacht, wie plump romantisch Jahrmarkt ist, Lebkuchenherzen, die sie als Kind nicht mochte, Folienballons in Herzform, die sie nicht bekam, und Riesenkuscheltiere, die sie nie gewann (Leider verloren, stand zuverlässig auf ihrem Los, sie träumte vom Plüschtiger-Hauptgewinn). Dann das Riesenrad, allein zu zweit hoch über allem, oder die Raupe, in der man mit Wucht aneinandergedrückt wird; als klebte Daniel nicht ohnehin schon an ihr, der Abstand bleibt irritierend klein. Weniger romantisch, dafür Fremdscham auslösend sind die schmierig-nasal aus den Lautsprechern dröhnenden

Ansagen, Leute, hier sitzt ihr nicht in der ersten Reihe, hier reihert ihr als Erste auf die Sitze. Sie traut ihren Ohren nicht, als sie den Spruch im Vorbeigehen an einer sich wild überschlagenden Gondel vernimmt, sie kennt ihn schon aus ihrer Kindheit. Ansonsten ist alles wie eh und je, nur die Geisterbahn wird heute als interaktiv beworben (»Sei ein Ghostbuster!«), fast juckt es Anna, das auszuprobieren. Auf den Lebkuchenherzen stechen ihr statt »Süßer Teufel« oder »Meine große Liebe« nun »Beste Eltern« oder »Ich – Du – läuft« ins Auge. Und vor einer Manege, die den gleichen Sägemehl- und Pferdehaargeruch verströmt wie immer schon und in der traurige Ponys im Kreis trotten, preist ein Schild offensiv die artgerechte Haltung der Tiere an. Auf den Pferderücken sitzen kleine Mädchen (auch um diese Uhrzeit noch), die sich rührend lässig geben, manchmal schnalzt die Peitsche des Dompteurs.

Auch Anna ist einmal so ein Mädchen gewesen, für sie und ihre Freundin Rabea war Ponyreiten das Größte, ob auf einem der Höfe in der Nachbarschaft oder wenn der Jahrmarkt in die Kreisstadt kam. Mit Rabea rauchte sie als Sechsjährige Buntstiftzigaretten (gekokelt wurde dabei nicht, es ging nur um die Geste; sie besaßen noch kein Taschengeld und bewegten sich nicht selbstständig genug, um in der Gastwirtschaft gegenüber der Kirche Schokoladenzigaretten zu kaufen, die Höfe der Gemeinde lagen weit verstreut). Sie wickelten sich in bunt gemusterte Seidentücher aus der Theatertruhe von Rabeas Mutter Angelika (die Schauspielerin gewesen und ihrem Mann, einem Arzt, dann aufs Land gefolgt war; Rabeas Familie war die einzige neben Annas, die aus dem Rahmen fiel inmitten von Bauern, Lehrerinnen, Bankangestellten) und sprühten sich mit ihrem Parfum ein, bis sie husten mussten. Erwachsen-Spielen nannten sie es, und ihre Vorstellung reichte nicht weiter als bis zu den besagten Dingen; ihren Traumprinzen würden sie selbstverständlich heiraten (ob ihre Väter die Traumprinzen ihrer Mütter waren, fragten sie sich nie). Mit dem Haarbürstenmikro sangen sie vorm Ganzkörperspiegel die Musik, die ihre Eltern gerade hörten, Fairground Attraction, *It's got to be-e-e-e-e-e-e-e perfect* (das war die einzige Zeile, deren Laute sie vermeintlich originalgetreu nachbilden konnten), und sprachen anschließend Quatschenglisch. Von Angelika lernten die Mädchen die Sache mit dem Lippenstift, und ihr fruchtiges, aber nicht süßes Eau de Toilette, das niemand sonst in ihrem Umfeld trug und das mit frischem Zigarettenrauch eine verführerische Verbindung einging, ist für Anna bis heute der Inbegriff eines Lebensgefühls, mit dem sie gerechnet hat, sobald sie erwachsen wäre. Ihre Vorstellung war weniger oberflächlich, als man denken könnte, im Grunde ging es um Souveränität, um Befreiung aus der beklemmenden Unmündigkeit des Kindes, auch wenn sie das so nicht hätten benennen können und keine Ahnung hatten, was Mündigkeit an Verantwortung und neuer Unfreiheit mit sich bringt.

Sie weiß nicht, ob sie über die kindliche Perspektive lachen oder weinen soll, man stellte sich vor, aus der Runde auszubrechen und im Galopp woandershin zu stürmen, doch schließlich ertappt man sich dabei, wie man immer weiter im Kreis herumgeht.

Die Ernüchterung springt sie von allen Seiten an, überall Goldkettchen auf sonnenbankgequälter Haut, die stellenweise zwischen Tattooteppichen und greller

Schminke hervorlugt, Zahnlücken und Stiernacken, in und vor den Buden. Es ist voll und laut, der allgemeine Alkoholpegel um diese Tageszeit hoch, und es ist seltsam, mit Daniel, den sie kaum kennt, an diesem Ort zu sein. Er scheint weniger mit der Situation zu fremdeln als sie. Na, was ist, darf ich bitten?, fragt er sie vor der Raupe, sie muss alarmiert aussehen, denn er sagt schnell, oder Achterbahn, bestimmt auch sehr lustig. Ihre letzte Achterbahnfahrt liegt wohl zwanzig Jahre zurück, und ihr rutscht verfrüht das Herz in die Hose, denn von Spielplatzbesuchen weiß sie, dass jemandem ihres Alters schon eine einfache Kinderschaukel oder ein Minikarussell den Magen umdrehen kann, was sich offenbar wiederum in ihrem Gesichtsausdruck spiegelt.

Ach, komm schon, mault Daniel, du hast mich doch nicht hierhergelockt, um jetzt keinen Spaß zu haben.

Auf irgendeiner Ebene verfängt das Argument, mehr Rock 'n' Roll, denkt Anna ergeben, hat allerdings den Impuls, vorher den eigenen Pegel zu erhöhen, und sie hört sich sagen: Gut, aber lass uns erst einen Schnaps trinken (ob der geeignet ist, die Magenumdrehung zu verhindern, bleibt dahingestellt).

Vom Getränkestand haben sie einen guten Blick auf die Achterbahn. Auf ex, sagt Anna albern beim Anstoßen, und angesichts der von lautem Kreischen begleitet über die Schienen sausenden Wagen bestellt sie, sobald die Gläser leer sind, sofort eine zweite Runde. Beim Hinübergehen, beim Vorrücken in der Schlange und Einsteigen in den Wagen konzentriert sie sich darauf, nicht zu schwanken und ihre Gesichtszüge unter Kontrolle zu halten. Die Musik ist ohrenbetäubend, betäubt zum Glück auch Annas Gedanken.

Dann endlich geht es los. Schlecht wird Anna nicht, trotz des Ruckelns, des Gefühls von Kontrollverlust und der Angst, gleich aus der Kurve zu fliegen. Sie kneift immer wieder die Augen zu, und während der Abfahrten kann sie nicht anders, als zu schreien; gerade wenn sie denkt, sie hält es nicht mehr aus, geht es erneut bergauf. Von Daniel bekommt sie gar nichts mit, versucht nur, sich nicht an ihn zu klammern, sondern an den Metallbügel.

Die Fahrt ist so schnell vorbei, dass Anna schon kurz danach nicht mehr sagen könnte, wie es sich angefühlt hat, doch beim Aussteigen zittern ihr die Knie. Daniel fasst sie am Ellbogen, führt sie Treppenstufen hinunter. Sie ärgert sich über die eigene Schwäche, aber nur unterschwellig, weil sie in diesem Moment so dankbar ist für die Unterstützung. Als sie wieder unten vor der Achterbahn stehen, hat Anna sich so weit erholt, dass sie auf Daniels besorgte Frage, ob alles in Ordnung sei, mit einem verhaltenen Grinsen antworten kann: Waren die früher auch so schnell?

Möchtest du lieber was Ruhiges machen?, schlägt er sofort vor.

Tapfer schüttelt sie den Kopf und denkt, jetzt bloß kein Rosenschießen. Vielleicht aber doch erst mal noch etwas trinken, diesmal nimmt sie ein Wasser, er bestellt für sich auch eins. Zusammen überlegen sie, welche Geräte sonst infrage kommen, so leicht will Anna sich nicht geschlagen geben. Auf keinen Fall die Gondel, in der man kopfüberhängt; sie versuchen es mit dem Kettenkarussell, das nicht so schlimm ist, wie Anna es nach den Spielplatzerfahrungen der letzten Jahre erwartet hat. Erst leichter Schwindel, dann ein Gefühl von Freiheit, sobald sie sich der Wellenbewegung überlässt. Als Daniel die Arme ausbreitet, macht sie es ihm nach; ihre Hände berühren sich nicht, dafür ist zu viel Abstand zwischen den Sitzen. Nachdem sie eine Runde im lauen Fahrtwind gedreht haben, hat Anna genug Zutrauen gefasst, um sich noch auf eine Reihe schnellerer Fahrgeschäfte zu wagen, darunter die Wildwasserbahn, aus der sie beide wundersamerweise halbwegs trocken herauskommen. Es tut gut, sich auszuliefern, wieder fünfzehn zu sein, im Autoscooter rammt Anna Daniels Wagen mehrmals hingebungsvoll und freut sich diebisch, was er mit Humor nimmt.

Zum Glück hat Daniel genug Bares dabei; Anna hofft, dass er sich morgen von ihr die Hälfte zurückzahlen lassen wird. Sie lässt sich dazu hinreißen, ihm von ihren Kindheitsträumen zu erzählen, zumindest von den kleineren, kichernd deutet sie auf eine Wolke Folienballons, riesige Herzen und Einhörner. Irgendwann sitzt sie auf einem Fass in der Requisite vor der Geisterbahn, und Daniel sagt, bin gleich zurück.

Während sie beginnt, sich verloren zu fühlen, taucht er schon aus der Menge wieder auf, in der Hand ein Ballon-Einhorn, das er ihr hinhält. Heute bekommt jedes Kind in ihrem Bekanntenkreis zu jedem Geburtstag anscheinend obligatorisch einen immer noch unverschämt teuren Folienballon, auch Annas Kinder, doch dies ist ihr erster eigener. Sie muss lächeln und nach der Schnur greifen, sie kann nicht anders, Daniel hätte auch ein Herz wählen können, doch so plump ist er nicht, sie ist tatsächlich gerührt, aber nicht minder bestürzt.

Danke, sagt sie, weil ihr nichts Besseres einfällt; steht dir gut, kommentiert er, und sein Grinsen sieht mehr denn je nach einem Lächeln aus, wollen wir langsam los?

Anna nickt mechanisch, schafft es immerhin zu sagen, dass sie sehr müde ist, genauso wie nicht zu sagen, dass sie inzwischen fröstelt (das Angebot seiner Jacke abzulehnen, würde sie nicht über sich bringen). Dies ist keine laue Altweibersommernacht, sie hat sich täuschen lassen von dem warmen Tag, der womöglich nicht mehr war als ein letztes Aufbäumen des Sommers vor dem Herbst.

Für Daniel steht fest, dass er sie nach Hause bringen will, auch wenn er dadurch einen Riesenumweg zu der Pension in Kauf nimmt, in der er untergekommen ist. Sie müsste das abwenden, nicht nur, weil es lästiger ist, mit einem Folienballon herumzulaufen, als sie es sich vorgestellt hat, und sie dem Einhorn am liebsten die Freiheit schenken würde. Sie ist nicht mehr fünfzehn und längst wieder nüchtern, aber ein Teil von ihr hofft, dass er sich besser fühlen wird, wenn er sie noch bis zu einer Haustür begleiten kann.

Unterwegs versucht er, das Gespräch zu vertiefen, er fragt sie, was für ein Gefühl es ist, nach langer Zeit wieder in der Studienstadt zu sein, und dergleichen mehr; sie bemüht sich, vage zu antworten. Der Weg ist lang, länger, als es Rückwege normalerweise sind; der Wind ist aufgefrischt, das Einhorn bremst Annas Schritt, die Leine spannt sich über ihre Schulter, auf der anderen Seite Daniel mit wiederkehrendem Armkontakt. Sie bringt es nicht über sich, den Ballon unauffällig loszulassen, ebenso wenig fasst sie einen Plan für die Verabschiedung, und natürlich stehen sie sich irgendwann vor ihrer Haustür gegenüber, Daniel, sie und das Einhorn, sie hätte es wissen müssen.

Ganz schön ungemütlich jetzt, oder?, fragt er.

Hmm, macht sie, und während sie noch um Fassung

ringt, weil er mit dieser Mitleidstour kommt, spricht er es wirklich aus: Nimmst du mich mit hoch?

Er ist noch hibbeliger als sonst, sie sieht ihm an, dass er, genau wie sie, tatsächlich friert, das ist das Perfide an dieser Masche, und es macht sie umso ungehaltener.

Ich bin wirklich sehr müde, sagt sie, die Abwehr in ihrer Stimme kann nicht zu überhören sein. Ich würde sagen, wir sehen uns morgen.

Hey, er macht einen Schritt auf sie zu, legt seine rechte Hand auf ihren linken Oberarm und beugt sich zu ihr herunter, ihre rechte Hand hält weiterhin das Einhorn fest, sie denkt, wenn er mich unbedingt noch umarmen will, meinetwegen, doch seine linke Hand fasst nicht um ihre Schulter herum, sondern legt sich in ihren Nacken, auf einmal ist sein Gesicht dicht vor ihrem, und das ist der Moment, in dem Anna die Finger öffnet und den Ballon fliegen lässt. Sie stemmt beide Hände gegen Daniels Brust, sie kann seine Rippen fühlen, mit dieser Fragilität unter der vitalen Oberfläche hat sie nicht gerechnet, was dazu führt, dass der Stoß, den sie ihm gibt, sanfter ausfällt als der Impuls, aus dem er entstanden ist. Dennoch stolpert Daniel nach hinten, fängt sich aber schnell, wenn auch mit unschön verzerrter Miene.

Als traue Anna ihm zu, dass er erneut Anlauf nehmen könnte, schleudert sie ihm entgegen: Hör mal, ich bin verheiratet, ich habe Familie.

Es hätte keine Alternative zu diesem Satz gegeben, auch nicht, wenn sie auf die Reaktion besser vorbereitet gewesen wäre. In Zeitlupe muss Anna beobachten, wie Daniel alles aus dem Gesicht fällt, bis seine Züge gar kein Ganzes mehr ergeben. Diesmal scheint seine Energie nicht entwichen, sondern von positiv auf negativ gepolt.

Das hättest du ja mal früher sagen können, er spuckt die Worte aus.

Sie zuckt zusammen, er klingt angewidert und zugleich tief getroffen, in seiner Stimme ist immerhin ein Rest des sprühenden Jungen erkennbar, und ehe sie noch reagieren kann oder muss, entfernt er sich mit schnellen Schritten und verschwindet um die nächste Ecke, Richtung Flussufer.

Anna steht da, mit hängenden Schultern und hämmerndem Herzen, doch sie starrt nicht so lang auf die Hausecke, wie es die Situation vielleicht gerechtfertigt hätte, legt stattdessen in einem plötzlichen Impuls den Kopf in den Nacken. Das Einhorn war schneller als Daniel, aber es ist noch zu sehen, ein silber-weißer Punkt vorm stadthellen Nachthimmel.

Sie spürt das Vibrieren in ihrer Jeanstasche, bevor sie das Klingeln hört; als sie Moritz' Namen auf dem Display sieht, zögert sie einen Augenblick länger als sonst, ehe sie den Anruf entgegennimmt.

Hey, sagt sie und wünscht sich, er möge die Erschütterung in ihrer Stimme hören und sie sofort danach fragen, doch er sagt ebenfalls, hey, und dann zunächst nichts.

Anna dreht sich zum Haus um, klaubt den Schlüssel aus der Tasche und schließt mit Fingern, die nicht nur vor Kälte zittern, die Tür auf.

Na, alles gut bei euch?, fragt sie gottergeben und senkt dann ihre Stimme, die im Treppenhaus hallt. Du hast gar keine Fotos mehr geschickt.

Wie sie es hasst, das Gespräch eröffnen zu müssen, selbst wenn er angerufen hat, und als hätte Moritz nur auf sein Stichwort gewartet, legt er los: Dafür war einfach keine Minute Zeit, hier war noch ewig Party.

Aber die beiden sind nicht gerade erst ins Bett, oder?

Nein, nein, sie schlafen schon eine Weile, seit ungefähr anderthalb Stunden.

Während sie sich die Treppen hinaufschleppt, fragt sich Anna, warum er nicht früher angerufen hat (sie hat zwischendurch das Gefühl, keine einzige weitere Stufe zu schaffen, der Drang, sich hinzusetzen, wird übermächtig, und irgendwo auf halbem Weg gibt sie ihm nach). Vielleicht hätte er sie damit vor dem weiteren Verlauf des Abends bewahrt, aber das ist Unsinn, auf dem Jahrmarkt hätte sie seinen Anruf höchstwahrscheinlich nicht angenommen oder erst gar nichts davon mitbekommen.

Als hätte er ihre Gedanken gelesen, sagt Moritz, ich hab erst noch aufgeräumt und brauchte dann mal eine Pause. War schon ein langer Tag, erst ein Meeting nach dem anderen und dann noch die beiden Rabauken. Paula war natürlich angeblich wieder am Verhungern, als sie schon im Bett lag, das geht so einfach nicht weiter.

Aber du hast ihr noch was gegeben, oder?

Hab ich, dann das ganze Theater von vorn mit noch mal Zähneputzen, noch mal Durst und aufs Klo, ich hab da echt keine Lust mehr drauf.

Ich weiß, aber wenn sie erst so spät müde wird, ist die Zeit zwischen Abendbrot und Schlafengehen einfach zu lang. Vielleicht sollten wir das Zähneputzen grundsätzlich nach hinten verschieben und sie dann kurz davor fragen, ob sie noch was Kleines möchte.

Schon klar, das Leben ist ein Wunschkonzert, stöhnt Moritz.

Das Treppenhauslicht geht aus, doch durch die Fenster fällt indirekt Laternenschein, sodass ein fahles Halbdunkel entsteht. Ach, komm, du isst doch auch, wann immer du Lust hast. Aber lass uns das mal nicht jetzt besprechen.

Okay, okay.

Aus den Steinstufen, auf denen Anna sitzt, kriecht die Kälte durch den Hosenstoff, sie erhebt sich mühsam und lehnt sich mit dem Rücken gegen die Wand. Hattet ihr es denn wenigstens noch schön im Park? Ich will Fotos von den Kastanienmännchen sehen.

Die folgen dann morgen. Sie meint, ihn lächeln zu hören, ehe er fortfährt: Wobei ich glaube, die möchten sie lieber mit dir basteln, sie haben tausendmal nach dir gefragt, Anton ist das Einschlafen echt schwergefallen, wenn ich ehrlich sein soll.

Nein, sollst du nicht, denkt Anna, in ihr sträubt sich alles, und um dem aufsteigenden Kloß im Hals erst gar keine Chance zu geben, konzentriert sie sich ganz auf das schlechte Gewissen, weil sie heute nicht bei den Kindern war, und auf die Vorstellung, wie Moritz zu ihnen sagt, das macht dann die Mama mit euch. Sie kann es nicht leiden, wenn er sie vor Paula und Anton so bezeichnet, obwohl sie es von zu Hause nicht anders kennt und bei ihren Eltern immer als natürlich empfand, soll Moritz mit den Kindern von ihr als »Anna« sprechen? Ihre Abneigung muss damit zusammenhängen, dass es sie so deutlich auf eine Rolle reduziert. Manchmal, zu oft, fühlt sie sich austauschbar, entsetzlich ersetzlich.

Weißt du, sagt sie schließlich, ich gehe morgen wahrscheinlich eh nicht mehr zum Seminar.

Wie? Jetzt wird Moritz hellhörig. Wie meinst du das?

Genau so. Da ist so ein Typ, der offenbar was von mir will, und heute Abend ist er etwas aufdringlich geworden.

Moment, und das erzählst du mir erst jetzt?

Du hast nicht gefragt.

Du hast nach den Kindern gefragt. Und wie soll ich denn auf so was kommen?

Du hättest ja mal allgemein fragen können, wie es hier läuft.

Ach, komm, jetzt sag schon, was war los?

Ach, nichts im Grunde. Das ist eigentlich ein harmloser, eher nerdiger Typ, noch ein halbes Kind, vielleicht Ende zwanzig, er wäre nach dem Socializing wohl am liebsten mit mir nach Hause gegangen, und als ich ihn abgewiesen habe, war er total beleidigt und ist abgedampft.

Hm. Moritz wirkt erleichtert. Das klingt ja jetzt nicht soo dramatisch. Oder?

Dafür, dass sie kaum je Anlass hatte, ihrem Mann Vergleichbares zu berichten, findet Anna das Vorkommnis dramatisch genug.

Als sie nicht gleich antwortet, spricht Moritz weiter: Also, ich finde, das hört sich eher danach an, als würde der sich morgen vielleicht gar nicht mehr beim Workshop blicken lassen. Du hast dich doch korrekt verhalten, kein Grund für dich, da nicht mehr hinzugehen, du bist ja wohl ein bisschen souveräner als so ein Greenhorn.

Dass er nicht näher nachfragt (nicht erst jetzt, sondern bereits während ihres Telefonats am Nachmittag und zuallererst, als sie sich diese Fortbildung aussuchte): Ist das noch Vertrauen oder schon Desinteresse?

Er ist auch nicht der einzige Grund, sagt Anna, ich habe insgesamt nicht den Eindruck, dass dieser Workshop was bringt. Sie macht eine Pause, das mattblaue Licht im Treppenhaus hält sie, und sie legt alle Hoffnung in den folgenden Satz: Es war einfach ein Fehler, herzukommen.

Kannst du das wirklich nach einem halben Tag schon

beurteilen?, fragt Moritz. Ist es nicht etwas übertrieben, der Sache nicht noch eine Chance zu geben? Denk mal an die Kursgebühren, abgesehen von den Fahrt- und Übernachtungskosten, das kriegen wir doch jetzt alles nicht mehr zurück.

Es gibt Tage, da möchte man sich so oft scheiden lassen, dass man mit dem Heiraten gar nicht hinterherkäme. Anna stößt sich von der Wand ab und drückt auf den nächsten Lichtschalter, die grelle Helligkeit sticht in den Augen.

Was ist?, fragt Moritz, und Anna sagt: Ich weiß gerade nicht, was ich sagen soll. Die aufflammende Empörung macht sie sprachlos, sie ist getrieben von einem Widerwillen, dessen Intensität Anna sich nur durch die über Jahre aufgestauten kleinen Verletzungen, Missverständnisse, Rücksichtslosig- und Unaufmerksamkeiten erklären kann. Sie kennt das bereits, einen Moment lang ist es unvorstellbar, wie schnell und vollständig die Stichflamme wieder in sich zusammenfallen wird.

Mensch, jetzt sei doch nicht so. Du weißt schon, wie ich es meine.

Ich bin mir nicht ganz sicher, sagt Anna. Und vor allem weißt du offenbar nicht, wie ich es meine.

Ich meine es jedenfalls nur gut, beteuert Moritz, und ich bin müde nach dem langen Tag, denkst du nicht, es ist das Beste, erst mal schlafen zu gehen und morgen weiterzusehen?

Damit hat er natürlich recht, wie so oft, und alles andere lässt sich heute ohnehin nicht mehr lösen.

Wir können ja morgen wieder sprechen, sagt Moritz.

Aber dann wird es zu spät sein. Anna sagt es nicht, es ist nur ein unbestimmter Gedanke.

Okay. Dann gib den Kindern einen Kuss von mir. Jetzt sofort, ja? Und schlaf gut.

Gib den Kindern einen Kuss, diese Floskel wird so wenig dem gerecht, was sie für sie empfindet, ist ein erbärmlicher Notbehelf, von dem sehr wahrscheinlich auch Anton und Paula, ob schlafend oder wachend, nichts haben (aber wer weiß, man sollte nichts riskieren), die Ohnmacht der physischen Abwesenheit ist überwältigend.

Versprochen, sagt Moritz. Paula wollte heute übrigens Blaubeermuffins backen, vielleicht schaffen wir das morgen oder übermorgen. Wir lassen dir einen übrig, die magst du doch so gern.

Als sie aufgelegt hat, starrt Anna auf das Telefon und auf ihre Hand. Manchmal denkt sie, ein Ehering wäre gut, weniger um gar nicht erst in Situationen wie die mit Daniel zu geraten (sie gerät nie hinein, jedenfalls bis heute), sondern um sich an etwas orientieren zu können, eine kurze, objektivierte Selbstvergewisserung: Ja, ich stecke drin in diesem Stück Metall, die Begrenzung ist real, und ich habe es mir selbst so ausgesucht.

DAMALS

Sie packte ihren Rucksack in Hochstimmung. Das Sommerkleid mit dem psychedelisch anmutenden Paisleymuster kam in einen Kleidersack, Jan hatte sie beim Kauf beraten. Anna war unsicher gewesen, ob sie nicht etwas Schlichteres wählen sollte, doch Jan widersprach, sie würde umwerfend aussehen im heimischen Garten, wo am morgigen Samstag der achtzigste Geburtstag ihrer Großmutter gefeiert wurde. Anna freute sich auf das Fest, zu dem die gesamte Nachbarschaft und die halbe Verwandtschaft geladen waren, vor allem aber freute sie sich auf Jan an ihrer Seite, den das Gros der Gäste noch nicht kannte.

Sie würden sich abends am Zug treffen, nach Jans Seminar am Spätnachmittag, das er nicht verpassen wollte, gerade jetzt am Semesterende. Als Anna den Reißverschluss der Kleiderhülle zuzog (die Verkäuferin hatte sie empfohlen, sie hatten beide grinsen müssen, sich aber schließlich vom praktischen Wert des Utensils überzeugen lassen), piepste ihr Telefon, eine Nachricht von Jan.

Jan schrieb nicht, freue mich, dich nachher zu sehen (und auf die quietschenden Betten später 😌), er schickte keinen Kommentar zum Seminar oder die Bitte, sie solle doch ein bisschen Proviant einpacken für die Fahrt, vielleicht hätte sie ja sogar noch zwei Bier im Kühlschrank. Jan schrieb: Anna, es tut mir leid, aber ich kann nicht mitkommen.

Jan schrieb nicht, es sei jemand gestorben oder seine Wohnung abgebrannt, nicht einmal, er sei von einem Magen-Darm-Infekt heimgesucht worden oder habe sich das Bein gebrochen. Jan schrieb: Ich muss einfach auf diese Demo morgen, und in Familienfeiern bin ich eh nicht so gut, wie du weißt. Dein Kleid wird viel schöner leuchten, wenn ich nicht als Schandfleck danebenstehe. Habt ein rauschendes Fest, deine Rede wird großartig!

Anna legte das Telefon zur Seite, ging zum Kleiderschrank, nahm wahllos Unterwäsche heraus und stopfte sie in den Rucksack. Als sie ihn schließen wollte, musste sie sich aufs Bett setzen. Sie hielt die Enden des Zugbandes in den Händen und kam nicht weiter, in ihrem Kopf Leere, dann tausend Gedanken auf einmal, tausend begonnene Entgegnungen.

Es klopfte, Vicky stand in der Tür: Ich hab Kaffee gemacht, oder brauchst du vielleicht eher einen Schnaps? Mensch, Anna, was ist denn?

Anna deutete auf ihr Handy, sie schämte sich für die Nachricht, aber natürlich würde Vicky sowieso alles erfahren, und sie war nicht bereit, auch noch in eigenen Worten wiederzugeben, was Jan geschrieben hatte.

Vicky las und wurde laut, gestikulierte heftig mit dem Telefon in der Hand, das sei doch einfach eine Unverschämtheit, das Allerletzte. Was soll das heißen, in Familienfeiern ist er nicht so gut, du warst schließlich auch schon mit ihm auf Festen bei seiner Familie, das war ja offenbar alles ganz nett, und überhaupt kann er doch total gesellig sein. Und andererseits die Demo vorzuschieben, was denn nun, das hätte er sich mal früher überlegen sollen, als würde es nicht reichen, wenn das gesamte Institut gegen Bologna auf die Straße geht und viele andere auch.

Wie genau sein Verhältnis zu seiner Familie ist, durchschaue ich bis heute nicht richtig, entgegnete Anna. (Ihrem Verdacht, dass Jans Beziehung zu seinen Eltern durch irgendetwas Ungeklärtes, Tiefsitzendes belastet wurde, war sie nie weiter nachgegangen, aus dem diffusen Gefühl heraus, dass die Fremdheit zwischen ihnen dann überhandnehmen und alles aus dem Gleichgewicht geraten würde.) Und bei der Demo geht es ja um eine große Sache, gab sie zu bedenken, er hat es sich auch durchaus lange überlegt, es ist einfach sehr blöd, dass das morgen so zusammenfällt.

Aber er hatte sich doch entschieden, dich zu begleiten, was ja auch die einzig akzeptable Entscheidung war! Ich fass es nicht, jetzt nimm ihn nicht auch noch in Schutz, und das mit euch ist keine große Sache, oder was? Kannst du bitte mal wütend werden?

Anna kämpfte mit dem Impuls, sich die Ohren zuzuhalten, und wusste doch nicht, was sie ohne die Freundin getan hätte. Wahrscheinlich wäre sie einfach sitzen geblieben und nie mehr aufgestanden, hätte etliche Nachrichten verfasst und wieder verworfen oder, schlimmer noch, abgeschickt.

Vicky wusste, wann es genug und was zu tun war, sie sprach nicht weiter, nahm Anna das Band aus den Händen und zog es zu, schloss auch die Rucksackschnallen und sagte dann: Wir gucken jetzt, wann der nächste Zug fährt, vielleicht kommst du schon früher los, und ich bring dich zum Bahnhof.

Ich würde ihn am liebsten schütteln, zur Not per SMS.

Das kann ich mir denken, aber das wirst du nicht tun. Ich an deiner Stelle würde mich bei ihm nicht mehr melden und auch nicht so schnell reagieren, wenn er sich meldet.

Anna musste sehr unglücklich ausgesehen haben, denn Vicky lenkte ein: Wenn das Ganze es wert ist, wird er von selbst drauf kommen, dass das so nicht geht. Vielleicht kapiert er es jetzt mal. Du darfst nicht vergessen, es kommt alles, wie es kommen muss.

Sie waren spät dran für den früheren Zug, Vicky trug den Kleidersack, der Rucksack hüpfte im Laufen auf Annas Rücken und schlug gegen ihre Kreuzbeinhöcker. Es war gut, in Bewegung zu bleiben, ein Ziel zu haben, auf das man sich konzentrieren konnte. Durchgeschwitzt und außer Atem standen sie schließlich auf dem Bahnsteig und mussten doch noch warten, weil der Zug Verspätung hatte. Die Luft war heiß und staubig, der Sommer bisher zu trocken, auch bei Annas Eltern auf dem Land. Es hat seit Wochen kaum geregnet, hatte ihre Mutter am Telefon geklagt, schön für Omas Geburtstag, aber nicht für die Landwirtschaft.

An dem Stechen in ihrer Lunge konnte Anna sich festhalten, Salz- und Eisengeschmack; als es nachließ, blieb ein unangenehmer Hohlraum. Sie war überzeugt, den Zug nicht besteigen zu können, aber Vicky umarmte sie und hielt sie fest (ihre nackten Arme klebten aneinander, doch die Freundin roch rätselhaft frisch wie eh und je, ein Hauch von Lavendel) und schob sie, als der Zug endlich da war, praktisch in einen der Waggons, sie drückte ihr das Kleid in die Hand und hob kämpferisch beide Fäuste. So stand sie noch da, als der Zug aus dem Bahnhof fuhr. Unter anderen Umständen hätte Anna lächeln müssen. Siehst du, du hast Glück, noch gar nicht so voll für Freitag um diese Uhrzeit, hatte Vicky gesagt, als Anna einstieg, und wirklich fand sie einen Sitzplatz, was man durchaus Glück nennen konnte, keine Frage.

Ihrer Familie brauchte Anna nichts vorzumachen, sie musste nicht viel sagen, als sie am frühen Abend ohne Jan vor der Tür stand. Ihre Eltern zogen sie fest an sich und behandelten sie ansonsten wie ein rohes Ei, ihr Bruder enthielt sich pietätvoll jeden Kommentars, nur ihre Großmutter bemerkte: Kind, was siehst du traurig aus, eine für die alte Bäuerin ungewöhnlich emotionale Aussage.

Wie aufs Stichwort füllten sich Annas Augen mit Tränen, ach, Oma, sie umarmte die schmale, aber zähe Frau, diese Kraft unter der trockenen Haut, und Anna schämte sich für ihre eigene Schwäche. Morgen feiern wir, wollte sie sagen, aber die Worte kamen ihr nicht über die Lippen.

Beim Abendbrot schluckte sie den Kloß im Hals hinunter, zusammen mit den Kartoffeln, die ihre Mutter mit Speck und Zwiebeln briet. Dazu gab es Spiegelei, und Anna aß mit Hingabe, zu irgendetwas musste Jans Abwesenheit schließlich gut sein. Im Anschluss schlug ihr Vater wieder einmal einen Spaziergang vor, seine Tochter war schon öfter hergeflüchtet, als es in der Vergangenheit kleinere Krisen mit Jan gegeben hatte. Wenn es nicht gerade die Stunde der Dämmerung und der Rehe war, hatten sie den Labrador mitgenommen und ihn seine Kreise auf den Feldern ziehen lassen. Die entfesselte Energie des schwarzen Tieres hatte eine wundersam beruhigende Wirkung auf Anna, die sich streckenden und wieder beugenden Läufe, der sich hebende und senkende Kopf mit den fliegenden Ohren (das Einzige, was in Abständen zu sehen war, wenn das Korn hoch stand). Manchmal ließen sie den Hund apportieren; wenn man die Kraft einmal aufbrachte, war das Schleudern des Stöckchens Therapie, gleichmäßige, unendliche Wiederholung. Ihr Vater machte sie auf Vögel aufmerksam, er liebte die ihren namensgebenden Ruf ausstoßenden Kiebitze über den Äckern, kiwitt, kiwitt, zwischendurch sagte er etwas wie, ach, Tochter, das Leben ist eins der schwersten, nicht wahr, und legte ihr die Hand in den Nacken. Er war der einzige Mensch, der das durfte, eine für Anna nur auf der Grundlage absoluten Urvertrauens auszuhaltende Geste.

Diesmal lehnte Anna ab, sie verzog sich auf ihr Zimmer, blickte minütlich auf ihr Handy, keine weitere Nachricht, sie dachte an Vicky und schaltete das Gerät schließlich aus. Am Schrank hing das Paisleykleid, die Farben schimmerten durch die halbtransparente Hülle, Anna hängte das Kleid in den Schrank und drückte die Tür zu. Die Traurigkeit war eine klebrige, lähmende Versuchung, Wut hätte gutgetan, war aber außer Reichweite, ja außerhalb der Vorstellungskraft. Das frisch bezogene Bett war zu breit, ihr tat alles weh, zu allem Übel hatte sie in der Hast des Aufbruchs versäumt, ihren Walkman einzupacken. Im Regal stand ihr alter Gettoblaster, doch sie hatte keine passende Musik da, so litt sie still, ohne musikalische Untermalung, ohne Trost. Irgendwann stemmte sie sich hoch, zog sich aus und legte sich nackt auf den nackten Fußboden, bäuchlings, ihre harten Hüftknochen auf dem harten Holz, ihre Brüste platt gedrückt, tiefer konnte man nicht fallen, so ließ sich die Nacht überstehen.

Am nächsten Morgen war der Himmel diesig, die ersten Tropfen fielen, noch ehe die ersten Gäste eintrafen. Wie zu solchen Anlässen üblich war im Garten ein Zelt aufgebaut, sodass niemand mehr nass wurde, der es einmal über den feuchten, wenn auch nach der langen Trockenheit bräunlich gelben Rasen geschafft hatte. Es wurde bald eng im Zelt und die Luft dünn, man rückte zusammen, während der Regen auf die Plane klopfte, und die Stimmung war so ausgelassen, wie sie es bei Sonne und über den Garten verteilten Gästen nicht hätte sein können. Anna trug ein altes, unauffälliges Leinenkleid, das ihr leicht übertriebenes, die roten Augen und blassen Wangen leidlich kaschierendes Make-up angemessen abmildern sollte. Sie hätte wissen können, dass beides in diesem Rahmen nicht interessierte, die Menschen hier kannten sie von klein auf und begegneten ihr mit der größten Selbstverständlichkeit, ohne genau hinzusehen. Sie hatte den Eindruck, neben sich zu stehen, und fühlte sich dennoch wohl: der Geruch von Kölnisch Wasser, schwitzende rote Gesichter, viele davon voller Falten, vertraute, unkomplizierte Herzlichkeit, es waren auch einige Cousinen und Cousins in ihrem Alter da, die sie lange nicht gesehen hatte. Niemand fragte nach Jan, und sie war darauf bedacht, wenig zu trinken und ihren Gesprächspartnern viele Fragen zu stellen, sodass sie selbst nicht in den Fokus geriet.

Beim Mittagessen an langen Biertischen war sie nach der Suppe mit ihrer Rede dran, von ihrem Vater anmoderiert. Die Hand, in der sie ihre Notizen hielt, zitterte leicht, genau wie ihre Beine, als sie aufstand, doch es ging gut, ihre Ansprache war sehr persönlich und das Publikum wohlwollend. Ihre Großmutter hatte die ganze Zeit über konzentriert eine Hand hinter ein schwerhöriges Ohr gelegt und strahlte vor Stolz, es war unverhältnismäßig und brach Anna das Herz. Als sie über ihren verstorbenen Großvater sprach, sah sie die Szenerie plötzlich von außen und verlor den Faden. Ein beachtliches Donnergrollen rettete sie, die Zuhörenden waren einen Moment abgelenkt, und sie konnte sich so weit sammeln, dass es ihr gelang, rasch zur Schlusspointe überzuleiten. Es wurde laut geklatscht, und Anna ging zum Kopfende des Tisches und nahm von der Jubilarin Lob und Dank entgegen.

Je mehr Gäste sich im Laufe des Nachmittags, nach dem Kaffee, nach Gesang und Tanz, verabschiedeten, desto unruhiger wurde Anna, sie ersehnte und fürchtete den Blick auf ihr Handy, das seit dem Vorabend ausgeschaltet in ihrem Zimmer lag. Als sie durch das noch feuchte Gras ins Haus ging, bekam sie schlecht Luft, obwohl diese nach dem Gewitter viel klarer war. Oben setzte sie sich aufs Bett, drückte mit fahrigen Fingern Tasten, sie musste eine Weile warten, der Empfang war hier nicht der beste. Sie stand auf, stellte sich ans Fenster, dann wurden zwei Nachrichten angezeigt. Beide waren von Vicky, die schrieb: Wie ist die Lage? Im Zweifel hart bleiben und lieber mich anrufen, nicht ihn!!! Und: Hab ihn auf der Demo übrigens nicht gesehen, und es war nicht soo voll (schade eigentlich).

Anna schluckte mehrmals, doch der Kloß hielt sich unnachgiebig. Dass Vicky Jan nicht gesehen hatte, konnte alles bedeuten. Wenn er tatsächlich nicht da gewesen war, war das womöglich ein gutes Zeichen (saß er zu Hause, rauchte eine nach der anderen und haderte mit seiner Entscheidung?). Aber vielleicht war er doch da gewesen, und so oder so hätte er sich längst melden können.

Sie raffte sich auf, um unten beim Aufräumen zu helfen; Vicky eine beruhigende Antwort zu schicken, gelang ihr nicht, ihr fiel beim besten Willen nichts Beruhigendes ein. Sie zwang sich, ihr Telefon auf dem Zimmer zu lassen, und so sah sie Jans Nachricht erst, als sie abends wieder hochging, nach dem Aufräumen, der anschließenden Fahrradtour durch die Gemeinde, zu der die gesamte Familie sie überredete, und dem Abendessen. Es war nicht so, dass sie die Hoffnung aufgegeben hatte, aber wenn sie sich die Zukunft, irgendeine Zukunft, vorzustellen versuchte, kam sie nicht weiter, sie rannte gegen eine schwarze Wand.

Jan schrieb: Hey du, wollte dich nicht beim Feiern stören, hoffe, es war schön, können wir telefonieren?

Nicht zu antworten, fiel ihr nicht schwer. Vicky wäre stolz auf sie, sie wollte nicht telefonieren und schon gar nicht zuvor gefragt werden, so viel Rücksicht brauchte kein Mensch, sie jedenfalls brauchte volle Fahrt voraus, mit dem Kopf durch die Wand. Und doch war es, als sei sie in letzter Sekunde vor einem Frontalzusammenstoß bewahrt worden. Seine Nachricht war Zukunft genug, um die Nacht nicht auf dem Boden verbringen zu müssen, und als sie gerade im Bett lag, kam die nächste: Anna, ich glaube, ich hab einen Riesenfehler gemacht, aber bitte, gib mir doch irgendein Zeichen.

Wenig später begannen die Anrufe. Sie schaltete den Ton ab, blickte auf das leuchtende Display, eine meditative Übung, die sie nicht lange durchhalten konnte, schließlich machte sie das Handy ganz aus.

Es ging nicht so sehr darum, ihn zappeln zu lassen, es war kein Spiel. Vielleicht hoffte sie, durch den Abstand Erkenntnis zu gewinnen, womöglich gar Unabhängigkeit herzustellen, ein Gleichgewicht. Beide Hoffnungen waren, im Nachhinein betrachtet, rührend naiv, für ein bisschen Erkenntnisgewinn sollte sie viele Jahre Abstand brauchen, und zu der Erkenntnis gehörte auch, dass es in der Liebe selten Unabhängigkeit und Gleichgewicht gibt. Jahre später würde sie im Rückblick denken, dass die Konvention, die äußere Vorstellung davon, was es heißt, ein Paar zu sein, eine größere Rolle gespielt hatte, als ihr klar gewesen war. Sie zweifelte gar nicht an Jans Gefühlen, sie stand eher unter einem Zwang zur Zukunft, einer Zukunft, in der alles möglich sein sollte, der gemeinsame Besuch von Familienfeiern, die Gründung einer eigenen Familie. Er wiederum schien die Gegenwart so weit ausdehnen zu wollen, dass dahinter kein Raum für eine Zukunft war, die im Grunde nur die unendliche Fortsetzung der Gegenwart ist, Stück für Stück von ihr verschlungen wird und dabei aufhört, glorios zu sein. Hätte jemand Anna damals gesagt, dass sie wählen konnte zwischen konventionellen Zukunftsaussichten und dem, was Jan und sie hatten, sie hätte sich, ohne zu zögern, für Letzteres entschieden. Sie aber hoffte, sie könnte alles haben, sie war jung und lebenshungrig, und die Konvention gehörte auch zum Leben. Sie wusste noch nicht, dass Glück einen Preis hat.

Sie erwachte spät am Sonntagvormittag, sie ließ das Handy links liegen und tappte, leicht desorientiert und unterschwellig gleich wieder ruhelos, nach unten. Aus dem Zimmer ihres Bruders hörte sie Gitarrenklänge, ihre Mutter und Oma mussten in der Kirche sein, ihr Vater las auf der bereits wieder heißen Terrasse die Zeitung, den hechelnden Dackel zu seinen Füßen, und blickte sie, als sie hinaustrat, über den Rand hinweg an.

Jan hat ungefähr vor einer Stunde angerufen, sagte er statt einer Begrüßung. Er hat sich umständlich entschuldigt für die frühe sonntägliche Störung und für sein Nichterscheinen gestern. Eigentlich wollte er natürlich dich sprechen, das soll ich dir sagen.

Er richtete den Blick wieder auf die Zeitung und fügte nach einer kurzen Pause hinzu: Dass er sich getraut hat, hier anzurufen, fand ich einigermaßen mutig, er musste ja damit rechnen, dass nicht unbedingt du rangehst, entsprechend milde habe ich reagiert.

Papa, du reagierst immer milde, wandte Anna ein. Und das weiß er doch auch.

Wenn du meinst, brummte ihr Vater und hielt die Zeitung demonstrativ ein Stück höher. Ihr müsst es ja sowieso alles selbst wissen.

Insgeheim gab Anna ihm recht, sie hätte sich an Jans Stelle schwergetan mit diesem Anruf, andererseits wäre ihr gar nicht erst eingefallen, die Verabredung nicht einzuhalten. Auf ihrem Telefon sah sie, dass seine Anrufe erst spät in der Nacht aufgehört und frühmorgens wieder angefangen hatten, auch Nachrichten waren hinzugekommen. Sie hatten, wie schon am Vortag, eine neue Qualität, waren prosaischer, ungeschliffener, ernster als ihre sonst üblichen Wortspiele, Anspielungen und Codes.

Sie schrieb ihm, dass er ihr etwas Zeit geben solle, sie habe beschlossen, noch ein paar Tage bei ihrer Familie zu bleiben. Sie meinte kein Wort davon, noch nie war ihr die Zeit so lang geworden wie in den vergangenen zwei Tagen. Sie dachte, er müsse das wissen, es kommt alles, wie es kommen muss, doch seine Kontaktversuche endeten abrupt, nachdem sie die Nachricht abgeschickt hatte. Das Warten begann von Neuem, von Stunde zu Stunde wurde ihr elender zumute, erst wuchs in ihr der Groll gegen sich selbst und dann auch gegen Jan, der sich an ihre Bitte hielt. Sie rief Vicky an, die angesichts des letzten Stands der Dinge etwas ratlos, grundsätzlich jedoch der Meinung war, ein wenig mehr Abstand könne der Sache nur guttun.

Anna blieb nichts anderes übrig, als sich weiter ablenken zu lassen, so gut es ging. Allzu viel Zerstreuung gab es nicht, sämtliche Spuren des Festes waren längst getilgt, der Partyservice hatte bereits gestern das Zelt abgebaut, alle ruhten sich aus. Für dieses Wochenende hatte man sich bewusst keine Arbeiten in Haus und Hof vorgenommen, abgesehen davon, dass hier der Sonntag noch etwas galt, wenn nicht gerade dringende Aufgaben in der Landwirtschaft anfielen.

Je weiter der Tag voranschritt, desto unsicherer wurde Anna, immer wieder las sie Jans Nachrichten und suchte vergeblich nach der ultimativen Liebeserklärung.

Als sie ihren Bruder, der inzwischen ebenfalls studierte, zum Bahnhof in die Kreisstadt brachten, erwog sie, doch noch heute zurückzufahren. Nachdem sie die Gelegenheit hatte verstreichen lassen, war sie zunächst erleichtert. Sie versuchte, sich auf den mitgebrachten Lernstoff für eine Klausur zu konzentrieren, landete aber mit ihren Eltern vorm Fernsehkrimi, in dem alles schön geordnet ablief, mehr oder weniger. Danach schlug ihr eigenes Chaos umso erbarmungsloser über ihr zusammen, sie hatte nicht das Gefühl, sich einfach bei Jan melden zu können; die Beklemmung des ersten Abends kehrte zurück, in der Nacht schlief sie kaum.

Am nächsten Morgen ließ sie das Telefon ausgeschaltet, und täglich grüßt das Murmeltier, kurze Euphorie bei dem Gedanken, dass sie in allem Routine entwickeln würde, dann aber wusste sie nichts anzufangen mit dem Tag. Ihre Eltern waren bei der Arbeit, die Hunde lagen ermattet in der kühlen Diele, ein Spaziergang wäre Tierquälerei gleichgekommen. Auf dem Feld hintern Haus sah sie den Mähdrescher seine Bahnen ziehen, denn der Weizen war schon wieder trocken nach dem Wolkenbruch am Samstag. Sie dachte an die Vorlesung, die sie gerade verpasste, und kam sich nutzlos vor.

Ihre Großmutter rettete sie, indem sie um Hilfe beim Marmeladekochen bat, die Stachelbeeren waren bereits gepflückt, und während Oma die Gläser abkochte, durfte Anna rühren, ihre alte Arbeitsteilung. Die mechanische Tätigkeit war wohltuend, Anna sah gedankenverloren aus dem Fenster, ein Fußgänger bog in die Hofeinfahrt ein, was ungewöhnlich war, die meisten hier kamen motorisiert oder mit dem Fahrrad. Sie erstarrte in der Bewegung; ordentlich rühren, Kind, mahnte die Großmutter.

Ich glaub, ich muss mal raus, murmelte Anna.

Die alte Frau, die sich weigerte, ein Hörgerät zu tragen, sah sie fragend an. Anna deutete aus dem Fenster, ihre Großmutter beugte sich vor und kniff die Augen zusammen.

Na, dann musst du wohl mal raus, sagte sie lakonisch. Geh nur, ich komme hier zurecht.

Und Anna ging, in dem Bewusstsein, dass die Marmelade lediglich Beschäftigungstherapie war und ihre Hilfe nicht wirklich gebraucht wurde. Wenn er jetzt ums Haus herumschleicht und Steinchen an mein Fenster wirft, dachte sie, rede ich nie wieder ein Wort mit ihm. Es klingelte, sie öffnete die Haustür und blickte in Jans Gesicht, das furchtsam aussah wie nie. Sie wollte ihn nicht anlächeln, aber sie musste.

In die Angst in seinem Ausdruck mischte sich Erleichterung, sein T-Shirt klebte am Körper, von Schweißflecken zu sprechen, wäre stark untertrieben gewesen.

Bist du etwa den ganzen Weg gelaufen?, sagte sie spöttisch.

Hunderte Kilometer, sagte er, ich bin sofort nach deiner SMS gestern losgegangen, und jetzt bin ich hier.

Nun werd mal nicht frech, ihre Strenge war nur halb gespielt, dann bist du wohl jetzt nicht unbedingt bereit für einen Spaziergang?

Für dich gehe ich bis ans Ende der Welt, sagte er, sein Mundwinkel zuckte leicht dabei. Um ehrlich zu sein, er lupfte sein T-Shirt, der Weg von der Bushaltestelle hat schon gereicht.

Jetzt hoben sich beide Mundwinkel. Ihr wurde schlecht bei der Erkenntnis, wie sehr sie ihn vermisst hatte, vielleicht schlugen ihr auch nur die Temperaturen auf den Kreislauf, sie hielt sich am Türrahmen fest.

Allerdings kann ich deiner Familie wohl nicht mehr unter die Augen treten. Er grinste nicht mehr, schien sich ernstlich unwohl zu fühlen in seiner Haut.

Sie hob die Schultern, angerufen und geklingelt hast du ja schon. Im Moment ist sowieso nur Oma da.

Sie müsste ich ja zuallererst um Verzeihung bitten.

Nach mir, meinst du.

Anna, ich …

Komm, du kannst es gleich hinter dich bringen, sie ist in der Küche, bei der Gelegenheit bekommst du auch ein Glas Wasser, und dann können wir vielleicht doch ein bisschen raus, ich kenne einen schattigen Geheimweg.

Ohne seine Reaktion abzuwarten, ging sie vor in die Küche und dachte dabei, er könnte immer noch weglaufen, aber er kam ihr tatsächlich nach, sie spürte ihn überdeutlich hinter sich. Ihre Großmutter war dabei, die Marmelade in die Gläser zu füllen, und ließ sich nicht stören. Erst als Anna ihr eine Hand auf den Arm legte, hielt sie inne, sie drehte sich um und nickte Jan kurz zu.

Es war davon auszugehen, dass solche Irrungen in ihrer Welt nicht vorkamen, und so hatte es etwas Groteskes, als Jan druckste, das Ganze sei ihm furchtbar unangenehm (lauter sprechen, erinnerte ihn Anna, die neben der alten Frau stehen geblieben war, sie tippte sich ans Ohr, er hob folgsam die Stimme). Er bitte um Verzeihung, das Fest mit Annas Ansprache sei hoffentlich trotzdem schön gewesen, und alle guten Wünsche nachträglich zum Geburtstag.

Er nestelte an seinem Rucksack und zog schließlich ein Päckchen im CD-Format hervor. Anna war überrascht, ihr Hauptgeschenk war die Rede gewesen, und als Jans und ihr gemeinsames Präsent hatte sie am Samstag einen Gartenbildband überreicht.

Ihre Großmutter bedeutete Jan mit einem weiteren Kopfnicken, das Geschenk auf den Küchentisch zu legen, es war unmissverständlich, dass sie es jetzt nicht auspacken würde. Dann erst streckte sie die Hand aus, Jan beeilte sich, auf sie zuzugehen und sie zu ergreifen, und ihre Großmutter sagte: Passen Sie mal gut auf Anna auf.

Jan nickte so beflissen, dass es Anna unangenehm war,

sie holte rasch ein Glas aus dem Schrank, füllte Wasser hinein und reichte es ihm; er wirkte froh, die Hände freizubekommen, und trank hastig.

Die alte Frau wandte sich wieder dem Herd zu. Kann ich dich hiermit wirklich allein lassen?, fragte Anna laut; das schaffe ich schon, gab ihre Großmutter zurück.

Puh, sagte Jan, als sie, zwischen sich einige Zentimeter Sicherheitsabstand, durch das Wäldchen hinter der Scheune gingen. Bis hierher hatten sie geschwiegen. Deine Oma hat mir das ganz schön übel genommen.

Was hast du denn erwartet?, fragte Anna irritiert. Es geht dabei ja auch nicht um sie, sondern um mich.

Er sagte, er habe verstanden, dass er Anna verletzt habe, aber die Demo sei schließlich wirklich wichtig gewesen, und ob sie sich nicht gegenseitig die Freiheit lassen könnten, von Fall zu Fall zu entscheiden, ob sie etwas zusammen machten oder getrennt.

Sie parierte hitzig, das sei ja gerade das Problem gewesen, dass er sich entschieden habe, mitzukommen, und dann in letzter Sekunde umgeschwenkt sei, nachdem sie sich so gefreut hatte.

Ob sie sicher sei, dass es darum gehe, und sie nicht vielleicht doch per se eine Familienfeier wichtiger finde als eine Demo.

Ob er das etwa habe testen wollen, fragte sie fassungslos und hatte schon wieder Schluckbeschwerden. Außerdem sei in seiner Absagenachricht, deren Form man ohnehin feige nennen müsse, ja gar nicht nur von der Demo die Rede gewesen, sondern auch davon, dass er per se ein Problem mit Familienfeiern habe, und ob das etwa mehr Berechtigung habe als ein genereller Vorrang von Familienfeiern, den er ihr unterstellte.

Sie merkte, dass sie sich in etwas hineinredeten, zugleich hatte sie das Gefühl, sie könnten kurz vor einem Durchbruch stehen, als Jan sie und womöglich sich selbst bremste, indem er anhielt und sagte: Anna, ich bin doch jetzt hier, remember, all die Kilometer.

So leicht kriegst du mich nicht diesmal, dachte sie, obwohl sie spürte, wie sein durchdringender, gleichzeitig sanfter Blick sie mürbe machte (diese unten frei schwebende und oben ein Stück weit verhangene Iris). Und dann sagte Jan, er sei gar nicht auf der Demo gewesen, weil er in der Nacht davor Hunderte Nachrichten an Anna verfasst und verworfen und sich dabei so betrunken habe, dass er den ganzen Samstag brauchte, um wieder einigermaßen klarzukommen.

Dies machte im Grunde alles noch absurder, dachte Anna, doch Jan wirkte nach seinem Geständnis so kleinlaut, dass sie beschloss, es auf sich beruhen zu lassen. Dass er hergekommen war (wenn auch nicht zu Fuß), allein dass er es riskiert hatte, ihrer Familie unter die Augen zu treten (auch wenn er möglicherweise damit kalkuliert hatte, dass ihre Eltern nicht zu Hause waren), beeindruckte sie wider Willen tatsächlich, und sie erklärte dieses Experiment, denn zu dem hatte sich das Ganze auch von ihrer Seite entwickelt, vor sich selbst für beendet. Ihr Familiensinn war nachrangig, sein politisches Bewusstsein war nachrangig, es war nachrangig, inwiefern sie diese Werte teilten und ob der Wert der Freiheit nicht darüberstehen sollte, inwiefern nicht gar die Freiheit wie auch die Unterschiede, ja die genuine Fremdheit zwischen ihnen ihre Verbindung erst ausmachten und womöglich im Widerspruch standen zu einer zukunftsgerichteten Beziehung. Es ging nur darum, dass die Wand überwindbar wurde, ob durch eine Kletterpartie, einen Umweg oder ein Loch, weil sie bröckelte, auch das war nachrangig.

Tja, da haben wir wohl beide sehr gefehlt gegen Studiengebühren. Hab von Vicky gehört, dass leider nicht so viele da waren, sagte Anna, und sie trat einen Schritt auf Jan zu, ihre Blicke verhakten sich und dann ihre Finger und Arme.

Sie waren beide klatschnass, Schatten hin oder her, die Hitze, seine Haut, sein Geruch, plötzlich musste es schnell gehen (üblicherweise hatten sie alle Zeit der Welt). Sie behielten das meiste an, sie bissen sich eher, als dass sie sich küssten, es ging weniger darum, den anderen zu schmecken oder zu reizen, als darum, ihn sich einzuverleiben, seine Bartstoppeln scheuerten ihre Haut wund. Dass er im Rucksack Kondome hatte, brachte sie kaum aus der Fassung, der Waldboden war nicht weich, im Eifer des Gefechts schabte Anna sich die Knie auf und später die Stelle über dem Steißbein, ein kurzes, scharfes Brennen, kleine Stöckchen stachen ihr in die Oberschenkel, endlich war sie wieder in ihrem Körper zu Hause. Wenn sie sich gerade nicht bissen, ließen sie einander nicht aus den Augen, bei aller Hast stand im entscheidenden Moment die Zeit still, das Ganze war offen, tief und innig, Anna ertappte sich bei dem Gefühl, dass keiner von ihnen mehr dahinter zurückkönnte; als sie laut wurde, küsste Jan sie wirklich, sie behielt die Augen offen.

Wie sie seine Gelassenheit liebte, danach. Er umfasste sie, fest und unendlich behutsam. Aus der Ferne war das monotone Rattern des Mähdreschers durch die Bäume zu hören, und es dauerte lange, bis sich ihr Atem beruhigte.

Was ist eigentlich drin in dem Geschenk für Oma?, fragte sie irgendwann.

Schuberts Impromptus, die Aufnahme von Brendel. Sie hört doch manchmal gern Klassik, hast du erzählt?

Und warum hast du mir nichts mitgebracht?

Er drehte sich zur Seite, ein Stück von ihr weg, dann hielt er ihr eine blaue Blüte hin. Es war unerklärlich, dass um diese Jahreszeit, bei dieser Trockenheit noch ein Vergissmeinnicht blühte, aber Anna hatte das Hinterfragen für heute aufgegeben, und sie ließ sich die Blume von Jan hinters Ohr stecken.

Ich bin so ein Trottel, sagte er, ich hätte dich so gerne in diesem Kleid gesehen. Ziehst du es mal für mich an?

Zu unserer Hochzeit, vielleicht, sagte sie herausfordernd.

Er sah sie lange an. Wenn das die Bedingung ist, müssen wir definitiv heiraten, sagte er schließlich.

Sie wusste, es war kein Antrag, und doch fühlte sie sich jetzt wie der Fisch im Wasser, sie schwamm instinktiv, schwarze Wände waren nichts als Wellen, kein Hindernis für sie.

Sie trennten sich auf dem asphaltierten Weg jenseits des Wäldchens. Er würde den nächsten Bus gut erreichen, sie würde in den nächsten Tagen nachkommen, wenn sie so weit wäre. Ihre Familie brauchte ihre Versöhnung nicht hautnah mitzuerleben, ein sachlicher Hinweis darauf würde genügen. Anna fühlte sich ohnehin, als müssten die intimen Details ihr an der Nasenspitze anzusehen sein (obwohl natürlich niemand etwas sagen würde, am wenigsten ihre Großmutter). Auch Jan gegenüber wollte sie nicht so weit hinter ihre Ankündigung, noch ein paar

Tage hierzubleiben, zurück, selbst wenn sie dadurch weitere Veranstaltungen verpasste.

Jan konnte es nur recht sein, sich in dieser Situation nicht der ganzen Familie präsentieren zu müssen, doch er hielt ihr Gesicht in beiden Händen und sagte nachdrücklich, er werde bei jedem verdammten Zug, in dem sie sitzen könnte, am Bahnsteig auf sie warten, zur Not bis in alle Ewigkeit. Sie sah ihm nicht nach, als er die Straße hinunterging. Sie bog in die Hofeinfahrt ab, leichten Herzens.

Zwei weitere Tage hielt sie es gut aus, konnte sich nun in Ruhe auf Klausuren vorbereiten und zwischendurch mit dem Hund durch die Felder spazieren. Einmal kamen sie am Haus des Landarztes vorbei, in dem jetzt ein Landschaftsgärtner wohnte, einen Arzt gab es hier nicht mehr. Rabeas Familie war schon vor Jahren weggezogen, zurück in die Großstadt, weil Angelika Depressionen bekommen hatte, der Kontakt war eingeschlafen.

Es gab täglich mehrere Züge, doch als Anna am dritten Tag mit dem letzten von ihnen in den Bahnhof einfuhr, löste sich eine schmale Gestalt aus dem Schatten des Bahnsteigs. Es war wie choreografiert, sie erkannte Jan sofort, und ihr Waggon kam exakt auf seiner Höhe zum Stehen. Dies blieb allemal ein Rätsel, niemand hatte sie zum Bahnhof gebracht und konnte wissen, in welchem Wagen sie saß. Sie fragte Jan nicht, ob ihre Eltern ihm wenigstens zum Zug einen Tipp gegeben hatten, ob er am Bahnhof campiert hatte oder bei jedem Zug Posten bezogen hatte, sie nahm es hin, wie es war, und ging mit ihm nach Hause.

JETZT

Bob Dylan sieht ihr nicht beim Packen zu, er hält den Blick gesenkt, scheint über die Mundharmonika hinweg seine Gitarre zu betrachten. Es ist nicht so sehr Diskretion, eher Desinteresse, er hätte wohl keine Meinung zu dem, was sie im Begriff ist zu tun. Seinen Balladen nach zu urteilen, würde es ihn wenig beeindrucken, ihm ist ganz sicher nichts Menschliches fremd. Sie schiebt ihm leichthin die Schuld in die Schuhe, sie hat seine Lieder zu oft gehört; das, was er in unendlichen Variationen besingt, und wie er es tut, die Rastlosigkeit und die Verheißung darin, haben sie doch eigentlich in diese Lage gebracht.

Dies wird keine kleine Flucht (wenn überhaupt, dann eine große), sie müsste dringend schlafen, stattdessen ruft sie ein Taxi (und denkt dabei mit Genugtuung an Moritz' Finanzermahnung). Der letzte Bus ist wahrscheinlich schon weg, und um noch zu laufen, war der Tag zu lang, zumal sie nicht weiß, ob der Weg vergeblich sein wird. Trotzdem lässt sie den Schlüssel auf dem Küchentisch liegen, noch ein Blick in den Flurspiegel, *Midnight Red* nachlegen; als die Wohnungstür hinter ihr zufällt, fühlt sie sich befreit.

Wann haben Taxis aufgehört, nach Leder und Tabak zu riechen? Ohne diesen Geruch fühlt sich die Fahrt nur halb so dekadent an; es macht nichts, wichtiger ist, dass der Fahrer nicht rast. Der Wagen fährt durch stille Straßen, vorbei an dunklen Fenstern, so beschaulich hatte sie die Stadt nicht in Erinnerung. In irgendwelchen entlegenen Berliner Bezirken ist es an einem späten Mittwochabend vielleicht ähnlich ausgestorben, aber niemals im Zentrum. Durch die einfach verglasten Fenster ihrer Altbauwohnung hören sie immer wieder Gruppen von Partygängern draußen vorbeiziehen, wenn die Kinder sie nachts wecken, ein willkommener Gruß aus einem anderen Leben. Es kommt Anna plötzlich ganz und gar unwahrscheinlich vor, dass Jan es all die Jahre hier ausgehalten haben, dass ihre nostalgische Erinnerung immer noch sein Leben sein soll.

Es stimmt nicht, dass sie sich seit ihrer Trennung nie gefragt hat, wie ein Wiedersehen verlaufen würde, wenn auch kein bewusst herbeigeführtes, so weit reichte ihre Vorstellungskraft nicht, zumindest in den ersten Jahren. Jene Zeit war wie eine einzige Ausdehnung der Sommertage um den Geburtstag ihrer Großmutter, es ging nur ums Überleben. Sie dachte, Jan müsse aus der Welt gefallen sein, denn anders konnte sie sich seine plötzliche Abwesenheit nicht erklären. Dann wieder wusste sie instinktiv (es war die einzige Gewissheit, die ihr noch blieb), dass er eine Gefahr war, vor der sie sich hüten musste (den Kontakt zu seinem gesamten Umfeld, das teils zu ihrem geworden war, brach sie ab, sodass die Welt nicht nur ohne ihn, sondern auch ohne seine Freunde auskommen musste). So weit reichte ihre Vorstellungskraft manchmal doch, je länger die Trennung zurücklag, vor allem, seit die Kinder da waren und sie sich Moritz und auch ihrer selbst zunehmend entfremdet fühlte. Sie stellte sich vor, Jan in seiner Sprechstunde aufzusuchen; würden sie sich in die Arme oder gar übereinander herfallen? In Erinnerungen schwelgen? Abrechnen? Über ihr aktuelles Leben plaudern? Einander einen Abriss des vergangenen Jahrzehnts geben? Würden sie einander Fotos ihrer Kinder zeigen? Oder nur sie ihm welche von ihren? Würden sie ein soziologisches Problem diskutieren, einen Kaffee trinken gehen, einen Spaziergang machen? Würde sie ihn nach Hause begleiten? Würden sie zusammen durchbrennen? Nichts davon war zu Ende denkbar. Genauso wenig aber war es das ungeplante Wiedersehen. Sie sprach mit Vicky darüber, was mache ich, wenn ich ihm plötzlich am Hackeschen Markt in die Arme laufe (die Hauptstadt besucht jeder mal) oder im Zug zu meinen Eltern, am Bahnhof irgendwo beim Umsteigen? Ihr habt doch gar nicht mehr dieselbe Strecke, wandte Vicky ein, außerdem fährst du kaum noch Bahn. Hauptsache, du läufst ihm dann nicht tatsächlich in die Arme, nein, jetzt mal im Ernst, wenn er die Frechheit besitzt, dich anzuquatschen, nach allem, was war, dann würde ich ihn fragen: Kennen wir uns? So lautete Vickys emphatischer Rat.

All das ist natürlich Theorie, die Zeit heilt keine Wunden, oder vielleicht doch, indem sie eine dicke Schicht aus neuen Erfahrungen darauflegt. Irgendwann erinnert man sich an Fakten, Situationen, Momente, an dingliche Details, möglicherweise an Sinneswahrnehmungen, hat jedoch keinen Zugriff mehr auf die damit verbundenen Gefühle. Man weiß um das Glück, das man verloren hat, insofern vernarbt die Wunde nur notdürftig, aber man lebt mit ihr weiter, gar nicht mal so schlecht, gewinnt an Sicherheit und findet neues, anderes Glück, das sich irgendwann selbstverständlich anfühlt.

Und doch verhält es sich in diesem Fall anders. Ja, sie hat Jans Gesicht so oft, so lang und ausführlich betrachtet, dass sie es immer noch auswendig weiß, von Momenten, Situationen und Fakten ganz zu schweigen, und es kommt ihr absolut unerhört vor, dass sie jeden Quadratzentimeter seines Körpers kennt und umgekehrt und dass sie viele Jahre ohne einander, jedoch mit diesem Wissen weitergelebt haben, aber all das ist nicht das Entscheidende. Das Entscheidende ist das Gefühl von damals, das nach wie vor tief in ihr steckt. Immer wieder fand sie es unglaublich, dass Menschen, die sie neu kennenlernten, nichts wussten, nichts merkten von ihrem Phantomschmerz. Bis heute hält sie sich tief im Innern für eine Hochstaplerin, seht her, das ist mein geordnetes, etabliertes Leben.

Manches Mal in den letzten Jahren, nicht häufig, erinnerte sie sich daran, in der Nacht von ihm geträumt zu haben. Zurück blieben keine Bilder, nur eine Stimmung. Es waren keusche, versöhnliche, sie trotzdem von Grund auf erschütternde Träume, in denen sie sich nach langer Zeit wiederbegegneten, vertraut und doch mit bis zum Zerreißen gespannten Sinnen. Er erteilte ihr für alles die Absolution, für Vergangenes und Gegenwärtiges, nicht mit großmütigem Habitus, sondern beiläufig und selbstverständlich (ob *sie* etwas zu verzeihen hatte, spielte keine Rolle). Die Erinnerung war nicht direkt nach dem Aufwachen da, sondern holte sie erst etwas später ein wie ein Schock. Nach diesen Träumen hatte sie Schwierigkeiten, im Tag anzukommen, sie fühlte sich geläutert und zugleich durch sich selbst ertappt.

Sie roch durchaus die Gefahr, als sie dem Taxifahrer die Straße nannte (ließ sich gleichwohl ablenken durch das Erstaunen darüber, dass sie sogar die Hausnummer wusste, beides musste in unvorstellbaren Tiefen gelagert haben). Worin die Gefahr aktuell bestand, hätte sie nicht genau sagen können, und im Verlauf der Fahrt versucht sie, großzügig darüber hinwegzusehen, indem sie sich an Bob Dylan hält und an ihre nächtlichen Träume. Vielleicht ist der Weg, den sie einschlägt, leichtsinnig, aber irgendwie ist die Zeit auch reif für ein bisschen Leichtsinn, und das Taxi fährt ungerührt durch die aufgeräumte, schlafende Stadt einem Altbauviertel jenseits des Zentrums entgegen.

Wie hoch ist die Wahrscheinlichkeit, dass er noch dort wohnt? Und wenn ja, dass er sie hereinlässt? Der Gedanke streift Anna, ob sie ihm überhaupt noch gefallen wird; sie fragt es sich nicht ernsthaft. Es wäre schön, wenn der springende Punkt derart oberflächlicher Natur wäre, aber die eigentliche Frage geht tiefer. Es läuft darauf hinaus, in Erfahrung zu bringen, ob alles an der Kinderfrage hing, ob ein gemeinsames Leben möglich gewesen, ob es vielleicht immer noch, oder vielmehr, ob es inzwischen möglich wäre. Sie hat sich verändert, äußerlich weniger als innerlich. Er vielleicht auch. *Hat* sie sich verändert?

Man sagt sich, kommt Zeit, kommt Rat; wenn ich unmittelbar vor dem Problem stehe, werde ich eine Lösung suchen. Das ist durchaus vernünftig, aber nur, weil einen das Suchen nach Lösungen im Vorhinein überfordert, und nicht, weil man in der Zukunft unbedingt eine Lösung finden wird, oft tut man das genauso wenig wie in der Gegenwart. Es kommt eben kein Rat, aber das Leben geht trotzdem immer weiter, eine Lehre, die sie wiederum ihren Kindern verdankt.

Sie hat nicht gewusst, was Mutterschaft bedeutet (weiß das irgendwer im Vorfeld? Der Duden nennt unter dem Stichwort das Beispiel »eine glückliche Mutterschaft«), sie hat sich ihre Kinder anders vorgestellt. Wie genau, weiß sie nicht, aber irgendwie leichter im Handling, weniger fordernd, oder wenn schon fordernd, dann dadurch wenigstens sie, Anna, zu einem anderen Menschen machend, aber das ist sie nicht geworden, oder jedenfalls nicht genug, wie es vielleicht nötig wäre, um ihren Kindern eine bessere Mutter zu sein.

Der Entschluss zum zweiten Kind ist für Anna weniger ein Entschluss gewesen als ein unbestimmter Druck, freundlicher formuliert ein Drang, andere würden es vielleicht Wunsch nennen. Für Moritz stand immer fest, dass er sich zwei Kinder wünschte, das war herrlich klar und konkret, und Anna dachte, so nehme ich alles mit, besser haben als nicht haben, wie Vicky es ausdrückte, sie meinte es nicht so materialistisch, wie es klang. Anna hatte durchaus Respekt vor der Sache, aber, wie sich herausstellen sollte, nicht genug. Die eigentliche Herausforderung jedenfalls erahnte sie nicht ansatzweise, das quälende Gefühl, sich ständig aufteilen zu müssen, allen gerecht werden zu wollen, die Quadratur des Kreises, und wie erbarmungslos das Verhalten der Kinder ihr Scheitern daran spiegeln würde. Schon unter zivilisierten Erwachsenen ist sie von Dreierkonstellationen schnell überfordert; sie hat sich nicht klargemacht, dass mit zwei Kindern die Dreierkonstellation ihr täglich Brot sein würde – und zwar keine zivilisierte. Auch die explosive Dynamik zwischen den Geschwistern hat sie unterschätzt. Ein zweites Kind bedeutet nicht einfach doppelte Arbeit, vielmehr bekommt man es mit einem extrem gesteigerten Aufmerksamkeitsbedürfnis des ersten Kindes zu tun (den Spruch, dass ein Kind kein Kind ist, zwei Kinder dagegen viele sind, kannte sie natürlich, ohne jedoch zu ahnen, dass er für ihre Familie erfunden worden war).

Ihre Erleichterung, wenn sie abends Moritz' Schlüssel im Schloss hört und das Pendel wieder Richtung Zivilisation schwingt, wenn auch nur ein Stückchen, selbst wenn das Abendessen schon vorbei ist und es »nur noch« ums Bettgehritual geht, ist unbeschreiblich, hat indes erschreckend wenig gemein mit der überschäumenden Wiedersehensfreude, die sie allabendlich empfand, als sie frisch zusammengezogen waren. Leben wäre jetzt Stille, die Abwesenheit von Sorgen, wäre Freiraum für große Gedanken.

Ich bereue nichts, hätte sie die meiste Zeit ihres Lebens gesagt, in Bezug auf alles bisher Gewesene. Ich möchte keine Erfahrung missen, alles hat sich als gut erwiesen, so wie es sich entwickelt hat. Es kommt, wie es kommen muss. Erst in den letzten Jahren hat sich ein leiser, aber nagender Zweifel eingenistet, der ein Tabu bleibt, zumindest in Annas Umfeld, offenkundig bereut niemand irgendetwas. Eine freimütige Freundin sagte einmal, Kinder hätte sie schon gern, aber Mutter sein, nein danke.

Dass an der Aussage etwas Wahres ist, hat Anna erst gemerkt, als es zu spät war, während die Freundin kinderlos geblieben ist.

Wenn es ernst wird, ist Anna zuständig, muss in letzter Instanz die Entscheidungen für diese kleinen Menschen treffen. Die Entscheidung wiederum, dass dem so sein würde, hat sie nicht bewusst gefällt, sie fühlt sich auch nicht prädestiniert dafür, nur weil sie als Frau geboren ist. Das, was im Alltag daraus folgt, hat sie sich nirgends abschauen können, geschweige denn beigebracht bekommen. Moritz hat die Aufteilung nie von sich aus angesprochen, er zeigt diesbezüglich keine Initiative, sondern verlässt sich darauf, dass sie alles im Griff hat (ein Trugschluss), und wenn sie ihn darauf anspricht, wiederholt er nur stoisch, er könne ja leider im Job nicht reduzieren, wie ein Mantra, *ich kann leider nicht reduzieren, ich kann leider nicht reduzieren.*

Sie wird von der Kita angerufen, wenn eines der Kinder Magen-Darm bekommt, sie holt es umgehend ab (egal, ob sie gerade in einem Termin ist oder in einem Schreibflow; natürlich wird ihr auch hier zum Verhängnis, dass sie im Gegensatz zu Moritz keinem Vorgesetzten unmittelbar Rechenschaft ablegen muss). Sie behält es so lange zu Hause, bis es »die Einrichtung wieder besuchen darf, frühestens achtundvierzig Stunden nach dem letzten Durchfall oder Erbrechen«. Natürlich sind solche Regeln zur Vermeidung von Epidemien sinnvoll, aber achtundvierzig Stunden können lang werden mit einem Kind, das zu Hause kein einziges Mal mehr Durchfall hat (wenn doch, macht das die Sache indes nicht gerade leichter), im Gegenteil ständig seine Leibgerichte verlangt, die Wohnung auf den Kopf stellt und sich keine

Sekunde lang friedlich selbst beschäftigt oder gar gesund schläft.

Wenn ein Kind morgens mit erhöhter Temperatur aufwacht, muss sie entscheiden, ob ihm die Kita, wo es nur mit hohem Fieber abgewiesen wird, an diesem Tag zuzumuten ist – und wenn nicht, ob ihr selbst die Betreuung eines, Temperatur hin oder her, höchstwahrscheinlich quietschfidelen Kindes zuzumuten ist, sodass sie ihren Artikel in einer Nachtschicht zu Ende schreiben muss; und nicht zuletzt, ob sie dem gesunden Geschwister die Kita schmackhaft machen kann und soll.

Bei Bindehautentzündung gibt sie die Augentropfen, vier Mal täglich, fünf Tage lang (notgedrungen über dem Kind kniend, seine rudernden Beine und Arme mit ihren Füßen und Unterschenkeln fixierend, ihre Knie schraubstockartig auf beiden Seiten seines hin- und herzuckenden Kopfes), sie geht mit zu Impfterminen, sie hält die Hand, wenn die Wunde genäht wird. Es kommt vor allem darauf an, Zuversicht auszustrahlen, das Leben muss nicht unbedingt immer leicht sein, aber es ist unbedingt schön.

Sie fährt zusammen, wenn eins der Kinder auf dem Klettergerüst ausrutscht, egal, ob es tatsächlich fällt oder sich wieder fängt, jedenfalls noch ehe es irgendwie Laut gibt, manchmal gar, wenn es sich einer kritischen Stelle nur nähert. Es ist, als wollte der mütterliche Körper den Schmerz vorauseilend übernehmen (als sie Moritz danach fragte, gab er zu, nicht zu wissen, wovon sie sprach); ein elektrischer Impuls quer durch den Körper, in sämtlichen Nervenbahnen, der im Beckenboden endet, ein Blitz, der sie in zwei Hälften spaltet.

Sie hat sich nie so auf sich gestellt gefühlt wie seit der

Geburt ihrer Kinder. Es begann schon mit der Schwangerschaft, in der Moritz' Vorfreude im Vergleich zu ihrer schematisch und zugleich diffus wirkte, obwohl es sicher sehr viel bessere Beispiele für desinteressierte, abwesende Partner gibt als ihren Mann.

Am Ende des Tages geht man selbstverständlich davon aus, dass die Mutter zuständig ist, alle anderen, Erzieher, jede noch so treue Kinderfrau, können sich wegducken, scheinbar unbeteiligt zur Seite sehen, selbst der Vater kommt noch irgendwie aus der Sache raus (er kann schließlich nicht reduzieren). Aber dass keine Frau, die ein Kind ausgetragen und auf die Welt gebracht und mit ihrer eigenen Brust ernährt hat, sich darum herumdrücken kann, diesem Kind auf Gedeih und Verderb beizustehen, wenn noch der letzte Mohikaner sich davongestohlen hat, scheint für alle ein Naturgesetz zu sein, und das ist es ja auch, jedenfalls fällt Anna keine einzige Ausflucht ein, und das, genau das ist es, was das Muttersein ausmacht. Die Mutter trifft auch die ultimative Schuld, wenn etwas schiefläuft. Die Mutter ist der letzte Mohikaner.

Die intensivste Phase ist nach dem Kleinkindalter vielleicht irgendwann vorbei (sofern sich nicht der Spruch von den großen Kindern und den großen Sorgen bewahrheitet). Aber was wird dann noch von Anna übrig bleiben? Zumindest beruflich wird sie wahrscheinlich hoffnungslos abgehängt sein. Dabei braucht sie ihre Arbeit wie die Luft zum Atmen und glaubt auch, dass es den Kindern guttun könnte, wenn sie nicht zum einzigen Projekt ihrer Mutter werden, sondern ein Vorbild dafür haben, wie man sonst noch Sinn in sein Leben bringt und ganz nebenbei wirtschaftlich unabhängig bleibt, unabhängig genug zumindest, um sich von selbst verdientem Geld einen Lippenstift kaufen zu können. Vielleicht sollte Anna ihren Themenschwerpunkt auf die gesellschaftliche Situation von Müttern und Kindern verlegen, Kontakte zu entsprechenden Medien knüpfen; vermutlich reicht ihre private Expertise aus, um sie in dem Bereich zu einer glaubhaften Autorin zu machen, auch wenn sie die Themen bisher instinktiv gemieden hat, vor Paulas Geburt schienen sie zu wenig mit ihr zu tun zu haben und danach zu viel.

Anna hat längst begriffen, dass die vollständige Gleichberechtigung keine Lösung für alles mit sich brächte. Im Grunde kann ihre Generation froh sein, sich noch mit dem Kampf darum aufhalten zu müssen, denn sobald die Gleichberechtigung erreicht wäre, würde offenbar, worüber sich die feministischen Kämpferinnen vor ihnen nur unzureichend Gedanken machen konnten: dass nämlich irgendjemand die Begleitung, die Kinder brauchen, nun mal leisten muss, ob Mutter oder Vater, Großeltern oder Au-pair, Nanny oder Kita, dass sie natürlich alle irgendwie groß werden, aber ohne die notwendige Begleitung eben auch nur irgendwie.

Soll sie das alles ausgerechnet Jan erzählen? Er scheint immer schon gewusst zu haben, was Elternschaft bedeutet, während sie es am eigenen Leib erfahren musste. Dafür hat sie jetzt Kinder, er nicht (davon muss sie weiterhin ausgehen, was wäre das hier sonst für ein Himmelfahrtskommando?). Sie ist plötzlich sehr müde, aber Bangemachen gilt jetzt nicht mehr, denn das Taxi biegt um die letzte Ecke und hält am Straßenrand.

In diesem Teil der Stadt haben die Altbauten kleine Vorgärten, vom Bürgersteig abgegrenzt durch schmiedeeiserne Gitter, was nicht heißt, dass die meisten Gärten gepflegt oder das Gros der Häuser frisch gestrichen wären. Es sieht hier nicht gentrifizierter aus als vor zwölf Jahren, eine Zeitspanne, in der sich in Berlin ein Viertel bis zur Unkenntlichkeit verändern kann. Jan freute sich, als er die Wohnung damals von einem Kollegen, der ins Ausland ging, übernehmen konnte. Diese Gegend war etwas grüner und luftiger, bürgerlicher auch als die Adressen, an denen er zuvor gewohnt hatte, dennoch gab es ein paar nette Kneipen, und die Uni war zu Fuß oder mit dem Rad gut erreichbar. Anna erkennt alles wieder, die Laterne gleich neben dem offen stehenden Tor, die verwilderte Hecke, im Vorgarten den Fahrradständer und den alten Pflaumenbaum, mit dessen Früchten Jan einmal Kuchen für sie backte, die dunkelgrüne Fassade dahinter. Das Bemerkenswertere ist allerdings, dass alles, was sie sieht, bis zu diesem Moment so gut wie vollständig aus ihrem Gedächtnis verschwunden war und dass sie trotzdem weiß, damals kam es ihr viel großzügiger und schöner vor.

Obwohl in diesen Häusern überschaubar viele Parteien wohnen, stellt sie fest, dass ihr Jans Stockwerk entfallen ist. Nur zwei Fenster im zweiten sind überhaupt noch schummrig erleuchtet, es könnten seine sein, sie ist sich nicht sicher. Erst in diesem Augenblick bildet sich der nicht besonders originelle Gedanke, dass er vielleicht schon schläft oder, was schlimmer wäre, nicht allein ist. Ihr Blick fliegt hektisch über die Klingelschilder, sie sieht nichts und dann doch, sein Name schwarz auf weiß, ein kleiner Schock. Noch bevor sie richtig erfasst, wie irre das ist nach all den Jahren, dass er noch hier wohnt, dass sie jetzt hier steht, bevor sie es sich am Ende anders überlegt, drückt sie den Klingelknopf. Das meiste im Leben ist in

Wirklichkeit einfacher als in Gedanken, man muss es nur machen. Sie redet sich ein, dass es kein Zurück mehr gibt, und während sie wartet und das Warten ganz und gar unerträglich ist, wird ihr klar, dass das stimmt, wenn man einmal so weit gekommen ist. Während sie überlegt, ob sie vielleicht nicht fest genug gedrückt hat, ob sie nochmals klingeln soll, was um Himmels willen sie tun soll, wenn er nicht öffnet, knistert es aus der Sprechanlage, und Jans Stimme, die tiefer ist, als man erwartet, wenn man ihn sieht, sagt: Ja? Bedächtig, fragend, gemessen an der späten Stunde nicht unfreundlich.

Ich bin es, sagt sie; ihren Namen zu nennen, kostet Überwindung. Anna.

Die Sprechanlage rauscht weiter, ein Geräusch, an das man sich halten kann, auch wenn Jan verstummt ist.

Als Anna schon glaubt, sie werde nun den Rest ihrer Tage so verbringen (solange nur die Verbindung nicht abreißt), wiederholt er, ungläubig, aber, zumindest will sie es so hören, nicht unangenehm irritiert: Anna?

Sie fragt sich kurz, ob sie sagen müsste, ja, weißt du, die Anna, der du mal gesagt hast, du liebst sie, die du vielleicht mal heiraten wolltest, auf die du bis in alle Ewigkeit warten wolltest, jedenfalls am Bahnsteig, doch er kommt ihr zuvor: Moment, gib mir einen Moment, ja?

Er drückt den Summer, sie drückt die Haustür auf, ein Gefühl, als würde eine Last von ihren Schultern genommen. Der Mosaikfußboden im Erdgeschoss, florale Muster in Taubenblau und Weiß, die Holztreppe nach oben, dunkel glänzende, ausgetretene Stufen, ist es der zweite oder der dritte Stock, sie zählt nicht mit, doch als sie vor seiner geschlossenen Wohnungstür steht, weiß sie, dass sie da ist. Der kleine Vogel in ihrer Halskuhle schlägt wild mit den Flügeln, trocknet ihr Kehle und Mundhöhle aus, verbraucht alle Kraft, die noch in ihr steckt.

Nach einer Weile geht die Tür auf, Jan ist nicht kleiner oder weniger schön als früher, auch wenn er die Haare kürzer trägt, sie sind an den Schläfen grau und lichten sich oberhalb davon, er ist noch genauso schmal, auch wenn sich unter dem T-Shirt ein kleiner Bauch abzeichnet. Sein Gesicht ist vielleicht etwas schärfer konturiert, aber seine Augen sind dieselben. Anna liest in ihnen die Frage, die auch in seiner Stimme zu hören war, doch sie wird überlagert von etwas anderem, etwas, das zu Annas eigenem Empfinden passt. Alles, was sie sich hat ausmalen können, ist auf einen Schlag nichtig, jede mögliche Peinlichkeit, Ernüchterung, alle potenziellen Aufarbeitungen und offenen Rechnungen werden für einen Moment überdeckt von der bloßen Freude, ihn zu sehen.

Er ist nicht so perplex, wie es der Situation angemessen wäre, er lächelt vorsichtig, er fährt sich durchs Haar, sie erkennt die Geste sofort und wünscht sich augenblicklich nichts dringender, als dass er das auch bei ihr tun möge. Aber natürlich muss sie schon dankbar sein, dass er nicht fragt, was führt dich hierher, was in aller Welt machst du hier?, dass sie nicht sagen muss, lange Geschichte, und er nicht sagt, erzähl sie doch.

Stattdessen tritt er einen Schritt zur Seite: Komm rein.

Ich hab dich hoffentlich nicht geweckt, fragt sie (könnte es einen banaleren ersten Satz geben?), und er sagt, ich saß noch an einem Aufsatz, hatte gar nicht gemerkt, wie spät es ist. Sie muss bestürzt geguckt haben, denn er setzt rasch nach, wurde Zeit, Schluss zu machen für heute, ist gut, dass du mich dran erinnert hast, hab nur noch schnell den Rechner runtergefahren.

Anna weiß nicht, ob sie ihm glaubt, vor ihrem inneren Auge sieht sie ihn sich eilig die Jeans überziehen und sein Spiegelbild prüfen, vielleicht Wasser ins Gesicht schwappen. Sie tritt über die Schwelle. Es riecht vertraut, dieser typische, im Ansatz holzig-modrige, immer leicht abgestandene Altbaugeruch, in den sich etwas Unverwechselbares mischt, das kein kalter Rauch ist (schon damals roch es in Jans Wohnungen zwischen zwei Zigaretten nicht danach, sie hat nie herausgefunden, wie er das hinbekam).

Jan schließt die Tür hinter ihr, sie stellt ihre Tasche unter die Garderobe, gib mir deine Jacke, sagt er und hilft ihr heraus. Es gelingt ihm anscheinend mühelos, Anna dabei nicht zu berühren, er hängt die Jacke auf, und dann stehen sie sich in dem kleinen Flur gegenüber und starren sich an. Ihre Lage ist zu ungewöhnlich, als dass sie wissen könnten, wie weiter, bis Jan sagt, lass dich doch mal drücken, er macht eine kurze Pause, darf ich?, aber da hat er sie schon an sich gezogen, bevor sie Nein! rufen konnte, das halte ich nicht aus, ist dir das denn nicht klar. Doch dann hält sie es ganz gut aus, zerfällt wundersamerweise nicht zu Staub. Im Gegenteil fühlt es sich, nachdem er viel zu schnell wieder losgelassen hat, so an, als hätte er sie bloß ein bisschen länger festhalten müssen, um sie wieder zusammenzusetzen.

Anna fragt sich, ob sie so guckt wie er, irgendwie zwischen beseelt und verlegen, und ihr wird klar, dass alles genau so abläuft, wie sie es befürchtet und ersehnt hat; ob das gut oder schlecht ist, weiß sie noch nicht.

Du hast dich gar nicht verändert, sagt Jan jetzt auch noch, während er sie aus dem Abstand betrachtet.

Sie spart sich die Antwortfloskel, grinst nur und denkt,

was soll man auch sagen, zwischen allem und nichts gibt es viel, und wenig davon passt.

Gut ist in jedem Fall, dass man nun so tun kann, als habe es die vergangenen zwölf Jahre nicht gegeben. Anna kann leichten Schrittes in die Wohnküche gehen, nach dir, sagt Jan und lässt ihr den Vortritt, die Schuhe behält sie an, es ist offensichtlich, dass es hier keine krabbelnden oder auf dem Boden spielenden Kinder gibt. Sie setzt sich auf das abgewetzte Cordsofa, das damals schon abgewetzt, dafür umso bequemer war und an derselben Stelle stand wie heute. Auch hier drinnen hat sich kaum etwas verändert, vielleicht hängen ein paar neue Bilder an der Wand. Warum sollte es anders sein, in ihrer Wohnung stehen ebenfalls noch Möbel aus Studienzeiten (natürlich ist einiges hinzugekommen seitdem).

Jan bleibt stehen und fragt, was sie trinken möchte. Ich weiß gar nicht, sagt sie, Kräutertee?, sie muss lachen. Ich mach uns mal was, sagt er und beginnt an der Küchenzeile zu hantieren. Dabei ist ihm nicht anzusehen, dass er aus der Fassung wäre, wie es ihr vermutlich ginge, wenn er sie nach all den Jahren ohne Vorankündigung aufgesucht hätte. Obwohl sie es war, die zu ihm gekommen ist, ist sie froh, dass sie sitzt.

Sie verfolgt jede seiner Bewegungen, die ihr bekannt sind, das Routinierte wie das Bedachte darin. Sie kann nicht fassen, dass er noch nicht zu Staub zerfallen ist. Der Drang, ihn zu berühren, ist übermächtig wie früher, die Umarmung hat nicht gereicht, hat das Bedürfnis im Gegenteil nur verstärkt, aber sie ist zu unsicher, ob und wie und wie weit, und so unternimmt sie nichts, zwingt sich zur Diskretion und schafft es endlich, den Blick abzuwenden.

Sie sieht sich um, ohne eigentlich etwas wahrzunehmen, und dann bleibt sie doch an einem Foto hängen, das sie noch nicht kennt. Es steht gerahmt im Regal, das sie vom Sofa aus erreichen kann, und sie lehnt sich zur Seite und nimmt das Bild in die Hand. Es zeigt einen Jungen im Grundschulalter, der stolz eine Gitarre hält, die Gesichtszüge sind unverkennbar. Es gibt Anna die Gelegenheit, das Schweigen zu brechen, unverfänglich, wie sie denkt.

Wahnsinn, das ist doch nicht etwa Leon? Er sieht Franziska total ähnlich, oder?

Jan dreht sich um, lächelt, nickt: Ja, das war an seinem neunten Geburtstag, da hat er gerade seine erste Gitarre ausgepackt, ich hatte beim Aussuchen geholfen. Franzi hat mir damals das Foto geschenkt.

Und, spielt er gut? Anna stellt das Bild zurück ins Regal.

Ich finde ja, er hatte Talent, aber irgendwann wurde anderes wichtiger, wie das so ist.

Manchmal ist es auch nicht so, denkt Anna, während Jan sich wieder der Küche zuwendet. Er gießt kochendes Wasser in einen Becher, lässt den Tee ziehen, lehnt sich mit dem Rücken gegen die Arbeitsplatte. Er fährt sich mit der Hand übers Gesicht, schaut sie dann an: Mensch. Du hier.

Wie alt ist Leon jetzt?, beeilt sich Anna zu fragen und rechnet schnell nach.

Hat dieses Jahr Abi gemacht.

Unglaublich, sagt sie und meint es genau so. Aus einem Kind konnte ein Erwachsener werden, seit sie sich zuletzt gesehen haben. Dann ist er wahrscheinlich schon aus dem Haus?

Schön wär's, du weißt doch, wie das heutzutage ist. Hotel Mama, Franzi ist auch schon genervt, obwohl sie Platz genug haben, sind irgendwann rausgezogen in ein Häuschen. Er hat sich hier an der Uni eingeschrieben, BWL. Jan verdreht die Augen.

Das findet Christian bestimmt gut, oder?, fragt Anna grinsend.

Absolut, Jan nickt, was Solides mit handfesten Berufsaussichten.

Wie kommt es, dass sie hiergeblieben sind, Christian ist doch sicher irgendwo andershin berufen worden?

Ist er, aber er pendelt während des Semesters für drei Tage die Woche, sie fühlen sich hier einfach zu verwurzelt.

Und was macht Franzi?

Arbeitet halbtags im Studierendensekretariat.

Was soll Anna darauf sagen, dabei hätte sie durchaus noch Fragen, wie geht es Franzi, hat Leon keine Geschwister, warum nicht, aber allmählich hat es etwas Absurdes, dass sie über andere Leute und deren Kinder reden.

Und sonst, wie geht's allen? Deinen Eltern?, fragt sie dennoch.

Ach, ganz gut, sagt Jan. Und deinen Leuten?

Auch gut. Dass es die Hunde, die er kennengelernt hat, nicht mehr gibt, muss ihm klar sein. Ebenso wenig erwähnt Anna, dass ihre Großmutter vor zwei Jahren gestorben ist, wer wird schon über neunzig. Trotzdem war es in diesem Fall zu früh, die alte Bäuerin hat Anton nicht mehr kennengelernt; während sie im Sterben lag, lag Anna im Wochenbett und war nicht reisefit genug, um Abschied nehmen zu können. Vielleicht fühlt sich der

Schmerz darum noch so frisch an, genau wie das Bedauern, dass die Lebensweisheit dieser Frau Annas Kinder nicht mehr begleiten wird.

Jan stellt den Tee vor Anna auf den runden Tisch aus dunklem Mahagoni (ein Erbstück seiner Großeltern, auf dessen unterer Platte sich Bücher stapeln), außerdem einen Teller mit einer Schokoladentafel, die eine Hälfte in Stücke gebrochen, die andere noch ganz (damals eine Gewohnheit von Anna, woraufhin Jan ihr die Tafel stets auf diese Weise servierte). Die Geste rührt sie so, dass ihr Tränen in die Augen treten. Schokolade ging immer, auch wenn sie sonst nichts herunterbekam. Sie reißt die Augen weit auf, im Versuch, nicht zu blinzeln, legt zwei Finger an ihre Wangenknochen, zieht die Haut nach hinten.

Jan zündet die Kerze an, die in dem Messingleuchter in der Tischmitte steckt. Er hat ein Händchen für so was, immer schon, sie hat es geliebt und ihre Liebe deshalb für alltagstauglich gehalten. Er legt das Feuerzeug auf den Tisch, eine Schachtel Zigaretten, stellt einen Aschenbecher dazu, eine Flasche Rotwein und zwei Gläser. Er sieht Anna fragend an, erst mal noch nicht, sagt sie, er schenkt sich selbst ein, tritt danach ans Regal und zieht eine Platte heraus. Er geht zum Plattenspieler und legt sie auf, dreht nach den ersten Takten etwas leiser, dann erst setzt er sich in den Sessel, der gegenüber dem Sofa steht.

Er nimmt eine Zigarette aus der Packung und steckt sie sich zwischen die Lippen; 'tschuldigung, murmelt er, als er das Feuerzeug schon in der Hand hat, und hält Anna die Schachtel hin. Sie schüttelt den Kopf, er legt die Schachtel zurück auf den Tisch und zündet seine Zigarette an. Früher rauchte er Selbstgedrehte, sie sieht plötzlich die Geste vor sich, mit der er sich einen Tabakkrümel von den Lippen pflückte, immerhin raucht er überhaupt noch.

Sie streift die Schuhe ab, zieht die Beine hoch und schlägt sie unter. Sie greift nach dem Teebecher, umfasst ihn mit beiden Händen, senkt den Blick, pustet, auch Jan schaut in sein Weinglas, nimmt einen Schluck. Beide kommen sie aus dem Lächeln nicht heraus; es fühlt sich ganz selbstverständlich an, wie beides koexistiert, das Wissen um alles, was zwischen ihnen liegt, und eine absolute Zutraulichkeit (oder ist es schon Altersmilde?). Sie müssten nicht reden, könnten bis in alle Ewigkeit so sitzen bleiben, aber auf diesen Eindruck ist Anna schon damals reingefallen. Irgendwann ist das Glas leer oder die Zigarettenschachtel, ist die Platte zu Ende, einer muss ins Bett, einkaufen oder zur Arbeit, und womöglich gibt es doch etwas zu besprechen.

Jan schien das immer schon besser zu wissen als sie, und so ist er es, der schließlich sagt: Ich lese manchmal einen Artikel von dir; es ist fantastisch, wie erfolgreich du bist. Nicht, dass es mich wundern würde.

Sie fängt an zu schwitzen bei der Vorstellung, dass er Texte von ihr liest, das bedeutet, denkt sie außerdem, dass auch er sie manchmal im Internet sucht, sie schreibt ja nicht gerade die Leitartikel in den bedeutendsten Blättern der Nation. Sie beugt sich vor, stellt ihren Tee auf den Tisch und zündet sich jetzt doch eine Zigarette an. Der erste Zug steigt ihr sofort zu Kopf, ein schönes, altvertrautes Gefühl.

Na ja, wiegelt sie ab und denkt daran, wie wenig in den letzten vier Jahren von ihr erschienen ist. Ob ich groß von Erfolg sprechen würde, weiß ich nicht, aber wenn man berücksichtigt, wie eng es in der Branche ist, kann ich mich wahrscheinlich nicht beschweren.

Es gibt gar keinen Grund, das kleinzureden, was glaubst du, wie viele von unseren Leuten damals so was geschafft haben?

Die haben dann was anderes geschafft, du zum Beispiel, für dich scheint es doch auch gut gelaufen zu sein, Herr Akademischer Rat.

Er zieht an seiner Zigarette wie ein echter Süchtiger, so beiläufig wie hingebungsvoll, die Asche glimmt lange auf, und der Rauch strömt aus Mund und Nase, während er abwinkt: Ach, sieht nach außen ja immer alles toller aus, als es ist. Dich ausgenommen, natürlich.

Er kneift die Augen zusammen und fixiert sie, sodass kein Zweifel besteht, dass er sich auf ihr Äußeres bezieht.

Nun hör aber auf, sagt sie verlegen. Wo soll denn das hinführen.

Sag du's mir, jetzt öffnet Jan die Augen weit, diese schwebende Iris kann etwas Irritierendes haben, doch seine Worte klingen weniger herausfordernd als vielmehr so offen wie sein Blick, auch ein bisschen ratlos, und als Anna diesem Blick, diesen Worten ausweicht, rudert er sofort zurück: Du bist sicher beruflich hier, oder? Du lebst doch noch in Berlin?

Kaum zu glauben, dass er es ihr so leicht macht, aber insgeheim weiß sie, wenn sie das nicht geahnt hätte, hätte sie niemals den Mut gehabt, herzukommen. Gleichzeitig verspürt sie einen Stich, sie ärgert sich wie über eine verpasste Gelegenheit, dabei ist sie eben, bevor der Moment verstrich, von einer überraschend großen Scheu ergriffen worden, die anderer, gewissermaßen gegenteiliger Natur war als damals bei ihrem Kennenlernen:

Angst nicht vor dem Dammbruch, sondern vor dem Dahinplätschern, der Profanierung des Ganzen, es soll mit ihnen nicht in den Laken enden.

Beides ja, sagt sie, und dann nennt sie ihm das Thema ihres Seminars und muss schon wieder grinsen. Noch so was, was toller klingt, als es ist.

Sie drückt ihre Zigarette aus, die nach dem ersten Zug nicht mehr schmeckt. Der Rauch kratzt unangenehm in der Lunge, sie kennt das schon, auch der Geruch von seiner Zigarette stört sie im Gegensatz zu früher, ein Effekt des allgemeinen Rauchverbots.

Er grinst zurück, und sie sagt, sag du lieber mal, woran du gerade arbeitest, sie ist aufrichtig interessiert, doch er winkt erneut ab: Differenzierungstheorie, der ewige Luhmann, auch nicht so spannend, jedenfalls weniger als die Frage, wie es dir geht. Erzähl doch mal, bist du glücklich?

Auf diese Frage war sie nicht vorbereitet, aber das ist sie nie, weil es darauf nie eine gute Antwort gibt, das müsste Jan eigentlich am besten wissen. Vielleicht müsste sie antworten: Wenn ich es wäre, säße ich dann hier?, aber so weit will sie nicht gehen, also entgegnet sie: Mittel, würde ich sagen. Sie lächelt schief. Und du?

So ähnlich, glaub ich. Auch er lächelt.

Weißt du, sagt sie, zusammenhanglos oder auch nicht, ich hab Familie. Also nicht, dass das für mein mittelgroßes Glück verantwortlich wäre, aber vielleicht ja auch doch.

Man kann jedenfalls auch ohne Familie so mittelglücklich sein, sagt er, und in dieser Reaktion von ihm verbirgt sich der Kern ihrer Verbundenheit, die Tatsache, dass sie einander immer gewogen sein werden, so unterschiedlich sie auch sind.

Er scheint die Information gelassen aufzunehmen, wirkt nicht übermäßig erstaunt; auch ihm ist nichts Menschliches fremd, Anna hat nicht das Gefühl, sich erklären zu müssen.

Dennoch, sie fürchtet sich plötzlich davor, dass er nachfragt, am Ende noch Fotos von den Kindern sehen will; allein ihre Namen zu nennen, käme ihr deplatziert vor, sie denkt vage an lukullische Orgasmen. Gleichzeitig weiß sie, es wird sie kränken, wenn er *nicht* nachfragt, und um es gar nicht so weit kommen zu lassen, fragt sie rasch: Ist das Dave Matthews? Sie nickt in Richtung Plattenspieler.

Das letzte Album. Er wirkt erfreut.

Ich hab alles verpasst in den letzten zwölf Jahren, sagt sie.

Gibt eh nicht mehr viel Neues, das was taugt, sagt er, um dann trocken nachzusetzen: Vielleicht liegt es auch an meinem Alter.

Ich weiß, was du meinst. Sie gibt sich einen Ruck, drückt sich vom Sofa hoch und geht zu der Gitarre, die an der Wand hängt. Ihr ist bewusst, dass sie sich etwas staksig bewegt, aber sie fühlt sich gut dabei. Sie legt eine Hand aufs Griffbrett, sie weiß nicht, ist es eine von früher oder eine neue, und fragt: Spielst du mir was vor?

Bist du sicher, dass das eine gute Idee ist?

Als könnte einer von ihnen sicher sein, dass irgendetwas an dieser Begegnung eine gute Idee ist. Sie legt den Kopf schräg und sagt: Bitte.

Na schön, gib her.

Dieses debile Lächeln, sie können nicht anders. Anna reicht ihm die Gitarre, und während sie zum Plattenspieler geht und die Musik ausstellt, fängt Jan an zu stimmen.

Sie setzt sich wieder, und er spielt einfach los, ohne zu fragen, er spielt und singt einen alten, beschwingten Dave-Matthews-Song, es fällt ihr leicht, mitzusingen: She thinks, we look at each other, wondering what the other is thinking, but we never say a thing, and these crimes between us grow deeper. (Schon mit Anfang, Mitte zwanzig spürten sie die Wahrheit in diesen Versen, ohne entsprechende Erfahrung vorweisen zu können, was sich in Annas Fall dramatisch geändert hat. Sie stellt sich vor, dass es für Jan weiterhin bloß eine begnadet formulierte Strophe ist.)

Sie spielen die alten Sachen, vor allem die einfachen, die viel hermachen und die auch Anna hinkriegt, zwischendurch gibt Jan ihr die Gitarre, sie hat ihre eigene seit Jahren nicht in den Händen gehabt, obwohl sie es sich immer wieder vorgenommen hat zwecks musikalischer Früherziehung. Es geht zunächst etwas holprig, die Saiten schneiden ihr in die Finger (sie hätte gedacht, ihr Mutteralltag hätte für genügend Hornhaut gesorgt), doch es ist ein guter Schmerz, lange, lange hat sie sich nicht mehr so lebendig gefühlt, nicht auf diese Weise.

Irgendwann brechen alle Dämme, sie spielen alles, auch das mit Bedeutung Aufgeladene, das Anna eigentlich nicht mehr hören kann.

Als *Wish you were here* verklingt, inzwischen spielt wieder er, den Instrumentalteil am Ende lässt er weg, sagt sie in den Schlussakkord hinein, sagt es scheinbar so dahin (nur innerlich hält sie den Atem an): Vielleicht könnte ich ja auch einfach hierbleiben.

Sie meint nicht diese Nacht. Alles, alles könnte von seiner Reaktion abhängen, und sie weiß, dass er das weiß, als er, nach einer langen Pause, sagt: Ach, Anna, nicht mitleidig, nicht herablassend, aber so, als machte sie bloß Konversation.

Etwas in ihr fällt in diesem Moment in sich zusammen, da sitzt sie, Ehefrau und Mutter von zwei wunderbaren Kindern, stumm und lächerlich allein auf diesem Sofa, todmüde und überreizt zugleich, und Jan sagt sanft: Ich glaub, wir sollten mal schlafen. Lass uns morgen weitersehen.

Anna hat ja gewusst, dass sie nicht bis in alle Ewigkeit so sitzen bleiben können; dabei hat sie sogar noch Wein im Glas, sie lässt ihn stehen.

Jan steht auf, hängt die Gitarre zurück an die Wand. Ich mach dir mal schnell mein Bett fertig, ich leg mich dann hier auf die Couch.

Sie verzichtet darauf, anzubieten, dass sie das Sofa nimmt, Höflichkeitsgeplänkel wäre jetzt nicht erträglich.

Während er ins Schlafzimmer geht, holt sie ihre Tasche von der Garderobe, schaut dabei stur geradeaus.

Dann geh ich mal ins Bad, sagt sie vage in den Flur hinein, schlaf gut.

Hey, sie hat das Badezimmer noch nicht erreicht, als er in der Schlafzimmertür erscheint, schlaf du auch gut. Wieder dieser unerträglich sanfte Ton.

Anna blickt nur kurz über die Schulter, zu kurz, um Jan wirklich wahrzunehmen, dann geht sie ins Bad, schließt rasch die Tür hinter sich, lehnt sich von innen dagegen. Ihr Blick fällt auf das Wandregal und bleibt sofort an der angebrochenen Kondompackung hängen, sie schluckt. Auf der Ablage über dem Waschbecken steht ein Flakon von dem Parfum, das Jan damals schon benutzte.

Auf dem Rückweg sieht sie aus dem Augenwinkel, wie er im Wohnzimmer den Tisch abräumt. Sie huscht ins

Schlafzimmer, wo natürlich auch alles ist wie eh und je, sie kriecht unter die Decke, es nützt ja nichts, sie kann riechen, dass er ihr frisches Bettzeug hingelegt hat, nur im Laken hängt ein Rest von seinem Geruch. Nie und nimmer kann ich hier schlafen, denkt Anna noch und dann nicht mehr viel.

Als sie aufwacht, brennt nach wie vor die Nachttischlampe. Anna weiß sofort, wo sie sich befindet, ist hellwach, ein Blick auf die Uhr zeigt ihr, es ist nicht viel Zeit vergangen und immer noch mitten in der Nacht. Sie nutzt den ersten Schwung aus, steht auf und verlässt das Zimmer, wartet im Flur nur so lange, bis sich ihre Augen an das Halbdunkel gewöhnt haben, das durch die offene Wohnzimmertür fällt, dann geht sie hinein, leise, entschlossen.

Jan liegt auf der Couch, mit offenen Augen, er starrt an die Decke, wendet nicht den Kopf, doch als hätte er sie erwartet, rückt er zur Seite, so gut es geht, sodass sie sich neben ihn quetschen kann. Niemand lächelt mehr, es ist alles ernst jetzt, obwohl sie lachen könnten, weil sie so nebeneinander eigentlich nicht auf das Sofa passen, seine Finger tasten nach ihren, ich muss dich was fragen, sagt sie, und er nimmt ihre Hand.

DAMALS

Sie verließ die Stadt mit Wehmut, dennoch war es Zeit, dass sich etwas bewegte, von der Volontariatsstelle ganz abgesehen. Dass Vicky mit auszog, machte die Sache leichter und auch schwerer, es fühlte sich nach dem Abbruch von Brücken an, unbekannte Menschen würden in ihrer Wohnung wohnen.

Die Aussicht auf die Entfernung zu Jan schnürte Anna die Kehle zu. Während ihres Auslandssemesters in England war sie nur deshalb nicht verrückt geworden, weil sie ununterbrochen an ihn dachte, im Geiste ging er bei jedem Schritt an ihrer Seite, abends legte sie sich in seinen Arm schlafen, morgens nach dem Aufwachen war sie kurz verstört, dass er nicht neben ihr lag. Damals hatten sie sich das ganze Semester lang nicht gesehen, weil er zeitgleich in den USA studierte; nun aber versprach er, sie oft in Berlin zu besuchen.

Sie bezog ein WG-Zimmer im Prenzlauer Berg, alles war fremd, aber auch aufregend. Jan kam häufig wie versprochen, mit Neugier auf ihr neues Leben, manchmal besuchte auch sie ihn, ihre Wiedersehen waren spektakulär, ihre Abschiede schwer erträglich, die Telefonate unter der Woche, zwischen den Welten, nicht immer einfach. Nach wenigen Monaten sprach er aus, was sie ebenfalls empfand, die Situation war nicht auszuhalten. Er wollte zu ihr ziehen, seine Promotion von dort aus fertigstellen, anschließend würden sie weitersehen. Sie mochte dem Glück kaum trauen, sie sagte, ja, bitte komm schnell, gleich am nächsten Wochenende wollten sie zusammen Wohnungen anschauen.

Am Donnerstagabend gerieten sie am Telefon in Streit über die Größe der gemeinsamen Bleibe. Anna wollte am liebsten drei Zimmer (sie hatte im Hinterkopf, dass irgendwann in den nächsten Jahren womöglich doch ein Kinderzimmer gebraucht würde, wenngleich sie es Jan nicht sagte), er fand, solange jeder von ihnen beiden einen eigenen Raum hätte, reiche eine Zweizimmerwohnung völlig aus. Die Stimmung ließ sich nicht ganz wieder reparieren, auch wenn sie übereinkamen, sich verschiedene Varianten anzusehen.

Am nächsten Abend wartete sie nach einem hektischen Arbeitstag wie üblich am Bahnhof auf ihn. Als er nicht aus dem Zug stieg, der Bahnsteig sich geleert hatte und sie schließlich allein dort stand, griff ihr die Erkenntnis mit kalter Hand in den Nacken.

Sie sah, dass er ihr schon vor Stunden eine Nachricht geschickt hatte: Ich glaube, es hat keinen Sinn, wenn ich dieses Wochenende komme.

Sie schrieb zurück, du elender Feigling, sie schrieb

sich Wut an: In der Liebe kann man so viel Angst nicht gebrauchen.

Wie es um ihre eigene Courage bestellt war, wusste sie nicht, vor ihr baute sich wieder die Wand auf.

Er schrieb, bitte lass uns reden.

Ich will nichts mehr von dir hören, schrieb sie. Lass mich in Ruhe.

Eine Zeit lang rief er sie immer wieder an, aber sie dachte an das dritte Zimmer und nahm nicht ab.

Und irgendwann hörten die Anrufe auf.

JETZT

Sie schleicht sich im Morgengrauen hinaus, Jan erwacht nicht, obwohl sie sich seinem Arm entwinden muss, vielleicht stellt er sich auch nur schlafend. Sie sucht eilig ihre Sachen zusammen, zieht sich im Bad an, schwappt etwas Wasser ins Gesicht. Manches im Leben ist in Wirklichkeit schwerer als in Gedanken: Sie beobachtet ihren Aufbruch mit Erstaunen und mit etwas Stolz, jetzt nicht nachdenken, nicht links und rechts schauen, die Jacke nehmen, die Tasche schultern und gehen.

Draußen nieselt es, sie friert, und ihr ist leicht übel, sie würde gern wieder ein Taxi rufen, aber sie kann nicht vor dem Haus warten, auch nicht an der nächsten Ecke. Sie muss schnell von hier weg, viel länger als zwanzig Minuten dauert der Fußweg zum Bahnhof nicht, und warm wird ihr auch dabei. Wenn die anderen aus dem Seminar sich wieder zusammensetzen, wird sie längst über alle

Berge sein. Der Gedanke streift sie, dass sie sich abmelden sollte (ein Notfall in der Familie?). Was Daniel wohl denken wird? Leider schuldet sie ihm auch noch das ganze Geld; am liebsten möchte sie laut fluchen.

Die Bahn meint es gut mit ihr, sie hat gerade noch Zeit, um eine Fahrkarte und einen Kaffee zu kaufen, bevor sie in einen Zug steigen kann, der nach Hause fährt. Sie findet einen freien Doppelsitz, rückt ans Fenster durch und stellt ihre Tasche auf den Gangplatz. Ihre Knie schmerzen wie nur nach großer Anspannung, sie kann sich nicht vorstellen, je wieder aufzustehen.

Erst als sie sitzt, erst als das Panorama, das sie auf dem Hinweg versäumt hat, an ihr vorbeigezogen ist – eine Mischung aus Puppenstubenflair und heruntergekommenen Altbauten, in der Erinnerung lieb gewonnene Kleinstadturbanität, heute nur noch eng, schäbig, trist –, erst als die Fahrkarten kontrolliert wurden und sie schon eine ganze Weile auf dämmrige Felder gestarrt hat, wirft sie einen Blick auf ihr Handy.

Vicky schreibt: Und???, drei vielsagende Fragezeichen; Moritz hat gestern Abend nach ihrem Telefonat noch ein Video geschickt, Paula und Anton beim Kastaniensammeln, stolz halten sie ihre Ausbeute in die Kamera und rufen: Hallo, Mama. Anton dreht sich vor Freude um die eigene Achse, das hat er lange nicht mehr gemacht. Anna erinnert sich, wie er damit anfing, er muss etwa fünfzehn Monate alt gewesen sein. Anders als seine Schwester in dem Alter sprach er kein Wort, aber wenn man ihn aufforderte, tanz, kleiner Mann, legte er los. Er drehte sich um und um wie ein Derwisch und juchzte vor Wonne, auch noch, wenn er irgendwann auf seinem Windelpo landete, ein unnachahmliches, rührendes glucksendes

Kichern. Man sollte das Glück im Kleinen suchen und am besten auch finden, darin liegt die wahre Größe.

Anna fällt ein, dass sie kein einziges Bild nach Hause geschickt hat (vom Mitbringselkauf ganz zu schweigen), die Kinder hätten sich über ein Selfie von ihr sicher gefreut, und auch wenn sie weiß, dass sie keins gemacht hat, öffnet sie zwanghaft den Fotoordner und findet dort »Wegen Krankheit geschlossen«. Das ungeteilte Foto heute ist noch deprimierender als der reale Anblick gestern, schnell schließt sie den Ordner wieder, steckt das Telefon ein.

Obwohl sie nicht zu den rätselhaft vielen Müttern gehört, die jeder vergangenen Phase der Kinder hinterhertrauern, ist auch sie nicht gefeit vor solchen Regungen, genauso wenig wie vor dem herzerweichenden Duft der Kopfhaut ihrer Kinder oder der unendlichen Zartheit ihrer Pausbäckchen, die sich bei Paula eher trocken, wie dünnes gestrichenes Papier, anfühlen und bei Anton eher fettig, vielleicht wie bei einer prallen Nektarine. In beiden Fällen bleibt der Vergleich kümmerlich hinter der Realität zurück, die in beiden Fällen so köstlich weich ist, dass Anna nicht mehr aufhören kann, diese Wangen zu streicheln, wenn sie einmal angefangen hat. Als Paula bald nach ihrem vierten Geburtstag Radfahren lernte, als sie nach einer überraschend kurzen Übungsphase plötzlich eigenständig weiterfuhr, kerzengerade auf ihrem neuen Fahrrad, nachdem Anna ihre Schulter losgelassen hatte (im anderen Arm trug sie Anton), standen Anna Tränen in den Augen. Tausend Gefühle auf einmal, ihre Tochter kam ihr ungeheuer groß vor, dem Kleinkindalter auf einen Schlag entwachsen. Mit Sicherheit war es nicht allein Wehmut, sondern auch die Freude über den Schritt in die Selbstständigkeit, aber Anna musste schwer schlucken, bevor sie rufen konnte: Toll, mein Schatz, du kannst Radfahren, super machst du das!

Sie dachte damals an den Vater aus der Nachbarschaft, der auf dem Spielplatz im Viertel tagtäglich seine behinderte Tochter schaukelt, unermüdlich. Das Alter des Mädchens ist schwer zu schätzen, es könnte schon in der Pubertät sein. Der Vater strahlt eine unangestrengte verschmitzte Heiterkeit aus, seine kindliche Freude und die seiner Tochter sind überwältigend. Das stundenlange Schaukeln muss etwas Meditatives haben, das Anna nicht aus eigener Erfahrung kennt, ihre Kinder haben diese Geduld nicht, quengeln schon nach kurzer Zeit um Abwechslung, egal, ob auf der Schaukel, der Wippe oder dem Karussell. Warum spricht das Mädchen nicht?, fragte Paula kürzlich und nicht: Warum macht sie komische Geräusche, warum zuckt sie manchmal so, warum schaukelt ihr Papa sie, sie ist doch schon groß? Eine Antwort fiel Anna schwer: Vielleicht spricht sie doch mit ihrem Vater, vielleicht versteht der sie (aber sie hatte Zweifel daran). Weißt du, irgendetwas in ihrem Gehirn macht wahrscheinlich, dass sie nicht so sprechen kann, dass wir sie verstehen. Was ist ein Gehirn?, fragte Paula.

Als Anna einmal vormittags an dem Spielplatz vorbeikam, sah sie den Rollstuhl neben der Schaukel schon von Weitem, die beiden waren genauso da wie nachmittags und am Wochenende. Anna fragte sich, ob der Vater seine Tochter rund um die Uhr betreute, diese nicht in irgendeine Einrichtung oder Schule ging. Sie fühlte sich plötzlich sehr klein.

Sie hält den Alltag nur mit Unterbrechungen aus, die einfach darin bestehen können, am Samstag nicht wie

alle anderen Familien morgens einkaufen und nachmittags auf den Spielplatz um die Ecke zu gehen. Sie ist
Moritz so dankbar dafür, dass er sich hin und wieder zu
einem kleinen Ausbruch überreden lässt. Manchmal fahren sie ins Blaue und essen unterwegs, unattraktive Reste
von zu Hause, die sie vor den Kindern als Picknick be-
zeichnen, oder ungesund und überteuert in einem Aus-
flugsrestaurant, in dem das Benehmen der Kinder sie oft
genug Blut und Wasser schwitzen lässt und ihnen erbarmungslos vor Augen führt, warum andere Eltern lieber
zu Hause vollwertige Mahlzeiten zubereiten, jeden einzelnen verdammten Tag. Sie schwören sich, dies war das
letzte Mal. Bis es Anna das nächste Mal packt.

Jan hat das ganze Familienelend vorausgesehen und
sich nicht hineinbegeben wollen. Er hätte den Anspruch
gehabt, mit dem Kind zu Hause zu bleiben, wenn es fie-
bert, aber er sah damals schon klar, dass ihm das keinen
Spaß machen würde, dass er sich so stark, wie Familienleben es erfordert, nicht zurücknehmen konnte oder
wollte, vielleicht ahnte er gar, dass Anna einen Partner
brauchte, der das mindestens so gut konnte wie sie. Für
durchwachte Nächte wäre er besser gerüstet gewesen als
Moritz und sie zusammen, er brauchte nicht viel Schlaf,
aber natürlich verbrachte er seine Nächte lieber anders
als mit Flaschegeben, und heute weiß Anna nur zu gut,
dass eine Familiengründung mit ihm in die Katastrophe
geführt hätte, wobei noch offen ist, wohin die Familiengründung mit Moritz am Ende führen wird.

Natürlich gehört Jan einer brei-, windel- und rotzfrei-
en Sphäre an, der Sphäre der gepflegten Unterhaltungen,
die nicht nach jedem Halbsatz von Kindergezeter unterbrochen werden (sie selbst hat sich nie daran gewöhnen

können und nimmt nur verständnislos zur Kenntnis, wie andere Eltern souverän zwischen Erwachsenengesprächs- fäden und »Nicht streiten, könnt ihr euch bitte mit der Puppe abwechseln?« hin- und herspringen). Dabei war es nicht so, dass Jan nicht anpacken konnte oder mit Kör- perflüssigkeiten zimperlich gewesen wäre, auch nicht mit denen, die nicht sexy sind (er hatte kein Problem damit, Anna zu halten, wenn sie nach zu vielen Cocktails über der Toilette hing, und anschließend, wenn sie zittrig im Bett lag, alles aufzuwischen, was auf dem Weg dorthin dane- bengegangen war). Sie hätte alles mit ihm ausprobieren wollen, nur dass das Leben kein Testlauf ist und sie im Ge- gensatz zu ihm damals noch nicht erkannt hatte, dass es um mehr ging als um Körperflüssigkeiten.

Damals war Anna überzeugt, dass weder Kinder noch sonst irgendjemand oder -etwas je etwas zwischen ihnen ändern würden; sie würden sich immer auf Augenhöhe begegnen, immer dem Alltag trotzen, ständig ultimati- ven Sex haben. Heute wird sie schamrot ob dieser Naivi- tät, und doch gibt es da etwas Unverbrüchliches, an das nichts und niemand rühren kann, weder eigene Kinder noch die Kinder eines anderen Mannes oder dieser Mann selbst. Das Gleiche gilt auf der anderen Seite auch für Moritz, und beides hat nebeneinander Platz, in ihrem In- nern. Aber in der Welt?

Wie sollte das aussehen, Wochenendbesuche bei Jan, weitere Fortbildungen erfinden oder ein Abkommen mit Moritz treffen? Ein Abkommen welcher Art? Wie wür- den sie das den Kindern erklären? Vielleicht warten sie einfach noch zehn Jahre, und sie zieht mit Jan zusammen. Paula und Anton, dann Teenager, kämen am Wochen- ende zu Besuch, könnte das irgendeiner der Beteiligten aushalten oder gar anstreben? Ganz abgesehen von der Frage, die letzte Nacht offen geblieben ist, nämlich ob Jan zu etwas, das über Stippvisiten hinausginge, überhaupt bereit wäre. Auch wenn er es so nie sagen würde, er hat sich wohl im Grunde gut eingerichtet auf seinem Platz in Annas Fotoalbum, daran scheint der Umstand, dass die Familiengründungsphase hinter ihnen liegt, nichts zu ändern.

Sie schämt sich ihrer Gedankenspiele nicht, die abgeschmackt wären, wenn es nicht um Jan und sie ginge. Und doch erscheinen sie Anna jetzt, allein und im Licht des anbrechenden Tages, noch abstruser als zusammen mit ihm in der Nacht. Nichts von ihrem Berliner Leben könnte sie mit ihm teilen. Ihr Zusammensein würde immer den Makel tragen, dass sie es schon einmal übers Herz gebracht haben, sich zu trennen, alles Einverständnis könnte jederzeit kippen, sie könnten einander jederzeit erneut im Stich lassen. Vielleicht hat er damals überhaupt das Heile an ihr geliebt; dass sie jung und unverletzt war und auch, dass sie noch niemanden verletzt hatte. Wenn sie ihn jetzt nicht aufgesucht hätte, wäre bis zu ihrem Wiedersehen mehr Zeit vergangen, als ein Kind braucht, um erwachsen zu werden, wahrscheinlich so viel, dass sie sich nie wiedergesehen hätten. Eines Tages, wenn die Welt untergeht, wenn es mit der Gemütlichkeit vorbei ist, dann werden sie nicht mal aneinander denken, sie werden sich an das Greifbare klammern, und alles Vergangene wird vergangen sein.

Es gibt Bedeutung, die aus Intensität, und solche, die aus Extensität entsteht; schließen Intensität und Extensität einander aus? Sie weiß, es ist unfair, zu vergleichen: Man kann nicht alles haben, schon gar nicht auf einmal,

Ehe und Liebe und wilden Sex und Karriere und entspannte Kinder (sei doch froh, dass du die Sache mit Jan überhaupt erlebt hast, meinte Vicky mal). Irgendeinen Preis zahlt man immer, wer wüsste das nicht mit Ende dreißig, und man kann nur hoffen, dass es reicht, ständig auszuloten, ob er nicht zu hoch ist.

Sie hat keine Antwort gefunden in dieser Nacht, höchstens ein bisschen Trost, was viel ist. Sobald man Kinder hat, wird man zum Tröstenden, Getröstetwerden ist nicht mehr vorgesehen (außer, wenn man Glück hat und es um handfeste Dinge geht, vonseiten der Kinder; tut es doll weh?, fragte Paula, als Anna sich den Finger verstaucht hatte, und strich behutsam über den Verband).

Kürzlich gab es diesen einen perfekten Nachmittag; ein einziger Nachmittag unter Hunderten, doch selbstverständlich kann Perfektion nicht der Maßstab sein. Sie war mit den Kindern zu Hause, ganz unspektakulär, alles stimmte, nichts störte, alle drei wurschtelten sie entspannt und zufrieden vor sich hin, jeder für sich und auch gemeinsam. Irgendwann fasste Paula Anna und Anton an den Händen, zog sie energisch auf den Wohnzimmerteppich und bedeutete ihnen, sich genau wie sie hinzuknien, um singend und klatschend den Kita-Morgenkreis nachzuspielen. Fünf kleine Fische, die schwammen im Meer ... Blubb, blubb. Ein kostbarer, flüchtiger Moment, den Anna um alles in der Welt hätte festhalten wollen.

Sie sieht den runden Mahagonitisch vor sich, die brennende Kerze, die Weingläser, den dampfenden Tee, den Rauch von Jans Zigarette, sie sieht ihn die Platte auflegen. Jan zelebriert das Leben, aber das ist auch keine ganz große Kunst, wenn es so schön stillhält. Vielleicht ist in seinem intellektuellen Junggesellendasein tatsächlich mehr Stillstand, weniger Bewegung und Suche (von der Wissenschaft abgesehen, aber auch die scheint nicht der Rede wert) als in Annas vergleichsweise bürgerlichem, wenn nicht gerade ihre Suche, dieses Streben nach dem richtigen Leben im falschen das Spießige daran ist. Sie sucht immer ein bisschen das, was sie nicht hat, ihre Sehnsucht ist ihr Antrieb und ihr Verhängnis. Sie weiß nicht, ob die Sehnsucht nach Jan jetzt kleiner oder größer werden wird; sie weiß nicht, was schlimmer wäre. Wird es ihr gelingen, das alles wieder so unter Verschluss zu kriegen wie in den letzten zwölf Jahren? Anna denkt, es war ein Fehler, herzukommen, aber vielleicht ist sie auch schon früher falsch abgebogen.

Sie nimmt einen letzten Schluck kalten Kaffee, sie fröstelt, vor Übermüdung und überhaupt. Sie und Moritz sind nicht so gut im Zelebrieren, dafür sind sie zu sehr mit Funktionieren beschäftigt, und auf diese Weise haben sie einiges zusammen durchgestanden: Todesfälle und Streitereien in den Familien, die Schwangerschaften, die Geburten, den Jobfrust, Krankheiten und Unfälle, den unvermeidlichen Alltag mit all seinen Defiziten, das wirklich wahre Leben eben, in dem man nicht ständig nach dem Preis fragen kann, weil man sonst verrückt wird. Hinter allem das Wissen, dass es ohne den Partner und das gegenseitige Vertrauen, ohne die eingespielten Routinen, egal, wie langweilig oder lächerlich oder zwanghaft, ganz und gar nicht zu bewältigen wäre. Die bittere Pointe daran ist, dass die Partner, ohne die gar keine Familie zustande gekommen wäre, innerhalb dieser Familie füreinander die niedrigste Priorität haben, was aktive Zuwendung angeht, für eine lange Zeit.

Eines späten Abends, als Paula endlich schlief und Anton noch nicht, obwohl er kein ganz kleines Baby mehr war und schon einen halbwegs festen Tag-Nacht-Rhythmus hätte haben können, kämpften Anna und Moritz im Wohnzimmer. Worum es ging, hat sie vergessen, um nichts wahrscheinlich außer allgemeine Überforderung, aber es war ihnen ernst. Sie standen voreinander, Anna grub ihre Fingernägel in Moritz' Unterarme und trat nach ihm, er war eher in Abwehrhaltung und schubste sie ein Stück nach hinten, nicht mit voller Kraft, aber doch so, dass sie strauchelte, bevor sie erneut auf ihn losging. Sie wurden laut, stießen Flüche und Beleidigungen aus und rangen miteinander, schwer atmend, all das vor Antons Augen, der auf der Krabbeldecke lag. Sie wussten und sprachen sogar aus, dass er das nicht mitbekommen sollte, aber sie schafften es nicht, auch nur kurz den Raum zu verlassen. Es endete mit Tränen auf beiden Seiten, in getrennten Schlafzimmern (Anna mit Anton im Ehebett, Moritz bei Paula). Nie wird sie Antons erstaunten Blick vergessen. Er wurde ganz still, nachdem er zuvor noch geschrien hatte.

Der nächste Tag war ein Samstag, doch Anna stand besonders früh auf, noch ehe Paula das Schlafzimmer stürmte und forderte, dass das Wochenende begann. Sie warf sich schnell etwas über und schaffte es, mit Anton in der Trage leise die Wohnung zu verlassen, um eine große Tüte Brötchen von ihrem Lieblingsbäcker und ein paar Blumen zu holen. Auch als sie zurück in der Wohnung waren, blieb Anton wundersamerweise ruhig und ließ sich in die Babywippe setzen, sodass es Anna gelang, Frühstück zu machen, ohne den Rest der Familie zu wecken. Nachdem Paula ungewöhnlich spät aus dem Kinderzimmer auftauchte und vor dem Berg an Brötchen und Croissants vor Freude auf und ab hüpfte, schloss Anna die Tür hinter ihr. Sie gab den Kindern Frühstück und beschäftigte sie danach so lange im Wohnzimmer, bis Moritz irgendwann im Türrahmen stand, gähnend und mit zerwuschelten Haaren. Beim Anblick des Frühstückstisches lächelte er.

Setz dich, ich mach dir Kaffee, sagte Anna und rappelte sich vom Teppich hoch, wo sie mit den Kindern in einem Haufen Bauklötze saß. Als sie zur Espressomaschine ging, hatte sie das Gefühl, dass Moritz zögerte, ob er sie abfangen sollte. Doch er blieb so lange unschlüssig stehen, bis sie an der Maschine stand. Wow, sagte er leise, und es fühlte sich fast wie eine Umarmung an. Moritz setzte sich nicht an den Tisch, sondern nahm Annas Platz auf dem Boden ein: Na, wer baut den höchsten Turm? Und dann, an sie alle gewandt: Und, was machen wir heute noch Schönes?

Das ist eine ihrer gemeinsamen Stärken, es geht nie um das, was hinter ihnen, nur um das, was vor ihnen liegt.

Und doch, trotz alledem: Es wird immer diese Momente geben, in denen sich die Luft plötzlich frischer anfühlt und es Anna woandershin zieht. In denen sie sich daran erinnert, wie es mit Jan gewesen ist. Wie es war, alles auf einmal zu wollen, sich zwar nicht alles zu sagen, aber genau das, worüber man nicht spricht. Sich nah und fern zugleich zu sein, Schmerz zu empfinden, Schwere und Leichtigkeit und vom Glück immer nur eine Ahnung, eine Ahnung, für die kein Preis zu hoch war.

Die Herfahrt liegt hundert Jahre zurück, heute kann Anna den Horizont hinter den Feldern kaum ausmachen.

Dieser Tag scheint über das Morgengrauen nicht hinauszukommen, die Landschaft hüllt sich in ein diffuses Halblicht, so diffus wie die Perspektive ihrer Heimkehr. Zwei Kraniche fliegen ins Bild, ihre eleganten Silhouetten schlagen mit den Flügeln, um dann wieder ein Stück zu gleiten, wahrscheinlich sind sie noch nicht lange unterwegs und werden sich bald trennen, aber noch, noch ist es nicht so weit, noch ist alles möglich.

DANK

Ohne Unterstützung entsteht kein Buch, erst recht nicht, wenn die Autorin Mutter kleiner Kinder ist. Mein Dank gilt den Menschen, die mich unterstützt und in vielfältiger Weise zu diesem Buch beigetragen haben: Ursel Allenstein. Annika Voßen. Eva Semitzidou. Isabell Spanier, Katrin Andres, Anne Scharf und dem gesamten Piper-Team. Nikolaus Gelpke, Katja Scholtz, Judith Weber, Zora del Buono. Meinen Eltern, meinem Bruder und seiner Familie, meinen Freundinnen. Vor allem aber: M. und H. und E. – in Liebe.